致力于赤水河的世界尊严与机会

Committing to the dignity and opportunity of Chishui River worldwide.

君品文化（第四辑）

习酒有桥

赤水河大桥的在场、记忆与对话

中央民族大学出版社
China Minzu University Press

雨 后
桥与习酒

序

因为高　所以远

赤水河大桥①作为江津（渝黔界）经习水至古蔺（黔川界）高速公路关键控制性工程，是一座典型的超高墩、大跨度山区峡谷高速公路特大型桥梁。大桥横跨川南黔北，桥体主要在贵州省习水县习酒镇上空的赤水河大桥，即将竣工通车。大桥索塔最大高度 243.5 米，在山区峡谷同类型悬索桥梁索塔高度是世界第一，主桥跨径 1200 米在山区峡谷大桥同类型桥梁中是世界第二。虽然《说文解字》说“桥，水梁也”“梁，水桥也”，两者同义异名、互为通释，让人不甚清楚中国传统文化中关于桥梁的完全要义，但是赤水河大桥的通行跨度，是这一雄大工程最关键的问题。

因由第二，须成第一。

桥梁最主要的功能，是供通行往来，缩短交通距离。大桥全长 2009 米，主桥设计为双塔单跨钢桁梁悬索桥，为支撑起主桥世界第二的跨径，承载钢索的桥塔高度成了山区峡谷同类型桥梁世界第一。大桥建设的意义，不只是“一带一路”南下重要通道，还在于助力乌蒙山、黔北老区连片贫困地区脱贫攻坚，同时也为全国最重要白酒生产基地创造良好的交通条件。大桥在项目管理、建造科技、施工工艺上都有大突破、大创新。大桥的贵州岸锚碇为重力锚；四川岸锚碇倾角为 45 度，最大断面尺寸 27 米 × 17 米，

---

① 修建及访谈工作开展期间，大桥命名为“赤水河特大桥”，后于 2019 年 9 月底命名为“赤水河红军大桥”。

是目前国内最大断面的隧道锚。贵州岸和四川岸引桥，都是先简支后连续预应力T梁，前者为2×30米+4×（4×40）米，后者为3×33米。大桥工程特点显著：一是大，主桥跨径长，主墩(18、19号)桩基为3.5米大直径挖孔桩。二是难，大体积砼温度控制难(7.6万平方米的重力式锚碇大体积混凝土浇筑）；索塔施工难(索塔最大高度243.5米)；钢桁梁吊装施工难(采用1200米大跨径的缆索吊装工艺)；施工便道修建难(大桥四川岸山坡陡峭）。三是险，桥位川南侧坡度达50—75度，近乎垂直，主桥桥面距离赤水河河面高差接近350米。

当今社会发展迅猛，第一、第二繁多，难以让人记住，但是一个关心国家革新、行业进步、民生幸福的人，不会忽视在赤水河上新建的这一座代表着世界交通、代表着人类生活、代表着时代技术的又一工程杰作，且有意愿去了解这座雄大工程所面临的挑战、创新，以及为之付出努力的建设者是谁。了解这样的工程，也只有站在人类的建筑史、行业排名上去认识，才会更为清晰。当然，每一次排序，在降低认知成本、提高认知效率的同时，它只能代表某一部分，或某一阶段，或某一群人的判断；且随着科学技术在发展，人类文明在不断进步，世界第一总是不断地被更新超越；但是，此时此刻，能够做成“世界第一、世界第二”的赤水河大桥，必定会载入史册。对于当代人来说，这是建设者的责任与远见；对于未来而言，这是赤水河域的历史辉煌与智慧，彰显着人类精神和力量的壮美，我们有理由为此而赞叹。

然而，即便如此，这并不意味着，它就是赤水河大桥的全部意义。站在桥上看风景，顺赤水河流而下，山山相应，水长悠悠；顺赤水河流而上，满眼风光，尽是十里习酒城。在1499元酱酒第一的“国酒茅台”身后，是1399元的君品习酒，这是否意味着习酒也在呈现出不为人知的第一？站在十里酒城看风景，赤水河大桥总在仰望的天空。天空让人想象，习酒让人想象。

桥的建设，对于西南，对于赤水河，对于习酒这片地方，对于这个时代，都具有标志性意义。桥承载着很多故事，车行不过一分钟，但其背后，是建设者的若干个日日夜夜。大桥建成之后，川黔互通，高山长路，远达天下。

人类在努力创造的希望世界里，不止于桥，也不止于酒。高塔远路，高情远致，坚定而持续，才会获得人世间的尊严和美好。“因为高，所以远”，也许正是赤水河世界第一（山区峡谷同类型桥梁）塔高索桥背后隐藏的秘密。

然，高远之意，不止于此。

王临川

2019年12月31日

群山 河流 习酒 大桥

习酒123千
YEARS
习酒厚德
公益天下

赤水河上

1. 四川路桥 · 赤水河大桥之贵州岸桥墩
2. 群山之中孕育着桥的生命
3. 群山凝视大桥的到来
4. 多彩天空
5. 河上煤船
6. 云雾青山
7. 桥索成弦

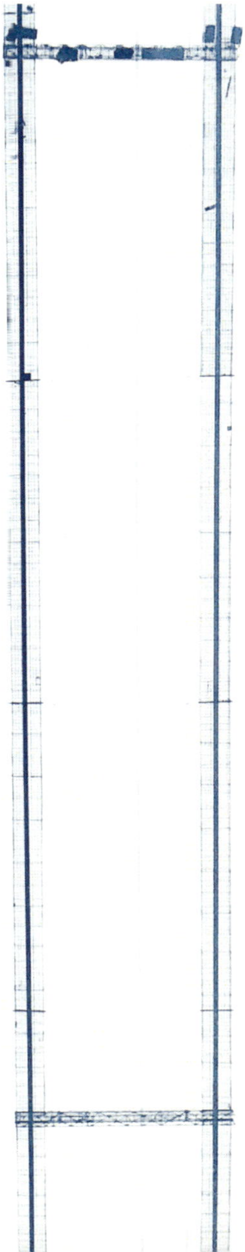

山河习酒　有梦在桥

目 录

1 大路朝天*

我们赤水河大桥快建成了，国庆前应该能建成。

我们四川路桥是四川铁投集团的下属企业，2003 年上市，去年的产值规模是 400 亿元出头，今年的产值要在 550 亿元出头。在宣传上我们主要和新华社、中央电视台联系比较多，赤水河大桥主塔封顶、斜拉索过江等他们都来现场直播，包括国庆通车，因为我们四川路桥给中央电视台做市场战略，联系比较密切。

四川铁投集团现在有十大子集团，路桥集团已经接近 70 年了，从第十八军调出开始组建，我们走市场化这块走得非常好，企业文化活动上创新的不是很多，传统的有很多。因为企业文化服务于企业的经营管理，我们的市场经营做得好，企业文化也有很多的成果。现在竞争还是很激烈，我们的发展会有起伏，2006、2007 年的时候比较困难，包括习酒也有这样的时候。我们希望做得更好。我们跟习酒厂也有联系，去年习酒收费站改成现在这个样子（外观设计），是应他们的要求，这个收费站是去年 10 月底启用的。

我们四川路桥在修桥这一块算比较厉害的，我们最开始修的跨度是 1650 米，是浙江西堠门跨海大桥，当时中国的第一跨度，这一纪录保持了 10 年，目前才被超越。我们公司在挪威修建的哈罗格兰德跨海大桥，是北

---

* 本书所有访谈人均为作者本人；访谈时间为 2019 年 8 月—10 月。为便于区分，受访人表述的内容统一用宋体，访谈人表述的内容统一用楷体。

受访人：贵州江习古高速公路开发有限公司负责人之一。

极圈内的大桥，跨度是 1145 米，去年 12 月份才通车。由此，我们四川路桥成为代表中国进入欧洲发达国家修建大跨径桥梁的企业。修桥方面我们在全中国还是比较领先的，遗憾的是我们没有参与港珠澳大桥的建设。目前我们在澳门投标，正在筹备构建一座大桥，它的意义也是非常重大，但我们也不一定能拿到这个工程，因为存在很多因素。我们现在在苏伊士运河修建一个旋转开闭的桥，有点像泰晤士河那个桥①。我们四川路桥在长江上修了几十座桥，在长江上修桥最多的就是我们四川路桥，重庆以上的长江大桥几乎都是我们修的。

悬索桥一般建在两种环境中，一种是跨江跨海，一种是山区。跨江跨海地区需将钢材运到海面，再吊起来。因为山区用钢桁梁方式建桥，所以会把钢材运送到现场进行组装，一根根拼凑。山区悬索桥比较典型的有湖南矮寨大桥，主跨 1176 米，它是比较前列和壮观的，刚开始投资 7.9 亿元，后面增加到 10 多亿元。我们贵州桥很多，悬索桥一般的施工期是 30 个月，赤水河大桥用了 29 个月，目前是最快的，用了很多创新方法，很有代表性。赤水河大桥主跨 1200 米，在开工之前是中国山区跨径第一的桥，但后面在云南开工从丽江到香格里拉的那个桥主跨 1386 米，它现在是中国山区跨径第一的桥。

美国金门大桥的维修，是中国给他们做的，它的钢材，是我们中国制造的，也标志着中国在桥梁上的突破。江习古高速公路从现实意义上，是打通四川、贵州、重庆的通道。听说修赤水河大桥的时候，争议比较大，江习古高速公路设计时，原计划走土城镇那边，但是贵州省政府为了打造习酒镇，促进习酒的发展，选线的时候选择了习酒厂址这边，就是现在这个地方。这边的桥隧率高达 80%，投资太大了。四川有关方面起初不愿走这条线，走土城那边至少能减少几十亿元的投资，他们“抱怨”说“生米

---

① 伦敦桥（英文：London Bridge），修建于 1179—1209 年，是英国伦敦泰晤士河上一座几经重建的大桥，也是该河上 28 座桥梁中位于下游的一座桥，地处伦敦塔附近，连接着南沃克自治市高街和伦敦市的威廉王大街。伦敦桥是伦敦的象征之一，也被称为伦敦的正门。（来源：百度百科）

煮成熟饭了”，才来通知我们，所以这条路和这座桥没有一起通车，是因为两省交通厅还有一些分歧，这是一个原因；还有一个原因是涉及长江上游环保的问题。但是我们四川方面同意开建后，便全力以赴。这座桥是2017年5月才开工的，经过29个月建成，这个是我们引以为傲的一个工程，技术创新有很多，项目部有很多人才，“80后”“90后”居多，还有一个桥梁专业的博士在那边。比如吊装系统，是我们发明的一个全信息化智能吊装系统，其他桥的项目团队也在向我们学习。赤水河大桥主塔高240多米，9个月就完成了，这个创造了新的中国桥梁史纪录。另外有很多技术难题，比如贵州这个地方缺沙，为了解决这些问题，贵州省给了我们很多技术支撑，对我们帮助很大。

赤水河大桥涉及很多建设方，我们的投资方是四川路桥，我们江习古公司代表四川路桥作为建设方来管理运营。我们江习古公司，力量还是比较小，最关键是集团公司的支持，还有项目部的配合，才能做得好。

我们路桥集团在企业文化这块做得还是可以的，去年我们推出了一部电影，叫作《大路朝天》①，四川交投出了1000万，四川路桥出了600万，它的开机就是在赤水河大桥拍摄的，“两会”期间在中央电视台六台黄金时间播出。

《大路朝天》，在外行人看来，可能不会感动，内行人看了，会很感动。②

---

① 《大路朝天》是四川峨眉电影制片厂继体现少数民族地区精准扶贫的专题电影《十八洞村》后，接中共中央宣传部委派拍摄的又一部专门反映国家交通行业发展里程的主题电影，也是第一部全面反映四川路桥集团及工人参与国家重要交通建设的大电影，计划年底在全国上映，为纪念国家改革开放40周年献礼。

② 电影《大路朝天》之所以选择修建中的赤水河大桥作为拍摄第一站，一是由于赤水河大桥作为世界上山区同类型悬索桥梁中第二大跨、第一高塔的峡谷大桥，其工程量极大，特别是处在近乎笔直的悬崖陡坡上，交通不便，施工条件十分危险，尤其能代表国家桥梁建设的雄厚技术实力；二是由于该桥地处川黔交界，是叙古高速公路连接江习古高速公路的关键性工程，也是川黔渝之间的重要通道之一，有利于开展地方交通扶贫、旅游扶贫产业，对实现我国西南五省区七方经济协调、区域合作，乃至推动“一带一路”建设在南亚、东南亚的发展具有重要的战略意义。同时，赤水河沿线曾是红色革命区域，留下了老一辈革命家光荣的战斗痕迹，其历史底蕴深厚，文化内涵突出，这一切都使横跨赤水河的赤水河大桥在国家科技、经济和文化发展上具有了里程碑意义。（来源：四川在线 2018-06-11）

2 桥有军魂*

四川路桥集团①的前身是交通厅公路一、二、三处，最初的人员是中华人民共和国成立前贺龙的部队，一个独立师组成的，以前是修桥、剿匪，修过宝成线、川藏线，全部按照部队编制，一个班、一个排、一个连是一个工区，到20世纪90年代都是这样。集团公司成立不是很长，下面的几大公司有的历史很长，如四川川交公司，中华人民共和国成立后就成立了，四川路桥集团是改革开放后才成立的，我们四川路桥五年前才加入四川铁投集团。

四川路桥是1999—2000年成立的，最早叫四川公路桥梁建设总公司，下设一公司二公司三公司，这就是四川路桥的前身，三个公司的前身是三个处，川交一、二、三处。在四川提川交一、二、三处是很出名的，中华人民共和国成立后这三个处知名度很高。贵州这边进来得少，是2000年才进来的。在四川很多，如攀钢建设也是二处做的，队伍很庞大，一个处有3000—5000人，一个处的处长、书记是团级干部。

江习古公司②是四川省铁路产业投资集团，下设四川路桥建设集团股份有限公司的全资子公司。江习古高速公路前后建设时期就是3—5年。这个桥是2012年12月开始对接的，当时我们还没首选这座桥，当时选的是

---

* 受访人：贵州江习古高速公路开发有限公司部门领导，部队转业干部。

① 四川公路桥梁建设集团有限公司。

② 贵州江习古高速公路开发有限公司。

盘县到兴义，盘县到兴义是出海大通道，六盘水矿产资源丰富，也是100多亿元，当时所有资料收齐后报集团公司总裁，说要在贵州投资就投我们习古高速，把赤水河断头公路[①]连接起来，所以就启动了江习古高速公路。

贵州交通厅“678”[②] 高速公路网没有这个规划，十二五没有江习古高速公路的规划。当时我们找贵州交通厅的领导对接这个事情，经过一年的时间，12次辛苦谈判，了解，考察，最后确定下来，习水到古蔺，习水到江津两条路线。贵州交勘院启动设计，经过半年的设计，到2013年底设计出来后，请专家论证，然后上报，2013年底到2014年初，确定了道路全线，同时纳入贵州“678”交通网的规划。贵州交勘院主要搞粗线策划，后面四川路桥设计院进来后细化具体施工。

当时贵州召开招商引资启动大会，由省政府的一位秘书长主持，时间好像是在2014年4月16日，在会场签的战略协议，然后我们5月18日进场。大规模建设是在2015年初，经过两年半的时间，习水到寨坝2017年底通车，正式收费是在2018年1月1日，这是第一段通车。第二段是在2018年5月29日，就是寨坝到省界，贵州境内全部通车。第三段是习水到习酒，在2018年10月通车。最后一个是赤水河大桥，今年9月30日通车。分四个阶段验收，前后经过5年建设，赤水河大桥建设启动是在江习古高速公路修通后启动的，当时四川省和贵州省交通厅协调好后启动，工期两年半的时间，技术员可能会更熟悉点，整个概况就是这样。全程我都参与了，所以比较了解。

一座桥的来龙去脉，我大概讲清楚了，背后曲折的故事很多。贵州省困难没有钱，我们是带着资金过来搞建设。当时贵州省交通厅厅长是遵义南白人，支持这个项目在家乡建设。领导也是为了贵州的发展，想将川

---

① 川南泸州沿赤水河的高速路未能与黔北连通。

② 贵州省高速公路项目。(1) 6横：横线上的6条高速公路为：德江至习水、大兴至威宁、江口至都格、鲇鱼铺至胜境关、水口至江底、余庆至安龙。(2) 7纵：纵线上的七条高速公路分别为：松桃至从江、沿河至榕江、道真至新寨、崇溪河至罗甸、赤水至望谟、生矶至兴义、威宁至板坝。(3) 8联：8条联络线具体为：绥阳至遵义、黔西至大方、扎佐至修文、天柱至黄平、都匀至织金、惠水至安顺、大山至六盘水、榕江至麻尾。

南、黔北、渝东渝南打造成“金三角”。

赤水河大桥选址选了很久，因为是矿区①，下面是空的，为了避开，贵州省地质专家在前期多次考察。四川那边都没有便道，山体是垂直的，打山洞进去修成便道，打山洞、运送材料、施工人员用车进出全靠隧道。像江习古高速公路这样的路在四川我们有 5 条，有几条还在建，大约 1500 亿元，贵州公路、贵州路桥、贵州桥梁和四川路桥相比，不在一个平台上，全国的省级路桥中，我们四川路桥在全国目前是龙头老大，中交、中铁没有一个局能和我们比。

您说修桥成本巨大，投资江习古高速，从企业效益上怎么看？

不谈效益。四川路桥为的是承担社会责任，汶川地震我们冲在最前面，遇山开路，遇水架桥。修建江习古高速公路也是如此，我们投资 107 亿元，现在每天营收 10 多万元，利息都不够。这是一份社会责任。

我之前是学无线电信息工程的，在部队工作，退伍时是 20 世纪 90 年代，没有对口专业的单位，刚转业是在公安局。家属是这边的，我是 1994 年来西南的，在这边待了 20 多年了，老家是山西大同。我是双军人家庭，在转业的时候可以选部队驻地，可以转女方家或男方家。我是 1979 年参加高考的，1983 年从军校毕业。我今年 59 岁，明年就退休了，在部队待了 10 年，我们当年的同学，目前有 10 位将军。当时规定毕业后要在部队服役 15 年，因为要提前退役，于是找关系，少了 5 年。当时是要找军旅级的领导，才能办得成。女方目前在成都，老家是重庆的。

我们部队和别的部队不一样。当时的“两参”，一是参加战争，二是参加核事业。我当时在研究所工作，在研究所工作的参加的都是核事业，如中国人民解放军第二研究所就是搞原子弹的。当兵的时候，什么环境都待过，如边疆沙漠戈壁。做核试验的洞里面安装有仪器铅砖，可以防止核

① 岔角煤矿，始于 1938 年，原为（重庆）合生实业股份有限公司岔角矿业部，首任经理栾先渠，山东人。

辐射。全国只有这么一个部队叫作8023，在新疆马兰[1]，1986年搬到西安。以前是为了仿制苏联，全国最大的汽车厂就在那儿。3000多辆汽车为一个团，其余的团才1000辆。那时候集国家力量来发展，叫作“四个第一”：试验装备第一，科技人才第一，物资供应第一，后勤保障第一。那个时候，我们吃的是罐头，参照飞行员伙食。但我们去的时候，不知道是在边疆哪个地方。越南战争，我的很多同学在前线牺牲了。毕业后有百分之五的同学上了前线，1979年2月17日中越边境战争爆发，打了17天；后边整整打到了1986年，伤亡很惨烈。

建桥辛苦。忘不了从前。

① 新疆马兰基地位于新疆巴音郭楞蒙古自治州境内，是中国20世纪60年代核试验基地的研究中心之一，有较多军事遗迹，是“两弹”研发的军事纪念地，是总装备部第21试验训练基地，是中国核武器的摇篮，曾经在地图上无法找到的神秘地方。2011年被国家发改委列入国家红色旅游项目第二批经典名录。

3 河往长江*

我小时候住在长江边上。

我在西南交大上大学。2015 年毕业，现在才干了 3 年多。

为什么进四川路桥？

小时候，四川路桥在宜宾修了一座桥，我是宜宾人，可能有一种先入为主的想法，我学了这一行，又是四川的，在四川路桥会有一种归属感。我 2015 年毕业就来了，我是在城里长大的，到了现场，发现附近的村民生活确实很困难。我们当时踩点的时候，看到他们在晒核桃，条件很艰苦，但是他们很善良，我们去，他们还给我水喝。当时我的第一感觉就是环境太艰苦了，刚从学校毕业出来从事这样的工作还是挺排斥的。

我们处于西南，建设的桥多。央视来报道的时候，说这座桥是川黔的大通道，对于这个地方的经济社会发展意义是巨大的。我来的时候，习酒在这个地方已经发展几十年了，习酒对这个地方的经济发展做出了巨大贡献，我看到的都是这样一个状况，可想而知没有习酒的话，这里的生活条件是多么困难。附近村民现在种的高粱，是酒厂需要的，这是帮助当地的村民。

你是怎么进四川路桥的？

---

* 受访人：赤水河大桥施工现场管理人员。

我是校招[①]进来的。公司这边也在找自己需要的人，指定学校和专业。

你的头发为什么掉成这样子？

这是因为遗传，我父亲也掉头发，当然，工作也辛苦。

我是独生子，父母会来看我。毕业之后父母不是很支持我在这里工作，我家里条件还可以，在外面风吹日晒没有必要，在城市里工作环境要好一些。进这个企业是我自己决定的，我是学这个专业的，想自己学的东西有所用。

我想看看自己的极限在哪儿，从小被教育就是踏踏实实做事，不想一来[②]就是很安逸的环境，以后我也会对自己的子女这样教育，不能让长辈安排好好的，就是要靠自己。这个也将会是今后人生的宝贵财富；还有一个就是，赤水河大桥这么大的一座桥，一定要经历一下，以后带着孩子、父母、同学，向他们介绍，这座桥是我参与建设的，自豪感就能出来。

我们每年都有一批新的大学生会进来，但每年都会走，很多人都没能够适应。当时和我一起进来工作的同学，现在就只剩下我一个了，我们这种工作环境和性质，别人看着很伟大，其实不然。我们确实牺牲了很多东西，在修的时候很困难，你现在看到的这个桥墩很高，但我们搞这个，浇了好多的混凝土，熬了多少夜，工作中的压力大家就看不到了。

父母来看过我，刚来的时候，想要把我带回去，他们来看过几次，后面慢慢地看到桥从桥墩到猫道再到建成，也是特别的骄傲，在亲戚面前聊起来很自豪。我同学他们，平时过节都能陪长辈，我只能在过年的时候陪一下，还只是陪一下父母，爷爷奶奶都没有时间陪。他们只能看看我修桥的照片。当他们问起我在这边的工作和生活的时候，我都回答，这边吃得好，工作不累，在办公室，不用出去晒太阳，不敢让他们操心太多。

哪些具体工作比较艰苦？

我记得索塔施工，我们早上 6 点半起床，7 点下项目现场，要做到第

---

① 校园招聘。

② 进入社会参加工作。

二天凌晨 4 点多，第二天如果没事就可以休息，如果有事又要下去。桥的两边有 2 个技术员，如果他前一天熬夜我也会帮他守一下。我们拉主缆的时候，它是由 169 股缆绳组成的，我们要拉 169 次，再搞成圆。它是一层层叠上去的，每样都有不同的编号。现场有很多厂商，如架设厂商、机械厂商，我们就要现场协调。今天的工作，明天来安排，而且只能“两班倒”①。主缆要在晚上调校，它的精度要求很高。连续熬夜太辛苦。

为什么选择在晚上施工？

因为晚上的温度和风是最稳定的，白天太阳照射会引起变形，所以只能晚上调。有的时候早上去现场统筹，准备到第二天凌晨 2 点多才开始调，顺利的话 4—5 点就可以完成，不顺利的话，要调到 7 点多。而且有时我们调校是在冬天，不能走，只能在桥面上待着，很冷。有时候下着小雨，我们也要调，这个时间段还比较久，调了 2 个月，然后就开始紧缆，手都冻僵了，白天又要交叉作业。我们吊装的时候，全桥是 1200 米，有 81 段，它的零件和构件很多，每天都要清理材料，每天都有材料运来和送走。零部件很多，简直让人烦躁，有时候一个零部件没到位，只能全场停工，停工就会产生各种费用。还有一点，桥下有居民采矿区，我们将梁吊过去，怎么才能保证不往下掉东西？全桥 81 段，有 79 万套螺栓，怎么保障这些东西施工的时候不掉下去，这是个大问题。吊着这么重的东西，怎么保障吊装体系的安全生产，这是很头疼的问题。经过后期的几层安全防护，我们在上面做了三层防坠，在螺栓那里还有防护的措施，要掉三层才能掉下去。还有就是用一些科技的手段，数字化和超声波等数据的运用，将数据输入电脑里，电脑会对风险点有一个管控。之前风险点是用人来看的，可能会看不过来，现在安装监控原件，有问题直接报中央系统，通过电缆直接保障吊装顺利进行。我们修这座桥也和其他的桥大同小异，都是为了将这个桥修好，安安全全地交给政府和社会。

目前为止没有发生大的安全事故，但是越到后期，越担心出问题。通

---

① 两个班组轮换。

常，项目上的辛苦和劳累，正常的体力保证问题不大，但到了持续作业，颠倒黑白时间的工作就很辛苦了。我们是管理人员，工作条件还好，下面的工人，他们的劳动强度会更高。

怎么让下面的工人做好，又有保障？

有时采用2—3班倒，强制他们休息，我们很多时候是高空作业，风险很大，只要出了问题就是重大事情。一块钢梁掉了下去，后果不堪想象，一点问题都不能出，有难题必须马上解决，不能将它扩大。

接下来的发展怎么打算？

我母亲在一个公司上班，父亲在路政部门上班。我的家庭氛围还不错，但我觉得还是老老实实地做事情好一点，不能坐享其成。我想从技术员做上来，下一步是副总工或副经理。工程种类多，我也想考一级建造师，也想考高级工程师，我也想有这么一段经历。我之前来的时候，知道项目在贵州习水，我在网上查了下，了解了习水，知道这个地方有习酒。第一次喝习酒是在迎新活动的时候，我是宜宾的，平时都是喝浓香型的白酒，当时吞不下去酱香型的习酒，现在都已经习惯了，后来父母过来都要带点习酒回去。我希望我的目标高远，同时又沉得下来，像他们酿酒一样，通过经验的不断积累，从下往上。也不是心有多大，现在还是想老老实实将自己的工作做好。

因为我的参与会有一点进步，我就觉得这是有价值的。我们现在很多年轻人都是这么想的，一是只有努力才能提高自己；二是因为有我的参与，能有所改变。

这地方的土地贫瘠，又有高山，他们酿酒，我们修路，都可以帮助村民更好的发展。

4 要100分*

为什么在这个地方建桥？

在这个地方建桥，本来就很曲折。前期江习古公司还在其他地方搞建设，当时我没在这边，我在总经理部那边，大桥开始建设之后大桥管理所就把我调过来了。我是2015年来的，2001年才毕业的，1997年读的大学。

您是先在外面工作之后，才回去高考的吗？

不是，可能是因为长期在工地上班，外表看上去略显苍老。这是个特别操心的事情，我从今年开始出现白头发。经常搞施工的人很辛苦，在工地上跑多了也辛苦。我是1977年出生的。我们这个行业很辛苦，由于安全和质量的要求，导致压力很大，普通人员的压力可能不是很大，当上了项目的负责人、领导，那个压力就很大了，如果出了事情不得了。

我听习酒储酒部门负责人给我讲，每当听到消防警报响，两只脚都吓得抖。

是这样，如果你是个普通人员，相对要轻松一点，任何行业都是。如果是领导，或者项目负责人，就要多操心。我们有位老总，头发都掉得差不多了，才50多岁。

您的压力来自哪方面？

比如技术创新，虽然设计施工是很成熟的，但面临新的问题，你要创

---

* 受访人：赤水河大桥现场施工管理负责人。

新嘛，比如说大家都要10分，你想要100分，你肯定有压力的，你有好多地方都要在别人的基础上付出更多。按行外人理解，达到标准就是好，但是如果还想要创造优秀，这就不容易。为什么茅台和习酒一样，都是酱香的，为什么茅台、习酒比其他酒的质量要好一些呢，那是一个道理。好东西是有一个更高标准的。

茅台酒和习酒有质量标准。习酒制酒的时候分酱香、醇甜、窖底，储存后勾调。建桥也有类似区分？

不是，标准和规范都是很成熟的。比如钢筋直径2厘米，安装这个钢筋要有10厘米的间距，有的一天可以安装1吨，全部合格；有的安装10吨，工人操作有误差也算合格，但是我偏偏按照10厘米安装的标准来要求——实际干活的人是农民工，他们可能并不知道国家规范和安全要求，现场管理都是管理者考虑的，如何落实，这是一个管理过程，你要将国家的要求落实下去，这也是管理者的事情。咱们国家经常有"豆腐渣"工程的出现，一个是因为管理者的问题，他没有去重视；二就是这里面有利益的问题，大家都是利润最大化，偷工减料，这样就不行。像这么大的项目，尤其是我们四川路桥，在省级企业里面还可以，规模上可能没有国资委①企业那么大，可是它的实力不比他们差，技术和管理上有些超过中交②、中铁③这种"国"字头的大企业。

这座桥严格意义上说不是最大的，在山区峡谷同类型桥梁中，这座桥算大的。我们在贵州的项目也有，不算最多，在沿海比较多。我们是全国都有项目，尤其是拱桥，如果世界上10座大型拱桥，7座都是我们修的。这种悬索桥也是，国外很多桥都是我们在修。

这座桥之外还建设过其他桥吗？

建设得多了，这座桥是我遇到过的算是比较小的一座桥了，我一直是修桥的，几座大型的桥都修过。有的桥很大，但是桥周边的地质和地形不

---

① 国务院国有资产监督管理委员会。

② 中国交通建设集团有限公司。

③ 中国铁路工程集团有限公司。

是很复杂，这座桥的建设难点与其他桥不一样。每座桥有各自的特色，这座桥是在山区，运输条件差，它带来的问题是大型的构件如何运输？如果能用车运和船运的，对我们来说难度较小，每一个大型的构件都是几百吨的东西，怎么安装上去难度很大。山区有山区的施工方式，海上有海上的施工方式，就是看在哪种环境。

建设这座桥，有什么意想不到的关键问题？

多了，这座桥施工难度很大，和国内有些地方不一样，我说得很专业你们可能不能理解。

我最近也买了一些桥梁建设的书籍学习。

你们买的书，上边写得比较简单，表面上的东西，没有我们参与的人对技术的理解深，还有一些会涉及技术保密上的东西，好多写出来读者也不明白，只是一些常规的东西。我们这座桥的主塔有 200 多米高，在世界上也是山区峡谷同类型悬索桥梁第一高塔，但是在平原上就不一定了，它的测量是从裸露地表开始算的。

桥的主体看上去很轻盈，这个也算是技术进步吗？

这个是根据我们后期的重量计算、荷载、建模后设计出来的，常规的理解是修得越大越好，其实这是错误的理解，就像汽车一样，轻量化也是能满足要求的，只要能通过实际计算就可以，太笨重反倒起坏作用，尤其是混凝土，混凝土同时有刚性和柔性，太笨重了不是好事。关键是在整个体系下取最优的值，看看在哪种环境下是最好的。好多人都说日本汽车轻，以为他们的车安全系数低，不安全，这是错误的理解，轻有轻的道理，因为日本是按照它自己的标准，和中国是不一样的，中国的钢达不到他们的要求，为了保障车的重量，国内生产汽车才用我们自己的钢材。实际上日本的理念是很先进的，日本车在欧美都卖得很好。

我们这座桥要做风洞试验，一般的桥都是不做的，军工上也要做这个试验，如歼 20 战机出来它都要在各种情况下做风洞试验。这座桥也是，在各种工况下取最优值。建桥一般在高处，风对桥的威胁是很大的。桥太高容易受到风的威胁，同时风还对桥的结构有影响。因此我们要看哪些结构需要增减，通过风洞试验做出来才是合理的，一般的桥在中国是不用做风洞试验的。现在在中国搞建设行业的，在国际上都是很厉害的，比如修桥技术可以用到军事上，和华为一样，他的核心技术是很厉害的。咱们修建桥梁的装备都是很厉害的，只是精加工这一方面有一些差距，还是达不到国际的要求，如果用日本的钢材这座桥的重量要减轻很多，这个技术上的突破需要一个漫长的过程，若干年后肯定能突破。就像军事上有的也跟不上，但是通过最近几年的发展，还是很厉害的，这需要一个过程。

这座桥梁在技术上取得了哪些突破?

这个就有很多了。比如我们钢筋的吊装，桥在河谷两边，下面又有矿区，对施工方面有很多特别要求。这座桥的选址通过贵州和四川地质的勘探，选了几条备选路线，泸州那边有一个产煤区域，要躲过这个区域，还有贵州这边的习水，需要政府的规划。如果不避开泸州的产煤区成本不会有这么大。如果下面没有采矿区，我们不会将桥修这么高，这么大。一般人看到的，只是把桥修好后的结果，但施建工程，这是一个综合的事情。它会牵涉到很多问题，水文地质、地勘这种，都要考虑，包括气候条件。比如这个地方不适合修桥，像沙漠条件有的路就不能修，修了就会损坏，要么从技术上想办法，另外就是通过避让的方式。

这种大型的项目，不像乡村的小工程。如港珠澳大桥，要考虑的因素包括海底的潮流和淤泥、通航、战争等。这个不是考虑能修就可以，还要考虑军事问题。我们曾经有一个项目，都开始施工了，然后军方过来反对，国务院都来审查了，工程停了下来。修大项目考虑的因素方方面面。

我们搞这种项目，后期以服务于经济建设和地方建设为主。但是在建设过程当中就要牵涉这些问题，要提前会审和讨论。像国家光缆很多走地下，我们很多项目碰到国家光缆，因为国家军事技术很多都是通过地下光缆，这样不易受破坏，卫星是很少用的，因为容易破解。所以综合因素是很多的，而通常大家只看到桥是否通车了。

这个项目的科研报告有很厚的一堆资料，要通过好多会审，比如交通厅、赤水河航道管理会，公安部门也要参与，像我们也有交通验收员，我们通车前都要开一个会，公安系统都要参与的。当然这些资料是不对外公开的，所以一般人也查不到。任何项目的这些资料都是不对外公开的，都是封闭的，这不只是涉及技术保密这方面的问题，行业有行业的要求。比如去习酒公司参观，好像勾储中心是不让参观的，因为涉及核心技术，我们的工程科研报告也涉及核心的东西。

您读大学是学这个专业吗？

不是，和这个专业相关。我是在西安长安大学读的，它是由几个学校合并的。最早是西安公路交通学院，后来几个学院合并成了现在的学校。学校之前名气还是可以的，改了名字之后名气不如以前了。这个学校在当时是很难考的，在交通专业还是比较好的学校，分数要过了重点线超一点才能上。我们那时大学生的入学率 10% 都不到，以前的大学生很“厉害”，现在要“双一流”大学生才“厉害”。

您在这个行业几十年，有机会转岗的话您还愿意转吗？

如果是转的话肯定愿意啊，能转个好的岗位，肯定转。

这项工作很操劳，离开家庭的时间很多，这对您来说是一种遗憾？

这是肯定的。每个人都想守着家庭，但工作性质决定了你没有办法。离家近谁都愿意，像电视剧和文学改编那种去艰苦的地方奋斗，有，但是极少的，我们在宣传这方面，比如体现艰苦不屈的精神啊，很多时候实际上也是一种文学的改编和加工，其实和普通人是一样的。回归真实，好逸恶劳是人的一种本性，我们选择一种轻松的工作是我应该的，可是我们不拒绝努力，不拒绝辛苦。如果能调去集团轻松的部门，谁都愿意去，也就能天天和家人在一块了。

您到过习酒厂参观？

没有。

一般我们都只是用酒来接待客人，不是很了解酒的工艺。我来之前听说过习酒，在央视广告中看到过。听说西安曾经是习酒的重要销售区域。我来到这里才开始喝习酒，开始不觉得好喝。来之前包括四川那边的人喝习酒的也很少，大多数人还是喝浓香型白酒，酱香型白酒喝得少，现在还是以浓香型白酒为主，酱香型白酒最多喝三两，酱香型白酒还可以，喝完之后身体还是要舒服些，好一点的酒喝了第二天口不干，头不疼。我上次喝了茅台感觉就不错，进口柔和。有几次和贵州这边相关行业的单位交流，接待时拿出的茅台酒很好喝，比我们在外面买的要好喝。

喝酒的人都晓得拿酱香型和酱香型比，浓香型和浓香型比，都知道五粮液，可是酱香型和浓香型没有可比性。茅台卖得贵，价格能支撑品质。习酒也有品质、有风格，但是还有一段时间要走。

酒卖得贵，有它的道理。

每个人对产品的感受是独特的，就像对这座桥的感受是独特的一样。

5　高如彩虹*

我从业 21 年，20 岁开始修桥，今年 41 岁了。

我原来学的是房建，由于姐夫一家是修桥的，工作不好找，于是做起了修桥这一行。我们能参与修这座桥，还是凭借关系才进来的。姐夫是吊装工，刚进来就和他们慢慢地学，后面当上了队长，负责这座桥一半的吊装工作。我入行就做索桥的安装工程，负责吊梁、缆索、猫道、吊车等。基本上哪个环节出故障，打电话说一下，我就清楚是哪个地方的问题。这一块准备工作是很关键的，一开始工序转换比较多，技术工人吊索鞍、猫道架设、吊绳子，上 100 根，下 100 根，然后就是猫道吊绳，接着开始吊梁，吊完后就缠丝，现在做的工作几乎都是为后期工程做准备，搞测试的多一点。

塔顶上面的称为主索鞍，用鹰嘴吊上去，然后横移到指定位置。建桥最先是把主塔修起来。贵州这边是重力锚，四川那边是隧道锚，重力锚和隧道锚都是锚碇的形式，它们都是三个鞍，最上面的就叫主索鞍，一个大概有 40 吨，吊两个上去一共是 80 吨，底下有一个鞍座大概有 20 吨，主索鞍最开始是可以活动的，到了后期才将它固定，最后用沥青浇完再用挡板固定。散索鞍是滑动的，加了一定的荷载，每次减去 20 厘米，大概是弄了 1 米 6，搞了 8 次，沥青垫子是最后添加的，之后就全部到位了。

---

* 受访人：赤水河大桥施工现场作业队长。

猫道之前还要弄一个先导索，每个地方建桥，架设先导索的方法不一样。在长江上面，以前不用无人机，一开始用拖轮，后面100多米用浮船拖着，架到江对面去。2005年，湖北那座桥是用炮弹来搞先导索，花了20多万，那座桥在以前是世界第一高桥，我当时在现场，那个定位比较准，误差就几米。我们赤水河大桥用的是无人机架设。

喜欢这个行业？

干哪行就嫌弃哪行，在工地上生活要枯燥一点，像在习酒车间，好歹不被太阳晒，我们这行每天在外，现在好多年轻人吃不了苦，光晒太阳就很难受，别说干活了。

听说习酒厂车间里这个天也有40—50摄氏度，在车间铲酒糟的时候，可以躲下阴凉。

这边下小雨就穿着雨衣干，下大雨就没办法，上面太滑了。

之前来过这个地方吗？

没有。

您之前听说过习酒吗？

听说过习酒，之前去广州的时候，从贵州这边的老路上走听说过，习酒还是比较出名的，感觉习酒喝着纯，可能是工艺不一样。

20世纪90年代是习酒历史上的一个高峰期。

就是那个陈星国，准备将这点打造成“百里酒城”。当时可能扩张太快了，慢慢发展可能会好一点，在山区搞这个难度是很大的。

这个情况很复杂。

是不是只有河谷才能酿成这样的酒，在平原地区不行？

它对地形有要求。最优的地址还是从土城到茅台这一块，是生产酱香型白酒最好的地方，沿河谷微生物较多。平时喝习酒多不多？

我平时喝习酒比较少，因为我们那儿不好买，买的人少，我们泸州人大多数喝百年老窖，喝浓香型白酒喝习惯了。我二零零几年去广州打工，从这边去广州打工要坐3—4天的车，从合江到遵义都要坐一天。除了2000年来过，其他时间我没来过山区这边。我们之前都是走涪陵这边，后来走重庆到遵义那个方向，现在有高铁了。最近几年成都那边开了厂以后，到广州那边就少了。我们泸州泥水匠多，去了之后搞泥水的多一点。

往后还会继续做这方面的工作？

会，干这行干得多一点，干其他的又要重新入门，就很麻烦了。

您管理多少人呢？

我这边高峰期的时候有80多人。这个岗位名称是作业队长，对项目部来说就是协助队伍，管生产和安全这一块。

那您这个工程干完后，再干到50岁？

我干到50岁就退休，可能那时就不敢再爬这么高了。

陪孩子的时间少，他们对您有抱怨吗？

我有3个孩子，老大13岁了，上初二；老二9岁，老三5岁，我结婚结得晚。陪家人的时间少。抱怨也没有办法，工地上不像政府部门有双休，因为要赶工期嘛，要在国庆节前通车。

未来是否鼓励孩子们从事这个行业？

看他们自己的爱好了，读书不行就出来干工地，目前我们修桥这块也是青黄不接，有的来了干一天算一天，没有做长远打算。干活的人也越来越少，很多工人都是配个小车开着，干得不好只能和他们讲道理，要不然他们可能就不干了，酒厂可能要好管理一点，工地上工人的文化程度毕竟不那么高，如果说了句难听的话可能晚上就说不干了。我们在20世纪90年代就业确实很困难，但今天大家就业的机会很多，平时有车还可以去跑下滴滴，生活上几乎不用担心。现在社会就这样，没有办法。

您这边工程结束了之后您下一个工地是去哪里呢？

下个工地——可能是在云南吧，贵州也有项目，到时候再看嘛。我上个工地在泸定，泸定桥上游5公里，那座桥比这座桥稍微小一点，它的跨度是1100米。

这两个地方修桥的区别？

气候肯定是泸定那边好一点，那个地方这时候不用空调，晚上还要盖被子。那个桥工期要长一点，那边每天下午有 6—7 级大风，影响施工进度，干了差不多 18 个月，这里就干了一年的时间。

老婆孩子来这个地方参观过没？他们看过后有什么想法？

老婆和孩子都来过，他们觉得这座桥修得好看。像彩虹一样，比其他的桥好看和壮观。

6 情深在桥*

我来自河南，1992 年 2 月出生。我们这个行业出来得比较早，因此我已经工作几年了。语言方面还好，能听懂本地方言。

我之前各行各业都做过，毕业出来和别人一块在沿海地区，后来通过朋友引荐进入到这个行业。我是 2015 年才开始干的，已经建设了好几个项目，最开始是在江苏南通的沪通长江大桥①，然后是南溪长江大桥②，后来是大渡河的桥③，后面又到这儿了。我们在大渡河一块做事的同事，好多后来又到了这边，还是在一起，虽然我们不是同一家公司和同一家老板，但是我们还是聚在一块了。

我成家了，有一个女儿，女儿现在 5 岁了。从事我们这个行业，家里

---

* 受访人：赤水河大桥现场施工人员。

① 沪通长江大桥（Shanghai-Nantong Yangtze River Bridge）是中国江苏省境内一座连接南通市、苏州市的桥梁工程，位于苏通大桥上游、江阴大桥下游，跨越长江江苏段。

② 南溪长江大桥（Nanxi Yangtze River Bridge）是中国四川省宜宾市境内一座跨长江的桥梁工程，是成渝地区环线高速公路宜泸段的控制性工程之一，建成时为四川省主跨跨度最大的桥梁。南溪长江大桥于 2008 年 11 月开工建设；于 2012 年 2 月 21 日合龙；于 2012 年 12 月 26 日正式投入使用。

③ 兴康特大桥（Xingkang Bridge）是中国四川省甘孜藏族自治州泸定县境内的一座大型桥梁，位于大渡河之上，为川藏高速公路组成部分。兴康特大桥于 2014 年 9 月 1 日动工建设；于 2018 年 2 月 6 日完成主梁合龙；于 2018 年 12 月 31 日竣工通车。兴康特大桥处于咱里村东面，东西横跨大渡河；线路全长 1411 米，主跨 1100 米；桥面为双向四车道高速公路，设计速度 80 千米/小时；项目总投资额 10 多亿元。2019 年 6 月 11 日晚（美国时间），泸定大渡河大桥（今兴康特大桥）荣获 IBC“古斯塔夫 · 林登少”金奖。

面解决好，没有后顾之忧，才能更好地投入到工作中，天天都在项目上，开销要小一点，不像在外面。我老婆不是我们家那边的，是广西那边的，目前在广西那边和岳父岳母住在一起。

我年后没见过她。

赶工期很紧，走不开。过完年过来的，到现在没有见过面，基本上是通过微信视频。我之前给他们说过来这边看一下的事情，他们也有这个意向，具体的还没定。

来这里之前，您听说过习酒或者习酒镇吗？

我听说过习酒，那个时候刚出社会，3—4 年前就听说了。

第一次喝习酒是什么时候呢？

之前都没有喝过习酒，来这边之后因为习酒在这边才喝的。河南是产酒和销酒的大省，我们那边都是喝浓香型白酒。刚开始喝习酒的时候不是很习惯，不过感觉很好，这不是打广告，入口的感觉非常不错，第二天没有上头。

您在这边上班平时是开车还是坐摩托车？

我们平时有到项目办公室的车辆，就住在这座桥下面，租的民房。

这个工程完工后，打算继续从事这个行业？

我既然选择加入这个行业的话，还是会继续做下去的，这个行业往大了讲是为国家和人民做点贡献，往小了说可以挣点小钱。目前是在现场做一些生产的工作。希望可以一级一级往上升，做到部门经理或者项目经理。听说习酒公司刚进去的员工都要到车间锻炼一段时间，要熟悉整个过程。我们工地现场也是这样的，如果做管理不了解整个流程，现场根本就做不了。

您喜欢公司这个平台？

对对，我在这个公司待得也挺久了，还是比较看好。我们团队最忙的时候有 100—200 人。

和其他的团队有交流吗？

肯定有交流，因为我们是协同作业。

这座大桥给您留下印象最深的事情是什么？

这个项目上的人配合得比较好，做一些完美的物件，保障施工的运转。我们是一个协同团队，需要相互配合，工作才能高效地完成。印象最深刻的是，这座桥是我做过最高的。我们最忙的时候，那么多人，能够按时按量，按技术要求做完，挺好的。

这次采访交流，内容会在报纸或书刊上登出，借这个机会，您有没有对老婆、孩子，以及父母说的话？

我想对老婆讲：

谢谢老婆！谢谢你的支持和鼓励，能让我安心做好事业。昨天七夕不能陪在你身边，特意为你采摘了鲜花，拍有图片发给你。

我想对女儿讲：

爸爸不能时刻陪在你身边，但爸爸很爱你。

我想对父母讲：

儿子大了该有自己的事业，不能时刻尽孝，希望你们在家健康、开心、快乐。①

① 说话的时候，受访人眼里带着泪。

7 信号白*

我家是重庆綦江的。

我的岗位任务是混凝土防腐涂装。我们这个工作在引桥和主体工程的时候较辛苦。我干这一行五六年了。做涂装之前在綦江的传动公司上班，生产汽配。经朋友介绍到现在的公司。开始的时候就是向师父学。我们这个是高空作业，比较特殊，属于特殊工种。安装和操作这块存在安全隐患大、施工难的问题，高空搭脚架也是我们负责，施工起来也比较麻烦。大桥与房屋建筑不一样。房屋建筑是垂直下降的，这个是有倾斜度的，有一定的难度，这个与在家修房子刷油漆不一样。我们这个是采用手工滚涂，喷的话会对周边环境造成污染，滚涂范围是赤水河大桥可视的范围，面积有 6 万—7 万平方米。这种工作涉及化学材料，选料不好，会对身体有伤害。我们用的是环保的水性材料，对身体是无害的。这个是我们公司采用的德国进口的一个品牌，他们生产的材料具有这方面的优点。

不只是完成滚涂，还有一些视觉上的问题需要处理好，有的时候还需要用刮刀进行修补，如果我们处理不了，就需要项目部另派人员来处理。这座桥的颜色采用信号白，这个颜色是根据设计来的。这个颜色看上去不白，有点带灰色。大桥要涂好几层，一种涂料涂两次，用 4 种涂料，这个

---

* 受访人：赤水河大桥涂装工程技术人员。

材料是渗透进去的。现在做这种大桥防腐是非常重要的。

工期还是有点急。现阶段人手大概有 20 人。人数多了，作业面会跟不上，因为是交叉作业，需要根据现场的情况来定。四川和贵州两边都在做，同时出来的时候，一次要上几十个人。我们的工作差不多是建桥的最后一个步骤，相当于给桥“穿衣服”。

您来这儿以前，知道习水这个地方和习酒吗？

2017 年的时候来过，当时有一个涂装项目在这边。2017 年以前，只知道有习酒（产品）。我知道习酒是家里面有个亲戚在重庆做代理，知道习酒有 10 多年了，来了之后才发现习酒厂原来这么大。亲戚在搞销售这块。我记不得最开始喝习酒是什么时候，虽然记不得了，反正是喝过的。

家里是几兄妹？

家里有个姐姐，已经成家了，比我大几岁。我结婚了。有 2 个孩子，老大是男孩，要满 10 岁了，下学期读四年级，小的是个女孩，现在 5 岁。孩子没有来过这边。

鼓励他们做这项工作吗？

不是很希望，因为这行业太辛苦了。这要看他们自己，这一代人不像我们那一代人比较听老人的，现在的孩子是想做什么就做什么。我高中毕业后就没有读书了，因为家庭条件不好，就出来挣钱了。我是今年 5 月来这边的，每个月公司有几天假，我都抽空回去。

回去的话两个孩子问您的工作，您怎么介绍呢？

我之前用视频给他们看过这座大桥。

他们有没有要求过来看看？

公司有规定，施工期间不能带家属，影响工作。

未来孩子上大学，希望他上哪所大学呢？

没有想过，他读到哪天算哪天。

了解过赤水河的历史么？

不了解。

建完这座桥后，去哪个工地？

由公司调配，还是从事这个工作嘛，四川遍地都是项目。现在已经过了这座桥建设的高峰期。工人陆陆续续的来，工程做完就可以走了，另外的队伍就进来了，基本上是循环的，现在的人比之前少多了。

哪些工种的收入比较高？

这个没有打听过。

对薪酬还满意么？

我们这个因为是高危作业，工资相对要高一点，其他的可能就 200—300 元一天。有时候下雨，做不了，不是天天都有。高危作业，报酬给少了，没有人愿意干。

8　跨江跨河*

我是 1991 年出生的。这是我待过的第三个工地。

我有时候从下面习酒镇的旅游公路走上来，这座桥看上去很雄伟。在这座桥哪个位置都能看到习酒厂，不管是早上还是下午，这里修好后可以是一个观光的地方。

我来这里之前，在重庆那边做房建，经熟人介绍后过来的。我主要是做贵州这边的引桥护栏。我的工作——刚开始是项目上的测量人员把点位测好，我们根据他给我们的点，做好设计的标隔带，根据标隔带定位定点来做护栏的钢筋，钢筋完成后，项目人员监理验收合格后打混凝土。防护栏上面还涂了层漆。这座桥是一个标志性建筑，因为混凝土表面不是很美观，所以涂了层漆。现在做的防护栏工作和之前做的房建工作的区别是，房建也是先做好点位，工序都是一样的，虽然用的钢筋不一样，但工具差不多。选择干建筑行业，是因为建筑行业挣钱多一点，不过也要辛苦一点。我们这个防护栏的工作已经在收尾阶段了，估计还有 5—6 天的时间，做完之后还要做桥面。

我来的时候看到这座桥，第一感受是霸气，以前走过的高速公路，不管是跨江的还是跨河的，都没有这么高。我和当地人有接触。当地人很好，只是在口音上和我们有点区别，说的话听不懂，他们要说得非常慢才

* 受访人：赤水河大桥护栏施工技术人员。

能懂一点，他们的语速偏快一点。平时来这边参观的人很多，特别是四川那边的人还要多一些，这边主要是些村民，我们还要喊着话，叫他们不要去施工现场。项目上还常开安全会议，我来了之后都开了 3—4 次。

我们一般是 6 点起床，6 点 30 分到工地，干到 11 点 30 分。下午天气好一点就 2 点 30 分开始上工，天气热一点就 3 点上工，一天工作 9—10 个小时。我们主要是保证有休息，还要根据工期的时间，早点干完早点收工。晚上回去和媳妇视频聊天，看会儿视频就睡了。我们住在合租的工棚里。卫生条件还可以，洗澡这些还方便，生活条件还过得去。

我家还有一个哥哥，他的孩子两岁了。我刚结婚，还没要孩子，我来了工地 3 个月。我媳妇在家里面，在重庆工作，是坐办公室的，一个月 2000—3000 块钱。只够她自己，经济上算是独立。

那您会带着媳妇过来看这座桥吗？

会。我会给她说：这座桥，看着怎么样？你老公出了一份力的！

做完这个工地去哪儿？

做完先回去休息一下再说。

之前是否知道习酒？

我之前在央视看过习酒的广告。我是来这边之后才喝习酒的，因为这边是习酒镇嘛。最开始喝习酒的时候已经记得不是很清晰了，好像是去外面和工友喝的小习酒，之前我只喝浓香型白酒，来这边之后才尝试喝酱香型白酒，喝着感觉还可以。原来喝过茅台，喝下去喉咙烧烧的。我现在会喝习酒了。

平时和朋友聊天，怎么聊这座大桥？

他们一般不会问，一般都忙自己的事。平时大家都很忙，吹摆[①]的时间很少。

---

① 闲聊的意思。

9 山山胜景*

我是1991年出生的，2014年参加工作。

现在我们主要是做钢桁梁的铺装和桥面的除锈。钢桁梁铺装吊好后，需要拼接在一起。拼好后要对桥梁进行喷砂防腐，我们现在看到的黄色的是防腐漆。防腐漆之前先要喷砂——将钢板原来的一些涂料全部打掉，将钢板表面露出来，钢板的表面是比较光洁的。然后上黄色的防腐漆，之后还要做两层防水，然后还要做一层连接层，这4层组合在一起，就是我们的防水连接体系。它主要的作用是对整个大桥钢结构面板的保护和与上面沥青的连接。桥面铺沥青和钢结构面板上的沥青不一样。钢结构上面的是两层沥青，钢结构表面的沥青和桥面上的沥青差别不是很大，只是拼装不一样，但是钢结构底层的沥青与桥面上的沥青差距就很大了，钢结构底层的沥青不需要碾压，直接铺上去就能成型。

平时大家开车在路面上跑，不知道发生了什么事情——开车用户一般只知道路面这一层，下面的东西他们就不怎么清楚了。当然，路面的平整性和积水情况，这个是最直观的。我们喷砂防腐和防水对环境的要求是很高的，赤水河，天气热，钢板上的温度在中午可以达到70多摄氏度，我们测过的，但是正常施工不能超过45摄氏度，否则会对材料有所损坏。还有，钢面有露水也不能做，风大了也不能做，下小雨都不能做，施工条件

---

* 受访人：赤水河大桥钢桁梁铺装工程管理人员。

很苛刻。前面几天晚上一过12点桥面全是露水，没有办法施工，然后又遇到大风，所以现在在抢工期。一般从下午5点干到10点多，这个没有办法，受环境限制太大了。用的也是高分子材料，刚才你看到的运沥青的罐车和普通的罐车都是有区别的。我们称钢桁梁的铺装是特殊路面的铺装，要保证用多少年不损坏。我们桥上有个宣传展板，可以了解到我们这儿的工序。

我是重庆交通大学毕业的，大学的时候第一专业学的是工商管理，第二专业学的是工程造价，真正接触桥梁施工是在后面，出来后才慢慢学的。两个专业跨度很大，要将它拿下不容易。以前在大学的时候，像人力资源证、会计证、造价证等，我是拿了很多的，因为我在大学的时候，是当的学生会主席，后面阴差阳错才搞这个，如果再给我一次机会，我不会选这个了，因为实在是太辛苦了。我们这个工作到最后的时候都会抢工期，作为我们项目上的管理岗位，还是像农民工一样，一直都在赶时间，连续辛苦的强度，真的很恼火。搞工程这块付出很多，收入上也还可以。

现在在场作业，我这边有70号人，不仅仅是施工，还有衣食住行方方面面都要管，下面也有一些班组长、施工员、后勤和材料采购辅助人员等。

工作之外，有没有去附近转转？

转得比较少，我在习水县城那边租了房子，有空就在县城转转，其他时间就没有去转了。

为什么会在县城里租房呢？

因为这边买东西都很不方便，我的后勤保障人员和材料采购人员都住在县城，很多东西都是从县城采购，我们这边需要购买的杂物很多。我们有地方吃饭，在当地找了一个大姐帮我们做饭，我们有60多个人吃饭，我们来这边也能给她家创造点收入。

来这个地方之前，您知道赤水河和习酒吗？

还真不知道。我是重庆那边的，跑的工地也多，但赤水河和习酒还是来这边才知道的。

之前想去土城转转。听说土城有2000多年的历史，有很深厚的历史文化底蕴。现在出来的这些人都比较年轻，项目结束过后，都想去习水和古蔺转转，因为我们也是全国各地到处跑，当地的美食基本都可以尝一下，风景点基本都可以去玩一下，这也算是搞工程的好处吧。

从赤水河一直到长江口，听说沿途有很多的风景。不过这里本身就很美。贵州的山，如果能够静下来欣赏，是很漂亮的。

10　不失分毫*

我从事这项工作半年多一点，这是我第一次造桥。

毕业之后我在其他公司干了 5 年，我家是扬州的，中铁宝桥①招聘，需要我们学结构方面的大学生。江习古公司是总包方，中铁宝桥公司是分包方。我是燕山大学毕业，专业是工程力学。我主要的工作是保证现场按照图纸施工，与总包方、监理、设计单位、下级单位、厂内进行沟通。

建第一座桥，有什么感受？

没见过这么大的桥，觉得很宏伟。我们以前是做石油钻机的，虽然那个也很大，但这有 2 万多吨。

来这边习惯吗？

习惯，我们也是随便漂的。在甘肃、河北都待过，现在来这边吃的也很好，我喜欢吃辣的。

喝酒没？

这边都喝酱香型白酒，很好喝，我回家都会带两箱酒，不知道是不是习酒，就在习酒镇上买的。

您来这里之前知道习酒吗？

听说过，这几年很火。

---

* 受访人：赤水河大桥现场施工管理人员。

① 中铁宝桥集团有限公司。

我们1月份进场，我还在实习期。过完年之后，时间特别紧，10月1日通车，公司里的领导安排我来现场学习，我就过来了。在现场不只是学习，还要担很多的责任。很多工人不会看施工图，还要教他们看图，前期我还需要在现场看着，后面他们就可以按照我教他们的方法干了。有一次杆件拼错了，凌晨2点给我们打电话，说不对，说拼出来尺寸不对，对角线对不上，将有关联的所有人员包括质管人员、技术人员、监理、施工全叫出来在那里看，因为晚上视野看不见嘛，用手电筒照着量尺寸，那应该是最累的一晚。最后发现有一个孔的尺寸不对，差了1厘米，找到了原因，原来是孔算错了，将它连接的板的孔也算错了，拼接起来就有问题。

现在轻松多了，主要是负责附属的安装和扫尾工程。

之前那个是不允许有误差，现在尾期工作没有之前那么复杂了？

对，因为马上要通车了，要容易得多。

有到周围去转一下吗？

到习水县去转过，当时是桥合龙了，慰问我们这些施工人员，到习水宾馆吃了个饭。

有多少人？

大概十几桌吧。

那天领导有没有讲话？

那天都是交通厅的领导，就是讲一下大家辛苦了，接下来要努力。

您晚上睡觉，蚊子多吗？

有蚊香。河边蚊子比较多。

习酒车间里的曲蚊也多。

你们这边在河边，夏天热，容易招蚊子。

结婚了吗？

我1991年出生的，2016年结婚，目前孩子2岁，我母亲在带（夫人在外工作）。

夫人是做什么的？

在扬州一家公司做会计。

这个项目结束后是跟着工地走还是回家？

这个工地做完我应该会去重庆，重庆还有其他的桥。四川路桥做得比较大，整个一条路和塔都是他们负责的，我们只负责这1200米的铁桥。

喜欢这个工作吗？

这个工作挺锻炼人，不是单纯地去做，我们以前是搞技术研发的，在办公室作图。这个工作不一样，你必须去现场和其他人员沟通，就是辛苦了一点。

接下来还会做这个工作吗？

还是会造桥的。

会鼓励孩子以后从事这行吗？

想让他们读研、读博为国家做贡献。

夫人见过这座桥？

在照片上见过。

她会过来看吗？

9月份她应该会过来玩一下，来看一下贵州的山水。贵州高速、高铁都通了，很快，过来很方便。

11 业承家风*

我是负责铺装质检这块的。

毕业后，这是我接触的第一家公司，我是重庆交大毕业的。这个公司和重庆交大有很深的渊源，公司的董事长和总经理都是重庆交大毕业的。我当时过来，先实习，想看看公司状况如何。在这个公司，和我接触过的同事，都很年轻，比较单纯的想法就是把这个事情做好，没有考虑怎么挣钱的问题。最开始是在实验室，是搞质量把控的，现在到现场来进行质控。我在这个公司待了 3 年。我们手上的活干得是否漂亮，直接影响到整体质量的好坏。我主要是负责钢桁梁的质检。路面的铺装，包括防护漆、防水层、路面的沥青铺装，都是我们公司负责的。路面防腐做完了要铺防水材料，防水材料铺完了要浇筑石，然后做 SMA，它是沥青防腐的一种，在雨水路面，可以防止车子打滑，且它的弹性恢复力较高，因为钢结构会发生形变，不能用刚性材料，要用柔性材料。

我是“90 后”，属于比较幸福的一代，还没有来自上面养老的压力，也还没有下一代要抚养，父母给了我们好的基础，想做什么就去做什么，没有掺杂一些现实的因素。很多时候人掺杂了现实因素，就会产生一些影响。如果只是为了挣钱，我不会来搞施工，我觉得人还是要沉下心来。“90 后”大部分是独生子女，可以说是“温室里的花朵”，但是“花朵”

---

* 受访人：赤水河大桥质检管理人员。

经过社会教育和家庭教育之后才好看，这样的“花朵”更加光鲜。我看问题没有那么复杂，就是想把事情做好。

我的这些想法是受了父母的影响，他们都是20世纪70年代出生的，经历过苦日子，对子女的教育更多是宠爱，不像“80后”，一个家庭至少有两个孩子，家庭对每个孩子的关爱要少一点，孩子会更加自立一点，在经济方面，家庭的帮助没有那么大，迫于现实的无奈，要去做一些和金钱挂钩比较深的工作。做工程的大部分人都是实实在在的，干实事的人。到了“00后”，又是集万千宠爱于一身，有点被宠坏了。

您之前知道赤水河吗？

晓得，我在遵义工地待了2年，也是在遵义市红花岗区做工程，那个时候我们还跑到遵义会址去玩。这边是四渡赤水的地方嘛。一渡在土城，习酒镇这边是二渡和四渡的地方。听说当时赤水河很湍急，两座山之间很陡峭。

来这里之前知道习酒吗？

知道的，习酒这么出名。

是怎么知道的？

我本身就喝酒嘛，对酒有一定的了解。

什么时候开始喝习酒的？

我来这边是2017年，来的时候喝的是习酒窖藏1998，后面喝的是习酒窖藏1988，习酒窖藏1988要更好喝一些。我是来这边之后才开始喝习酒的。因为重庆那边喝清香型白酒和浓香型白酒多一些，喝酱香型白酒的少。

以前通过什么方式知道习酒的？

听父辈提起的，听他们聊天的时候说的，后面我还了解到酱香型白酒有很多种，如珍酒、金沙回沙酒、郎酒等，太多了，喝得最多的就是习酒。

近期回过家吗？

回了2次，送质检报告的时候去重庆，可以回趟家。对我们这种很好了，他们搞基建一座桥一干就是几年，我们只干几个月。我们再做一个多月就回去了，我们沥青的铺装是很快的。

对这边印象最深刻的事情是什么？

干完活之后都很疲惫了，十几个兄弟伙去喝点啤酒是最舒服的。昨天晚上又是通宵，上午 11 点才回去，又是几个兄弟拉了 3—4 箱啤酒喝酒聊天，然后再去睡觉。

那这样只能睡 3—4 小时，今天晚上又要通宵？

今天晚上又要通宵。我是去将我的质检指标弄完，大概凌晨 2 点回去，第二天早上再过来，他们现场施工这块就不能停，因为晚上温度低，白天钢板被晒温度有 50—60 摄氏度，是无法施工的，只能晚上进行。除非天气不允许，比如前两天刮大风，达到了 5 级就无法做了，我们这边是喷涂的，风一吹就会吹偏，不能保证施工的均匀，我们做路面铺装的就得看天气。

我是喜欢这个行业的，不喜欢我觉得做起来没劲。很多人不知道自己喜欢什么，只知道挣钱，很多人干到退休都没弄明白。人活一辈子只有几十年。

为什么会有这个观念？

我觉得主要是跨代的教育，我外公是村里的支委书记，我爷爷是村里的会计，对我的教育也是非常的正面。每年我们这个大家庭，都要组织一次年会，在小年夜长辈的家里，讲家里的得失。这个不是突然兴起的，是家庭的底蕴慢慢沉淀起来的。小时候很多事情，不知道怎么去做，只能从父辈那边传达下来。中国人现在缺了点精气神，都只想着挣钱去了。

其实父辈灌输思想没有意义，而是要自己去总结。开个玩笑，家庭年会最好以红包的形式总结，在年会上总结得好的，红包就发大一点。小的时候，潜移默化的培养，后面遇到事，自己就会总结了。小到家庭、大到公司，背后的运转，都是怎么将一群人往一个目标上引，然后不停地修正。

我觉得，家庭对我影响很大。

12　美益求美*

我们主要负责大桥的拼装和架设。

来的时候钢桁梁是一块一块分开的，我们需要将它一块块组装成型，然后吊起来，在上面将它们拼到一起，一块一块的连接起来。咱们这边全是山，整体运过来比较困难，所以只能拆成一小块小块的。

这样增加成本，需要更多的时间。

是啊。中间红色部分的钢桁梁全是这样子，一块一块组装起来。将它组装成一个框架，形成一个整体。这个桥是我们集团施工，现场任务最重的，因为运输的问题，我们需要将它拆解零散，重新拼接成一块一块的，把它拼装成桁架以后，再起吊起来。按常人的理解，少一点拼装会少一点焊接，一次成型会更坚固。但这个桥做不到，主要是焊接和栓接成型。全桥有 81 万套螺栓，现在我们可以看到的桥面都是焊接的，一块的边长是七米四。

为什么是七米四，而不是其他尺寸？

它是按照一个标准，标准的七米四的版块。不是力学的问题，要考虑到车的宽度和长度，太长的话，运输和焊接起来会更麻烦。现在中国钢桁梁架桥的技术处于世界领先水平，从运输和受力，设计得已经接近完美了。

---

* 受访人：赤水河大桥钢桁梁拼装工程技术人员。

这座桥需要考虑到风的问题吗？

咱们这座桥属于横向型的，是那种透风的。还有一种是箱型的，两边是尖的，风进来时会被分散。这座桥是框架式的。

为什么中间是拱形的？

所有的桥梁都有拱，这和受力有关，它受力会往下走，如果说是平的，受力往下走，慢慢地就塌下去了。

这座桥还有什么特点？

它的特点是世界首例跨度达到 1200 米的桥。我们造桥也已经几十年了，这么长的桥还是头一次修。从去年 10 月份筹备组装到今年 5 月 30 日架通完成，时间短，任务重，而且架设非常精确，做到了零误差。

怎么做到的？

我们在技术上进行分解，类似于积木的形式，好的积木可以分解成多个版块，我们将设计图拿过来后分析吃透，因为我们是中铁宝桥，主要是架桥，全国有三家著名的架桥公司，我们是其中一家，是国企。四川路桥在整体高速上预计有多少座桥，还有国家战略考虑的问题。水泥桥遇到战争一旦被炸毁就变成建筑垃圾，钢架桥遇到战争还可以拿来炼钢。我们架设的这座桥不仅速度快，而且做到了零误差，尤其是有一个合龙段，两处接轨的地方，按道理要很长时间，但我们几天就接上了。

桥是从中间开始建，还是从两边开始？

这种桥是从中间开始，箱型梁是从桥墩开始。箱型梁比较适合用在大江上，用船运，因为它是一个整体，然后用船吊起来，一段一段的焊接，箱型梁太大，没有支点。

桥高超过 300 米，吊装的时候风会有影响吗？

首片吊装的时候是在大年初八，风小。

特地选择的这天？

人们讲的开门红嘛。过完年回来，首件吊上去，非常的成功。

为什么选择从事这个行业？

我的父母也是建桥的，子承父业。

您喜欢这个行业吗？

参加祖国建设，是件光荣的事情，我一直想为国家做点贡献，最开始一心想去当兵，没有当上，于是选择其他行业为国家做贡献，因为这个行业做出来的成果能被别人看见。

大学里就有这个想法？

那时候也看过父母在项目工地上艰辛地干活，看完后有一种成就和骄傲。

之前知道赤水河吗？

知道的，红军四渡赤水是书上学过的，来这边，我就在想毛爷爷①是怎么过去的，这么多山，来的时候，觉得这边的山很高。

来之前知道旁边的习酒吗？

不是太清楚，之前只知道茅台，来这边之后才知道习酒。

您是哪里人？

我是河南人。

习酒在河南销得好。

我籍贯是河南，但我是陕西宝鸡市长大的。

您来这儿之后，工作之余有没有四处走一走？

我们来之后天天在桥上，没有时间外出，我们没有周末，不存在上下班，一个电话我们就要去。

很久没有回家了？

我们有假期，大桥合龙后只剩下简单的附属安装，前段时间休了10天假，回了趟家。

工程结束后，下一个地点在哪儿？

还没确定，等公司安排。

下一个项目还是架桥？

还是架桥。这几年高速修了很多，架桥也很多。从习近平上来之后，

---

① 毛泽东。

注重道路的建设，哪儿偏僻就去哪儿，所以要修路，这个是国家的战略部署，有路就会有桥。有路了之后，人们出行方便了很多，这也是我觉得，参与国家建设很骄傲的原因。

平时没有白天和周末，现在吊装完后，这一阶段你们在做什么？

附属工作，桥上的栏杆、隔离带、护栏都是我们做的，除了铺沥青，其余都是我们负责。

主体工程快要结束了？

对，因为这边 9 月 30 号要通车。

完工后，会不会四处走走？

肯定会，“美酒河”景观只是听说，但没去过。

土城那边去过吗？

去过，但我觉得人为新建的地方太多。

青杠坡去过吗？

没有，白天没时间，只有晚上才能去。我有时候会想，红军是怎么渡河的？为什么要渡过去再渡过来？习酒那边有一个观景台，我去过，有记录红军四渡赤水的事迹，我还拍了照片发了朋友圈。

您一参加工作，就是干这行？

对，我参加工作 25 年了。

为什么还能保持得这么年轻、帅气？

成就感。我也参加过很多桥的建设，建造宜宾的长江大桥，桥修通了才会有高铁过去，无形之中会让人产生骄傲。

您着装整洁，与很多工友不同，平时都这样吗？

我一直都是这样的，因为我热爱生活，爱生活首先要尊重自己，对自己的仪表必须要认真。

这个观念是从什么时候来的？

学会谈恋爱的时候开始的。人嘛，还是喜欢看漂亮的。不光是个人的仪表，包括我们造这座桥也是。

13　夜泊长桥*

今天晚上就在桥上过夜？

是的。

一辆车配几个人？

3 个人，2 个人操作机器。我负责驾驶和服务。需要用到的油、料、机器配件都在这里。他们用完，我马上提供。设备出了什么问题，我听声音就能听得出来，马上就要维修。每天上班后我们就开始干活，干完后，设备、材料、车和人就撤离现场。

从事喷砂之外，做别的什么服务吗？

我们就只做喷砂和 2 台设备的后勤保障，其他的不管。

您是哪里人？

湖北。

之前来过这边吗？

没有。到这边接这个活儿，是通过特铺①安排的。我们在全国各地就做钢桥面喷砂。

您这个车身多长？

九米六。

---

* 受访人：赤水河大桥钢桥面喷砂设备运输货车司机兼现场技术服务人员。

① 重庆特铺路面工程技术有限公司。

怎么上来的？（大桥还没通车）

这一次是从习酒收费站那边过来的。现在施工货车从两边都可以通行，四川那边从古蔺县过来。虽然可以通车了，但还在施工。那天我来的时候不准我上桥，我给他们讲我是上桥施工的，才让我过来。

从事这个运输行业多长时间了？

2 个年头。

之前是做什么的？

之前是做混凝土的。现在买了大设备，干的活也升级了。

现在这个工作比较干净。

对。做混凝土整天都比较忙。现在这个事情，开工干后，后勤保障跟上就行。

第一次上这座桥是什么感受？

就是感觉挺高的。

这是第几趟上这座桥了？

就两趟，一次从古蔺县过来，一次从习酒镇过来。

来之前知道习酒吗？

不知道。

没有喝过习酒吗？

没有。我们做工程的，跟酒打交道比较少。除了上层领导，我们在现场的是不允许饮酒的。这是我们从事这个行业比较特殊的地方。还有就是全中国到处跑。我在这里再待一个礼拜，就要去其他地方了。我去的上一个地方在云南，不是和四川路桥配合，是云南路桥①。

也是建这种钢桁梁的桥？

不是。那边有 11 座钢桥，有的是跨河，有的是跨高速路。

去了这么多地方，看到这个河谷是什么感受？

没什么特殊感受。

---

① 云南路桥股份有限公司。

您是哪一年出生的？

我是1982年出生的。

成家了吗？

我成家了，孩子大的13岁，小的3岁。

您长时间开车在外面，回家少？

待在家的时间少，回家有可能是路过，待上一天，就要往工地上赶，没时间到其他地方旅游。晚上熬夜，收工会早一点，但上完班人已经很疲惫，只想睡一觉。吃完午饭，天气热，待到4点多，又要上班。设备和耗材全都放在车上，用完就拉着走。

这次来这边要待多久？

半个月左右。

住在哪里？

租房住。来这边条件艰苦一点，只能租在民房里。有的时候项目在县里，就可以住旅馆，习酒镇那边也有2家旅馆，但是路不好走，我的车不方便。我们现在在房东家吃饭，每个月给房东点钱。

收入上还可以？

还行。每个月平均下来1万多元，但同样也辛苦。

习酒厂车间温度40—50摄氏度，工人在里面上班经常汗流浃背，好像也有1万多元一个月。

想拿这份钱，必须要有付出。

来这里之前，知道赤水河吗？

知道，历史课上学过四渡赤水，来这边之后才知道习酒厂的。

闲着的时间就和家里面通个视频打发时间？(手里正拿着手机)

是的。有时候也刷刷抖音。

父母健在吗？

健在。

兄弟几个？

就我一个。

那父母还是挺担心的。

还好，因为都住在一起（和媳妇孩子），有视频的时候也可以见到。

湖北那边和这边都挺热的。

热，家里人讲，这么长时间，空调没歇过。这边到了晚上还行，不冒汗。我家那边这个时间，在外面还是会出汗。

今天这桥上凉快。

一般多长时间会去看看现场作业呢？（受访人在200米外的桥面上坐着休息）

我一般不会去。做久了就不用去，听机器声音就能识别是否正常。

平时在家喝什么酒？

我们家那边都是喝苦荞酒。

能区分浓香型白酒和酱香型白酒吗？

不能。

这个地方盛产酒。这条河是“美酒河”，上面是茅台镇，这边是习酒镇，对面是二郎镇，下面是土城镇。投产的时候，可以闻到酒糟的味道。

每个地方都有每个地方的特色。

那您大一点的孩子是男孩还是女孩？

男孩。

希望他以后干啥？

我们没有考虑这些问题，看他的兴趣爱好和目的。

帮助小孩树立目标有助于成长。

孩子不听话，树立这些东西也是白树立，你给他讲什么都是应你的，但就是办不到，我就没有办法。

现在比较担心小孩的教育问题？

是的。有一年我带着他，和我一起跑过，待了3天就吵着要回去。工地上没有什么玩的，条件艰苦，天气炎热。我们出来了以工作为主，还得安排时间把他送回去。孩子小，不敢让他一个人坐火车，后来就没有再带他出来。

鼓励他上大学吗？

鼓励是要鼓励的，但是能不能办到还是要看他自己。

我长期不在身边，孩子妈妈对孩子长期的说教，已经没有约束力了。有机会要鼓励，也要做到恩威并施。往大了说能决定他的命运，往小了说关系着他的生活条件。

14 和和气气*

我先给你做一个简单的说明。

我先说我个人这边，然后再说整体。今年是我参加工作的第 6 个年头。我是 2014 年参加工作的，工作已经满 5 年了，毕业后，我也参与了泸定的特大桥建设，建设完成后，2017 年的 7 月份到的赤水河大桥项目部，当时过来这边项目才开始动工，我算是最早进入项目的一批人，过来时负责项目现场这个版块，对各个点位进行管控，来的时间比较早，因此要熟悉一点。

我们这座桥有几点还是可以的，第一是我们这个塔的建造，它建造的时间短、速度快；第二是建造质量高。这座桥的索塔在山区峡谷同类型悬索桥梁中是第一高的，考虑到春节耽误了几天，我们只用了 9 个月就完成了，同类型桥梁索塔最少都得 1 年多，我们采取了很多的技术和措施缩短了时间。它的外观和实际检测质量都是很不错的，包括钢筋安装的时候采用的也是自己研发的技术。因为塔很高，混凝土是浇筑上去的，在材料的选取上购买的是几百块钱一立方米的材料。另外是全桥的施工和控制，从 2017 年 5 月份动工到 2019 年 9 月份完工，预期是 30 个月，我们实际只用了 29 个月。这座桥和常规桥相比，特点明显，工序很多。像其他桥修墩的修墩，架梁的架梁。我们这座桥工序很快，开始修墩子是按部就班地做，

---

* 受访人：赤水河大桥现场施工管理人员。

上面的就很快，一个月就转换一个工序，很多东西都是提前到场，包括对外和对内，对内包括方案准备、人员的准备，对外包括材料的招投标、采购以及制造周期都要考虑，涉及的东西很多。然后就是我们这边的主桥采用了吊装钢梁的方式，我们四川路桥这边比较擅长缆索吊，全国的路桥单位都是这样，在海上的作业我们比不上中交和中建①，我们擅长的是在山区和峡谷间的建设。我们缆索吊单边起吊吨位是 250 吨，缆索吊的安装非常的复杂和庞大，需要关注的点也很多，任何一点出问题，这个梁就有掉下去的可能，风险点很多，任何环节都不能出问题。吊装得以顺利进行，是因为我们采用了很多国内首创的技术。

吊装的时间有多长？

吊装是从 2 月 16 日到 6 月 10 日，吊了 81 片梁，3 个多月，差不多每天吊一片梁。我们这边运用了国内首创的物联网互联系统，把吊装系统和互联网系统结合起来，对吊装的钢绳受力和位移、运行的位置和起吊的高度等进行监控，包括对每个点的监控，而且有预警装置。以前是凭感觉，没有量化的指标。现在各方数据从 App 里面显示，一个人可以控制多个点。现在是国内首次利用这套系统，这套系统不是很贵，几十万块钱，集团公司几个项目也在用这个系统。很划算。但是后面的单价要高一点，我们是第一次谈，服务方想进入这个市场，我们将需要监控的思路提供给他们，他们做成想要的形式，这个吊装系统就是他们做的。这座桥的技术方案比较成熟，我们做雅康那座桥的时候已经将这座桥的原料和设备考虑过了。

现场管理经验是怎么积累的？

从我参加工作开始，四川路桥这边就是“传帮带”形式的跟班作业，工人做什么，我们做什么。刚出来的人员有几个身份，既是施工员、安全员、学习员，同时也是工人。因为很多人出来直接搞管理是不行的，管理必须什么都懂。刚参加工作的时候，必须和工人一起同吃同住，他们加班

① 中国建筑集团有限公司。

的时候我们也要加班，最开始来的时候和工人待在一起，知道每个工人叫什么名字，这个是最开始的现场管理，再往上走就是对各个点的管理，各个点的管理就不是单纯的关注技术这块了，将各个点的目标分解到技术员，逐层的监控。我现在是负责全面监控，需要和各个点的负责人打交道，了解他们的性格特点。

因为师父带得好，还是受家里影响？

家里面没有人做这方面的工作，我比较喜欢刚出来带我的人。我们四川路桥还有一个传统，是技术员出来有对应的工长，当时我们还不是现在的企业性质的单位，当时还是军队化管理，企业改制后以前的工人都是原来的员工，他们只会现场生产，搞不了管理，将这部分工人挑选出来分配到各个项目，让他们做监督和指导，他们不会计算现场的技术员会，而现场技术员没有长期的经验，当遇到疑难问题时，有工长来提醒他们，更大的事情就由我们出面。很多时候工作环境很重要，假如我们有 10 个技术员，有 8 个技术员每天都在学习，有 2 个技术员在偷懒，那么那 2 个技术员也会被其他人同化。

很多时候，我宁愿几个新员工配合几个老员工，因为现在老员工太多了，老员工没有走上管理岗位是有原因的，他们干过几个项目后已经养成一些习惯了。一个人刚进入社会引路人很重要，引路人带得好，会形成一个很好的氛围，如果形成不好的职业观和工作习惯就很让人恼火。我是重庆綦江人。毕业之前在叙古路①实习，毕业之后的第一个项目在泸定桥。

您是哪所学校毕业？

重庆交大。

现在成家了吗？

目前还没有，我是 1992 年出生的。

女朋友在哪儿呢？

她在雅安，是搞水泥的。

---

① 叙永县到古蔺县的高速公路。

这个地方的管理有什么特别之处？

有两个方面。一方面这里对于我是练手和学习的地方，这座桥是四川路桥集团投建一体化的项目，集团公司也很重视，各方面的支持力度很大。另一方面是这个地方离家很近。现在回想起来，这边的工作很充实，上个项目除了充实之外，感觉很累，睡眠时间不足，紫外线比这边强，那边是跟着别人学，这边是带着别人学，角色发生了转变。

来这边之前知道赤水河和习酒吗？

都不知道。

来了喝过习酒吗？

我之前不喝白酒，来这边才养成喝白酒的习惯。喝了这边的白酒之后，我就再也不喝其他的白酒了，以前应酬喝的浓香型的酒，第二天头疼，喝了酱香型白酒第二天很舒服，浓香型白酒现在已经喝不下去了。

这边的生活习性和家里差不多。和这边的当地人打交道，这边的人还是比较讲道理的，我们施工区属于居民住的地区，之前的项目周围都没有多少人，现在下面是一个矿区，印象最深的是，吊梁的时候大家反应很激烈，担心危险。但当地居民，没有什么无理的要求。我们也会有一些不需要太多技术的岗位，请当地的人员来做，提供些就业岗位。

大家遇到事就协调沟通，像修便道和施工，水电设施什么的，都商量，大家都是和和气气的。

15 桥头悬缆*

我主要负责大桥上部结构的安全施工，主要职责是安装与拆除作业。之前塔一封顶，我们就开始安装副属性材料，比如铆钉、门架之类的，安装完这些之后装主索鞍，主索鞍吊装完后进行猫道的铺设，架设牵引绳，就是先导索过江，钢丝绳由小到大，在空中架设猫道承重绳的托架，在空中有一个便道，方便上面的人行走。托架完成后开始拽拉，从贵州这边把钢丝绳放过去，放到指定的位置，放进槽里面再进行固定，两边同时进行调整，合适后再一根根的这样操作。猫道的承重一边是 8 根，形成空中承重的基础部分，这个弄完后进行面网的铺设，这也属于猫道的架设。钢丝绳两边拽拉要相互配合，形成互拉的形式，将面网一层层铺下去，包括中间的抗风抗扭的通道，人也可以从这个通道上面过，风大的情况对它都没有影响，这就是猫道的架设。便道和门架都做好了，完善拽拉的牵引系统，锚头在河两边固定好，白天进行主缆架设，晚上进行线性调整，后面就是循环的流水线作业，这边架设按照主索一天五根进行，塔顶上入鞍的位置是有明确规定的。

它们是由小的钢丝慢慢变成大的吗？

对。这边是 169 捆，每一捆有 91 根丝。

主索上面有一个通道？

---

* 受访人：赤水河大桥上部结构工程施工人员。

主索上有一个检修道，人可以攀爬上去，有扶手和道路，但需要系安全带，往后到了一定阶段，会有一个定期的检查。

您负责安全这块过程当中需要注意什么问题？

吊装作业和焊工作业，还有防火作业。

它们都有什么安全隐患？

工地上都会存在一些大大小小的隐患，吊装这块需要区分吊装什么，什么可以吊什么不能吊。还有根据物体的大小形状判断怎么吊，用什么吊具，选用什么样的钢丝绳。

您吊装以来有没有遇到什么特殊的事情？

吊装还行，我们吊装大的物件都有交底和班前会，进行交谈和对注意事项的强调，我们每天都要开会。

你们现在有多少人呢？

现在也就三十几个人，最多的时候百人左右，也就是拉主缆的时候。

这是一个很复杂的工程？

说复杂也复杂，说简单也简单。

从事这个工作多少年了？

我从事桥梁这块工作不长，从建虎门二桥[①]开始算，现在这是第三座桥。第二座桥在云南那边，那边的情况和这边差不多，进度比这边还要慢一点。我是经朋友介绍进入这个行业的，以前做的事比较杂。

您近视是因为看工程资料太多吗？

也不是，玩得比较多。

结婚了吗？

我是1993年出生的，没有结婚，但有女朋友。

工地上的空闲时间很少。

---

① 南沙大桥（Nansha Bridge），原称虎门二桥，是中国广东省境内一座连接广州市南沙区与东莞市沙田镇的跨海大桥，位于珠江狮子洋之上，为广州—龙川高速公路的西端部分；是继港珠澳大桥之后，珠江三角洲又一座世界级桥梁工程。南沙大桥于2013年12月28日动工建设；于2018年11月20日完成合龙；于2019年4月2日建成通车。

干工地，对感情方面不好培养，在工地上待久了容易和社会脱节。天天在工地上和天天在市区工作会不一样。

什么地方不一样？

在工地上谈论的问题很平淡，都是和工地有关的，语言方面比较粗糙，有些人说话比较直。

接下来还会从事这个工作吗？

我希望尽量选择在城市里面工作，慢慢地转行，搞计价这块也是可以的。

您学的专业是什么？

我学的是工程造价。我在虎门二桥待了一年左右。

那边和这边有什么不同？

地理环境不一样，那边是在江面上，地方比较平，气候比较热。这边也比较热，算是遵义最热的地方了，去年7—8月几乎没有下雨。

您是哪里人？

我是遵义县的。

之前知道这个地方和习酒吗？

没做这行前，没来过这里。习酒在学生时代就了解过了，历史文化这方面对四渡赤水知道一点。平时有空，会到周边转转。土城去年去过一次，习酒厂这边倒是常去。我是去年5月份过来的，这个地方是我待得比较久的了。最早知道习酒是中学的时候，好像是在初中。我家里的人除了哥哥以外都不怎么喝酒。我虽然不怎么喝酒，但是习酒是知道的。第一次喝习酒，大概是在2016年，喝过“银习”和“金习”，当时在工地上做监理。那时候开始，我对酒文化了解一点，但我不喜欢喝。

这里想喝什么酒都有。

16　大桥着衣*

我是重庆渝中的。

从这边去重庆比去贵阳还要近。

我回重庆大概 2 个半小时。

从事这个行业多久了?

七八年了。

您是哪一年出生的?

我是 1988 年出生的。

在外面干工程都是日晒雨淋的。

雨淋较少，主要是日晒比较多。

您为什么选这个行业呢?

因为我在学校里学的是这个专业。

您是哪所大学毕业的呢?

重庆后勤工程学院。

后勤工程学院算是部队的院校吗?

是的。

毕业之后就进入这个公司工作?

毕业后换了工作就到这里来了。

---

* 受访人：赤水河大桥涂装施工技术人员。

第一个工作是做什么呢？

房建这块。

房建的工作是通过朋友介绍还是自己找的？

自己找的。

您现在主要负责什么？

我负责现场大桥的涂装。我们整个团队负责混凝土的涂装，主要是墩柱，我们是最后的工序，相当于给大桥“穿衣服”。墩柱圆的已经做完了，现在做方柱子，还有 3 组就做完了。

给大桥“穿衣服”有什么特别之处？

首先注重外观，第二要有抗污性，长期风吹雨淋后，经过简单的清洗就可以变干净，还有最重要的是对混凝土的主塔起保护作用。

颜色的选择，怎么确定？

这个是设计的时候就确定的。这个是信号白。

为什么叫“信号白”？

学名就叫“信号白”。我们也没有深究，你感兴趣可以去查一下。

这个要涂几层？

这个总共有 8 道工序，涉及基底调整层、修补层，还要做透气性保护，最后一道工序使用的是抗污增亮剂。增亮剂做了之后看上去显得饱满，每个工序做 2 遍。

涂装这块有什么特殊讲究？

安全是大家不敢放松的地方，我们行业属于高危行业，特别安全问题，只要出事就是大事。我们有两道安全保护，一是自己，二是机器，也有两种安全措施。

来这里之前，在哪个工地？

在江津那边，那边也是修桥，那边工期不是很长，但是经常受到天气影响而延误工期。

这里你们是什么时候进场的？

我们是 4 月底 5 月初进场，做一些前期的工作，我们前期的工作也很多，比如驻地建设、机械进场、材料进场、相关手续的办理，正式涂装是在5月底左右。

来这边前，知不知道赤水河？

赤水河肯定知道，从书本上知道的。

之前知道习酒吗？

习酒是知道的，但不知道这边还有习酒镇。

是怎么知道习酒的？

这个问题还把我问住了，只是知道，没有刻意去记。

喝过习酒吗？

来这边之后喝的。

感觉怎么样？

其实还可以，我对酱香型白酒和浓香型白酒没有多大的要求。给大桥“穿衣服”和习酒包装类似，做一个形象出来，好看，还涉及安全问题。很多东西都是一通百通的。

工作之余有没有去四处转转，比如习酒镇和土城镇？

想去土城那边的四渡赤水纪念馆看一看。

那边还有青杠坡战斗遗址。

这个我就不是很清楚了。

这个工作完成后去哪儿呢？

还没有确定，先将这块弄完。

家里人会过来参观这座桥吗？

有机会肯定会过来，开车两个半小时左右。

从事大桥的涂装有什么特别的感受？

做这种工程可以开阔自己的视野，但是工作上也会有难度。

这个主塔高度是243.5米，带来不少挑战吧？

对。毕竟这种高度对我们来说也是第一次，我们之前接触过最高的高度和这个相比还是要矮40多米。

高四十几米区别大吗？

大，这里面安全系数和选择施工的工具就不一样了，成本也会上升。

从事这个行业，再往下一阶段走，是什么岗位？

我们是属于公司性质的，我这个岗位算是生产部经理，上级领导是项目的负责人。

17　无畏生活*

我来这个工地才 10 来天。

您上个工地在哪儿？

在山上。

您是做什么的？

我什么都在做。

那这两天具体在做什么？

上面让做什么就去做什么。

那您今天早上过来之后做什么？

吊钢丝绳，然后在下面收货，我的岗位没有固定，哪里需要就去哪里。

在建筑行业干了多少年？

修桥是从去年开始的。

以前在做什么？

以前干了很多事情，去广东进过厂，在家里玩了几年，什么手艺都没怎么学过，杂事干得多。

那您喜欢什么工作？

没有考虑那么多，哪行挣钱就干哪行。

---

* 受访人：赤水河大桥施工临时劳务工人。

来这里想学点什么？

没有想学什么，现在年纪有点大了，感觉学什么都迟了，就想挣了本钱去做点小生意。

想做点什么生意？

现在还在考察。

有意向吗？

做小吃方面的生意。

在县城里租个门面，租金、装修、人工、材料等算下来需要15万—20万元，您打算准备多少钱？

20万元左右吧。主要是我现在30岁了，学什么都有点迟。

工地上有位学桥梁吊装的哥们，干了3年，来这里是第4年了，他是1986年出生的。现在到处都需要他，他愿意学，干得很踏实。

每个人的意愿不一样，我要的时间长，有点飘了，心有一点稳定不下来。

现在也是吗？

现在有了儿子，有点压力了。

每个月需要给父母生活费吗？

没有，他们可以赚到钱。

您来这儿之前知道赤水河吗？

上学的时候知道。

您是高中毕业出去的？

我是小学毕业出去的。

为什么小学毕业就没有读书了？

2003年"非典"①，我脖子上有红点，父母在外打工，我和爷爷奶奶在一起。学校需要市医院开证明我没有被感染才允许上学，我当时还小，嫌麻烦，也不知道怎么弄，于是就没去学校，后面就辍学，没有去了。

---

① SARS事件：指严重急性呼吸综合征（英语：SARS）于2002年在中国广东发生，并扩散至东南亚乃至全球，直至2003年中期疫情才被逐渐消灭的一次全球性传染病疫潮。

这个事情您觉得遗憾吗？

自己选的路，没有什么遗憾的。

来之前知道习酒吗？

不知道，来这边之后才知道的。

喝过习酒吗？

那天他们在习酒镇上买的散酒，还没有喝。

现在很少喝酒？

是的，电话随时过来，就要赶到桥上，喝酒会有安全方面的隐患。

您是怎么来这里工作的？

通过熟人介绍来的。

这个项目做完去哪儿？

回南充。

回去做什么？

耍一下，这个做到 10 月份，把年过了再找工作。我每年都是这样，10 月份就回家；过年后才外出，重新找工作。

您会享受生活。

人活着何必这么累？人生很长，看你怎么选择和怎么走。

在这里工作有什么特殊的地方？

差不多，吃的也习惯，这边的温度比四川南充要低一点。

以后鼓励孩子上大学吗？

看他自己了。

不引导孩子和鼓励他吗？

我就是例子，不是家里不让上学，是我自己不想上学的。

朋友都在做什么呢？

和我差不多，我们相当于一个团体，都是初中上完就没有上学了。

习酒厂这边若招工，您愿意去吗？

太远了，以前去广州是 18 岁，现在都 30 多岁了，有妻子和孩子。习酒厂目前的工资怎么样？

据说，一年 10 万元左右，班长的话可能有 15 万元。

那还是可以考虑的。

这里一个月干下来能有多少钱？

不知道，才刚来。因为是熟人介绍来的，也没细问。这个工作也不是很累，找公司要钱，也要不到多少，公司不会开出太高的工资。

开了馆子后有什么打算？

只计划目前，计划不了以后。我当时 18 岁计划到 28 岁是个什么样子，到了 28 岁才觉得 18 岁时的想法太冲动。

没有实现当时的想法，是什么原因？

这个就不好说了，遇到的人和经历不同，就转变了。

现在没有通知工作？

早就通知我们下班了，下面驻地热，我们就在桥上休息一下。

10 月份回家后，做什么？

每天睡个懒觉，吃了午饭就去打麻将耍了。已经养成这样懒散的生活了。一年就工作几个月，夏天我们那边太热。以前太热的时候我就去北方，南方太热，北方中午最热的时候是 1—2 点，3 点以后气温就下降了，晚上热的话用一个小风扇就可以了。10 月份北方就相当冷了，于是就回来。

计划开店的目标什么时候实现？

如果想尽快的话，可以找双方的父母融资。如果想凭借自己一个人，就再努力一到两年。

您是几兄妹？

就我一个。

在外面闯了这么多年，有没有机会来了，但没有把握住的时候？

有。在河北的时候，有一个煤老板，当时愿意帮助我，想让我留下，我当时只想回来。还有一次在外面做“放水”的事情，就是赌场放高利贷，我和我的兄弟贷了 2 万块钱，挣了 20 万元，接下来一个月我天天花天酒地，把钱花光了，但是他没有乱花，将钱存了起来，现在都有几百万元了。他还给我说让我和他一起干，但是当时查得比较严，我就收手了，每天去耍。我自己把钱花光了。

您是赚过大钱的人。

经历过之后想法、思想就变了，感觉无所谓了，我现在不求大富大贵，只求平平安安，不愁吃就可以了。

18 气势山河*

我的工作是对桥面铺装这块整体的负责，主要是搞沥青。

您做这一行多少年了？

8 年了。从 2011 年开始做的。

那您是专家。

专家算不上，只是对这个领域熟悉。

您之前是做什么的？

刚开始从技术员做起，然后是施工队长，再到部门负责人，也就是技术负责人。技术方面，如技术方案、技术焦点都是我在做。

这个桥面的铺装有什么特殊之处吗？

引桥上多铺了一层浇筑式沥青混凝土，这是集团首次自己做，以往都是包给别人做，这个浇筑式混凝土不需要碾压，自己滚动成型。

这样不会变形吗？

就像混凝土浇筑有专门的工具一样，这个也会用到专业的摊铺机。

这里面有什么技术风险吗？

现在还没有施工，目前还在做防水这块，黄色的颜料是用来防水的，红色的颜料是黏接剂。一共四层，下面是用来防腐的，用滚涂；中间可以防水，用喷枪；然后用黏接剂，滚涂。滚涂完之后就可以铺沥青了。浇筑

---

* 受访人：赤水河大桥桥面沥青铺装施工负责人员。

式的铺设需要考虑防水层的湿度，还有风力等施工条件。晚上湿度高了不能施工，沥青铺下去之后会有空气，桥面会鼓起来。这个施工环境很关键。

您施工这么多年，对什么印象比较深刻？

从事这个行业这么多年，不管是路面还是桥面，环境都是很恶劣的，在阿坝州和茂县，施工过程中没有便道，在河床中重新修路，随时担心山上掉石头下来。我不是一直搞路面，也搞过路基，油面施工要多一些，24小时都要干。有时候受天气影响，又要赶工期，施工工期紧、要求高，工作压力大，需要把人员、机械设备各方面都组织起来。

刚参加工作时我也晒得很黑，吃饭都是在工地上吃盒饭，在太阳下躲着吃饭，油面温度很高，浇筑的时候可以达到220摄氏度，而且混凝土还有流动性。这座桥的混凝土浇筑，集团也是首次自己搞，我有幸能参与进来，我们开了很多次的专题会，集团公司的领导也有参与。

你们平时有很多的会议？

会议很多，桥梁铺装这块，算得上世界性难题，铺设好后2—3年就可能开裂，还有推移和变形。这座桥的施工位置很高，平地想象不到的能被风吹起来的东西，在这里就可能被吹起来之后砸到人。有时候涂料会给环境带来污染，有的时候还必须重新来施工。

当时为什么选择这个行业？

之前很多亲戚都在搞这方面，都说这个行业不错。我进来也有8年了。一个工作干近10年，心里多少会有一点波动。其间也有失落的时候，在外面也陪不了家人，对家人的照顾很少。刚开始的时候都是信心十足，进来之后发现不是想象的那样，有很多的波折，如社交这块，处事这块。

今天下午去习酒镇做什么（刚从习酒镇政府办事回来）？

去总监理办公室找人签字，每个项目都有一个监理，都有负责人。

来这儿之前知道赤水河吗？

只知道四渡赤水，其他的不太了解。有时感觉自己比其他人荣幸，能参与这座桥的建设，一般情况我们都是修那种很普通的桥，像这样的算少数，对我们公司来说也是较少的。

有去附近玩一下吗？

“美酒河”景点去过。

来之前知道这个景点吗？

不知道，是来了之后听说的。

喝过习酒吗？

来习水这边之后喝过。

酒量怎么样？

只有半斤的酒量，酒量不怎么好。

您成家没有？

我结婚了，有一个孩子。

孩子在上幼儿园？

是个女孩，在上幼儿园，她很想过来看看，只是在成都那边。

这座桥修完后打算去哪儿呢？

这个要听从公司安排。

还继续从事这个行业吗？

能在这个行业坚持下来的还是有感情的，和我一批进来的很多人都辞职了，因为现在很多家庭条件好了，就不想来这种条件差的地方工作，做这个施工的工作很辛苦，现在不像以前那样了，现在很多行业都有不错的收入。

孩子是跟着爷爷奶奶还是外公外婆？

孩子奶奶在带。

您是哪所学校毕业的？

我是四川交通职业技术学院毕业的。

毕业出来后找到一个好的工作平台不容易。

想起来还是有点不容易，放弃还是有点不舍。因为习惯了，还有就是平台给予你的东西，最终是集团发展，个人也发展。我觉得在公司里还是会稳定些，比在外面找事情要好得多。

你们现在住在哪儿？

我们现在住在习酒镇那边。你说，这酒像不像桥？一个酿造，一个建造，一个工作场合用，一个生活场合用，反正作用都是帮助我们连通人与人之间的感情。听说这条河有500多公里，是从云南那边过来的，沿河有好多座桥，但这座桥是这条河上最雄伟的桥。这是个超级工程，集团那边准备申报“鲁班奖”和“詹天佑奖”。

这座桥，有气势。

19 茶香一路*

我们养护这块你可能不熟悉。

大桥通车运营后，高速路包括赤水河大桥的卫生保健，日常的维修，维修的范围主要包括高速公路上的波形护栏，桥梁上面的防撞护栏，这一块是我们养护方面的主要工作，还涉及一个中修和大修，比如通车后3—5年，路面结构损坏，我们就会进行整体翻修。

波形护栏和防撞护栏有什么区别？

它们都是防撞设施，只是结构不一样，因为波形护栏是建在路基上面的，防撞护栏是建在钢板上的，设计的工艺不一样，但都是可以防撞的。桥是混凝土结构，通过预埋钢筋设置的护栏。

高速开通后随时都是通车的，危险性是不是很大？

对，我们养护安全这块很重要，我们进行的施工属于设路施工，和一般施工不一样，我们要做一个安全摆控，将车辆进行分流，会有专门的规范要求，比如摆牌子，前方2公里施工，接着就有依次限速80千米/小时、60千米/小时、40千米/小时，然后就有提示牌，到了最后摆锥形筒的地方就是过渡区，之后就是施工期，然后就是结束期。

这是行业当中总结出来的？

这个是规范要求。

为什么不是3公里或1公里呢？

---

* 受访人：江习古高速公路养护负责人员。

国家有规范，具体怎么来的估计也是通过经验总结出来的。

尽管有提示区和过渡区，我发现那些警示锥被撞倒的情况也很多。

可能也有些不规范的情况出现，还有就是驾驶员的问题。

施工的安全问题有什么讲究？

我们是24小时施工，有时会遇到工人去吃饭了，设备施工有环境的要求，比如下雨不能施工、夜间不能施工、雾天不能施工，因为危险性比较大。所以我们在施工的时候比较安全。涉路施工、打扫的时候，工人没有办法设置路障。保洁人员我们一般会要求穿着反光背心，在打扫时必须和车逆向行走，遇到情况有机会逃生。

一个保洁人员负责多长的距离？

一般是4公里，但也会根据实际情况调整，现在江习古高速公路的车流量不是很大，车流量大的话可能就负责1公里。

车流量如何监控？

车流量收费站是有统计的。

保洁人员如何招聘？

在附近进行招聘。地方作业都是步行，只能就近招人。

他们怎么上高速？

把高速公路上的护栏网割一个洞，允许他们上去。我们平时也会给保洁人员做安全方面的培训，同时也会给他们买保险。我们上路之前必须买保险，保险生效后才允许上路。

这方面的工人好招吗？

好招。

待遇怎么样？

在本地来说还算可以。保洁人员一个月2000元左右，而且还会根据天气来决定是否上路，天气正常才上路，雾天和雨天不上路。

那怎么知道他们有没有在路上上班？

我们每天都有巡回的车辆巡逻。我们部门每天至少巡逻一次，然后业主公司每天也会巡逻，双方发现什么问题都会反映出来。各个部门的巡逻算下来有3—4次，晚上一次，白天2—3次。

工人都是附近的村民，需要经过多长时间的培训？

保洁没有什么技术含量，培训主要是从安全方面培训，灰尘我们是用扫地车辆清理的，一周的任何时间需要扫地车辆，我们就会用扫地车辆来扫，全线扫完只需要 3 天的时间。需要保洁工人捡点大的垃圾，因为有很多车辆往车窗外面扔垃圾。

我们的高速路面和国外的相比算干净的吗？

我们算干净的，因为我们这里的路刚修好，车流量小。车流量比较大的路段是成都到德阳的高速公路，那里的保洁很不好做，那条高速公路也是四川路桥投资的，那里过几秒就有车辆来，只能捡一下应急车道的垃圾，主道上的垃圾只能等风吹过来后再捡。

从事这个行业多长时间了？

8 年。

8 年中，高速路面的清洁程度有没有好转的气象？

我们去山东调研过，我们有自己的养护公司也才 4—5 年的时间，养护技术只能算中等，山东的车流量很大，人没办法进车辆跑道去打扫，于是他们自己研发了吹风机，将垃圾吹到高速路边上去。人为造成的垃圾我们管不了，这个能反映出国民素质。很多人觉得他们是交了费的，车上的垃圾可以乱扔。但是这样第一会给工作人员带来麻烦，第二会让工作人员工作的时候很危险。

您觉得这个问题，在未来有没有可能改变？

国外发达国家的高速保洁要轻松一点，在日本那些发达国家国民素质较高，不会乱扔垃圾。保洁这块只能算高速上的后勤，其实真正影响通行的是设施，比如防护栏、标志标识、地上标线等，我们做养护也是应急。

这条路上，有没有保洁问题带来的事故？

没有。保洁算是形象的问题，车流量大的时候他们是不用上去的。节假日高速施工设备全部撤出，因为车流量大，要保证通行。隔离带绿化目前还在修建中。

绿化有什么讲究呢？

这个都是设计好了的，做绿化有很多目的，比如中间的绿化可以挡住过往车辆的灯光，边坡上的绿化是为了复绿，保证高速公路不被雨水冲刷。现在的高速公路除了路面以外，其余的要全部绿化。

高速路上的绿化和你们有关系吗？

我们只负责养护，比如平时的洒水和修剪，枯死的需要更换。

高速路上的服务区是另一个公司在负责吗？

服务区是外包出去的，还有广告牌也是承包出去的。

这是不是第一次到贵州省境内工作？

这是第二次，我2014年的时候来过。我当时是9分部的，负责习水县城到现在这边的道路养护。我们当时是第一批过来的，我的工作是建设期完了之后搞道路养护。在贵州黔北修这么大的桥是不容易的事情，据我所知之前这条路是没有规划进来的，是后面才添加进来的。

您是怎么选择这个行业的？

我学的是土木工程，西南交通大学毕业。我们路桥集团的同事西南交大毕业的很多。刚出来都是在工地上搞技术，后面才搞管理的。我刚开始出来的时候就在修路修桥，当时在南大梁高速，那时候因为在四川那边我们一个月回去一次，节假日都是轮值班。

您成家了吗？

我成家了，孩子2岁，家在成都那边。我是遵义湄潭的，我老婆是四川的。湄潭茶叶在中国很有名的，像湄潭翠芽、遵义红都是有名的品种。

您之前知道赤水河吗？

肯定知道啊，以前读书的时候就知道了，但是没有来过这地方。

习酒呢？之前知道吗？

习酒镇之前也没来过，习酒之前好像不知道，也是过来才知道的。听说习酒税收占到习水县财政的一半以上。

您家里的人喝酒吗？

我家里的人也不怎么喝酒。

您是来这边之后才喝的习酒？

对，2014年过来的时候喝过。我喝酒喝不出好坏，我这种外行，只要喝了不头疼就行。习酒不会头疼。为什么有些酒喝了会头疼呢？

可能是酒后脱水，也可能是酒的品质不够好，或是个体差异。家里面的人来参观过吗？

暑假来过。

带他们去哪儿玩了？

没有，过来就是跟着我。

您是住这里还是住习水县城？（江习古公司有固定办公区和生活区）

住公司的单间。

周边去逛过吗？

土城镇去过，茅台镇去过，习酒镇也常去。习水杉王树那边也去过。

班上的同学毕业后大都进入了这个行业？

对。百分之六七十的同学都进入了这个行业，有的是毕业就进入这个行业，有的是去读研，后面进入了业主单位。

未来还会继续从事这个行业吗？

继续这个行业。

支持孩子以后从事建筑行业吗？

她喜欢什么就去学什么，她还小，我对她没有什么要求。

你们老家的湄潭翠芽好。您平时主要喝什么茶？

湄潭翠芽喝得多。贵州的酒、茶产业都很有规模。

家里有茶树吗？

没有。家在镇上，没有从事农业工作。

您会采茶吗？

不会。

对茶有研究吗？

没有，就是当水在喝。

这几年在外面，外面的人有没有问您我们贵州的茶和酒呢？

嗯，有很多。

20 路远迢迢*

我家就在这边——古蔺县的，老家在观文镇。

从这里开车过去有多远？

开车过去要 1 个小时。

您具体工作内容是做什么呢？

我主要是负责吊梁指挥和安装。从第一批梁开始，到合龙段。带着十几个兄弟伙把它顺利的干完。我之前在国外，这边知道我们要回来了，就联系到了我，就给我说，回来就直接到这里，我说，可以，在哪儿都是打工，为习水县和古蔺镇做点贡献。

您之前在国外是做什么呢？

也是做悬索桥。

您是怎么去国外的呢？

跟着公司去国外做项目。

您公司名称是？

中国路桥②。

您是哪年出国的？

2016 年，在国外待了 3 年。

---

* 受访人：赤水河大桥吊梁工程施工负责人员。

② 中国路桥公司。

在哪个国家呢？

非洲东南部的莫桑比克。

那边的工作环境跟这边相比怎么样？

这边要好一点，国外天气热，当地治安环境差，去的中国人很多，公司要保证所有人员的平安。我们干活的时候都是用围墙把工地围起来。70—80个保安随时站岗，每小时巡逻一次。

这3年间有回过国吗？

回过3次，公司报销。

一般回来休息几天？

按正规的制度是30天，有一次孩子生病，我放了40多天假。孩子大的12岁，小的7岁。

我以为您是“90后”，看起来这么年轻。

我是1986年出生的，因为家庭条件有“缺陷”，所以我结婚比较早。

您是怎么进入这个行业的呢？

我在家是做厨师的工作，后来有一个亲戚叫我干工地，他给我说了我就去了。我建过房也修过桥，既砌过砖也做过外架。当时在工地上的时候只有几十块钱一天，但是每天工作的时间还可以，我下定决心要好好干。做这块首先要注意安全，我干了多年没有出现过事故，这个事情是越干胆子越小。很多的事故都是人为造成的，都是因为没有注意细节。在国外施工的时候，当地人安全意识很差，干活不慌不忙，领了工资后，要把工资用完才来上班。

带十几个兄弟，从普通员工到现在的管理者，您是怎么做到的？

首先要保障自己的安全，细节上的东西要给下面的人交代，哪些地方有危险需要告知他们，而且这个还需要自己去操作后，体会哪些地方是有危险的。

收入符合您的预期吗？

公司会根据岗位进行调整，根据技术含量来算工资。

是不是越往后，人越值钱？

首先是要将安全做好，没有安全就一文不值。

如何将安全的问题控制好？

刚来这里的时候，大部分人都是新手，有些东西他们都没有接触过，得教他们，一点一点地教。

这是您参与建设的第几座桥？

这是第 4 座。

您负责的工作是指挥大家怎么把梁吊装上去？

是的，还包括拆除辅助设施。

拆除危险吗？

拆除比安装还要危险。因为越拆越少，危险性就越高，安装则是相反，越安装越安全。往往出现事故都是在拆除上面，由于麻痹大意造成的，有一些人是抱着侥幸的心理，这是很危险的。

大桥通车的日子有没有特别的讲究？

我们在非洲那个国家不像我们中国，他们有在独立日才通车的传统。我们这边不存在，做完后选一个日子就行。

这座桥建完后去哪儿？

现在有几个项目，有两个是国外的工程，国内有两个地方，是在云南，贵阳这边也想让我过去。

您现在成为这行业有名气的从业人员了。

他们也是相信我而已，觉得我这个人干活踏实，如果工地上的兄弟们干不好，我是亲自动手的。我不会偷奸耍滑，只维护自己不维护他人。有些兄弟嫌弃我话多，但我觉得有些东西不多提醒就可能在一分钟的时间无法挽回。

这座桥发生过安全事故吗？

“皮外伤”肯定有，重大的安全事故没有，我来的时候主缆已经忙完了，紧缆是我去紧的，我都熟悉。

您才从事这个行业几年，怎么就这么精通？

一座桥从最开始的设计到后面的建造、维护，需要 3—10 年的时间，你经历过了，就在心里清楚地知道这个过程，不是光在边上指手画脚，那样会让别人笑话的。

紧缆这个事情是怎么做的呢？

粗紧缆要根据缆索的特性施工，要考虑到粗缆热胀冷缩的特点，天气、气候等其他因素都会产生影响，它的温度需要监控单位测定，有时候到凌晨1—2点，测出这个温度可以了我们就施工。这一切都是我们自己加工和架具，这个主缆的直径多大是他们算出来的。先是粗紧，隔多少米打一个钢带，1米或2米，看是打双的还是单的，从中间往两边打。细紧缆用机械来紧，必须根据索架的位置、装吊杆的位置来确定细紧缆的直径，不能小也不能大，这个是算死（计算准确）了的。

这个竖着的是什么？（主缆与桥面之间的垂直构件）

吊杆。

吊杆是钢丝做的吗？

它们的材料是一样的。

吊杆必须适应桥面上的柔性吗？

是的，它是一根根串着的，是一个整体，这种吊杆我们装起来都有点困难，因为热索套的位置很关键，它是受力部分，我们山区都是用的这种，做外层涂装的时候不能磨到热索套，因为它跟桥梁的寿命有关。不了解的人认为这很简单，其实对于我们来讲还是有难度的。

这座桥的设计寿命是多少年？

一百年。

那一百年之后呢？

这个得后期进行测量，如果测量结果表明需要停止使用，就重新加固或者将它换掉。

修桥之前您来过习水县或者习酒镇吗？

没来过。

喝过习酒吗？

喝过一次，第一次来的时候喝过一次。

味道怎么样？

我并不会喝酒，只要不上头我觉得就是好酒。

来了新同事大家一起聚餐喝酒？

大家都是玩得好的才聚会。或者领导觉得你可以聚聚餐。

接下来还是会继续从事这项工作吗？

会的。

以后鼓励孩子从事您这个行业吗？

看他的学习情况，大的五年级了，希望两个孩子都能好好学习，我初中都没有读完，当时家庭条件不好，我们家有三兄弟。

兄弟在做什么？

弟弟现在在我这里一起工作，哥哥在福建那边跑滴滴出租车。

您弟弟过来，您的责任就更大了。

这个东西我觉得是细节问题，他是我兄弟，或者是在我班上的人，我都会给他们交代哪些地方危险和需要注意的问题，可以从什么地方下手。

哪些是比较危险的地方？

拆除，不好拆的地方我会亲自去把它拆除。比如要拆除 4 颗螺丝首先要考虑到哪边顺手，不好做的先干，如果拆除方向错了，缆索就是悬着的，起码都是几吨的东西，麻烦得很。分分秒秒都可能出现安全问题。我们在不忙的时候都会组织大家进行沟通。

你们会有工作笔记吗？

没有。

平时和家里人沟通多吗？

开完会后才会和家里人沟通。

经常谈教育的事？

嗯。我听说习酒厂有个活动叫“习酒 · 我的大学”，专门帮助贫困孩子上大学。我觉得酒厂搞这一块还可以，听他们说习酒厂给百姓高粱种子，高粱成熟后又出钱收回去。一个地方有个企业不容易。我们这边山很高，做好这些事，大家才走得远。

21 人太渺小*

今天是集团公司安保部领导打电话下来，让我陪他们去项目上看一圈。

一般领导下来是看重点，还是全部都看？

根据领导安排，他说走哪儿就去哪儿。

我主要是负责现场和安全，如路上出现事故，就属于路产损失了，需要及时修复，相当于是对整条路进行维护。我是安全负责人，负责计量、现场、绿化保洁、养护。

工作比较危险。

对，车流量越来越大，危险度也会增加，我们要经常去现场。

让您头疼的事是什么？

工人的警钟意识，担心工人放松警惕。每个人都有麻痹大意的时候，还有就是农民工的素质教育相对较低，安全意识方面稍微差一点。大部分人感受到的是高速的便利和整洁，但对于这个行业的工作者安全是最大的问题，而且这个是随时会发生的。比如山体突然出现垮塌，我们马上要负责应急抢险，不及时抢修，影响是很大的，我们要求抢修的速度要快。

速度上有没有一个标准？

我们有应急的预案，发生事故一般是半小时内到达现场，工程部门定

---

* 受访人：江习古高速公路安全养护工作人员。

方案，临时处置方案，通车后再勘测山体，看有没有第二次垮塌的可能，对山体进行加固。这项工作牵涉的部门也很多，比如交警、路政。

路政和路产管理怎么分工？

比如出现了交通事故，损坏了路产，由路政公司来定损，保险公司负责赔付。

这个不是集团公司投资的？

路政是监管部门负责。损坏路产由路政判定损失，然后由路政交到高管所专有的路产赔付部门。

一辆车子如果碰到了防撞栏，涉及的部门是您这边的路产管理处？

还有交警做事故认定、路政是财产认定，还有巡逻队的协助，最后确定后由我们工程部门负责，最后交给我们，需要什么东西，我们负责修复。

这项工作协调复杂吗？

其实很简单，但牵涉的部门很多，一出事情，各个部门马上到达现场开展自己的工作，在各部门协调形成标准工作模式后，是件很简单的事情。

您从事这行业多长时间？

我是从 2015 年年底从事养护的，我之前是搞施工的。我是 2017 年进入这个项目的，通车之前我们接手就过来了。

来这里之前了解赤水河吗？

来之前听说过这边的红色文化，没有深入的了解。

来之前知道习酒吗？

来之前知道茅台，不知道习酒。

喝了习酒之后感觉如何？

还可以。

这块工作结束后还会在这里吗？您目前是长时间在一个项目上工作了吗？

应该是长时间吧。短期内工作调动主要是去修路，哪里需要就去哪里。

平时工作比较紧张?

那是，任何时间都得高度戒备，像暴雨晚上就很担心。

贵州地质灾害比较多，会不会定期去看一下情况呢?

必须定期去看，周检查、月检查、边沟隐患排查，有定期和不定期两种方式。

之前您去过哪些地方?

很多地方都待过，四川待得比较多，也在湖北待过。

您工作多少年了?

我工作12年了。

您是哪年出生的?

我是1988年出生的。我进公司进得早，我属于技校生，想走技术这块，后面才转管理的，我是2007年毕业的。

很多工地上的同事看上去显老，您看起来很年轻。

在工地上我心态好，因为我经历的事情比较多。我2007年进入公司，2008年遇到四川地震，赴灾区抢险，雅安地震也去过。

参加汶川地震的救援是什么情况?

当时看到新闻，心里有种冲动，那时候只有一二十岁，下午就接到通知，马上就赶去了。第一个去的地方是绵阳，可以说终生难忘，我是个爱笑的人，但是那十天让我忘记了笑。看到了各种各样的生死，街道上全是尸体。第二天进去我们就开始救援，之前我胆子比较小，但是有过那次经历后，觉得人生就是这样。

刚才您提到自己心态好，跟这件事情有关系?

是的，给我上了生动的、一辈子难忘的一课。不管你多高的位置，在灾难面前都太渺小了。

您当时是负责什么?

负责清场，有吊车、挖机等设备。怎么排险?当时第一反应就是救人。消防队探测生命，我们负责施工救险，将大型的物件吊开，能救一个是一个。7 天之后，我们的任务就变了，我们就去打通生命通道，将路修进每个村庄。

当时有余震，你们很危险。

我们每天晚上睡觉都是睡在车上，随时都感觉车在摇晃，每天上千次的余震。

这样的经历，对人的心理有创伤，出来之后有没有做心理辅导？

我是自己调节的。抢险完之后就去负责 213 国道，在汶川，当时也在那边待了半年。

这半年，主要是负责什么工作？

打通道路。

您的具体工作是什么？

我会开挖掘机，进公司后什么都学，于是就学会了。第二次雅安地震后，感觉不像汶川那样在多年没有灾害的突然，雅安地震第一时间就有序地进去了。之前救援机械设备不足，导致很多救援不是很及时，雅安地震救援部门也有经验了，在设施和救援上有保障了。

大灾大难面前，人太渺小了。

22　平安乐道*

我在大桥上负责安保工作。

我看到习酒厂派人来这里考察，想在这里弄一个习酒的瓶子，作为参观的景点。路怎么修呢？

路好像还没有规划好。

习酒瓶子就是修在那个牛马洞的山顶上面吗？

好像是。您进去过那个溶洞吗？

进去过。我后家姓范②，我是石林村的。

您是大桥一开建就来这边了吗？

没有，我是这个月才来的，因为之前大桥上发生过安全上的事，公司觉得还是有一个人看着要好一点，于是他们和村里联系过后让我来这里。今天上午有车过来，想上桥参观，我给他们说有通行证才可以进去，因为这是我的职责，底下有个包工头打电话过来，让我放行，我都说不行。

现在还是不允许参观的，如果没有通行证是不允许进去。

是的，如果我不拦截，进去了就是我的责任。像他们来搞监测的，我拦截他们，总部会给我打电话，电视台也来了几天了，总部同意之后我就放他们进去。我就管这个地方的入口，其他的我不管。

---

* 受访人：赤水河大桥施工现场临聘安保人员。

② 指媳妇家的姓氏。

您几点钟上班？

上午7点到晚上7点。

晚上7点之后还有人吗？

还有人会来看的。

中午您在哪儿吃饭？

就在项目部。吃饭的时候就交给别人帮我看一下，之前是有人送上来，现在没有人送了，都是自己去项目部吃。

您来的时候还不是这个地方最热闹的时候？

现在都已经是收尾工程了。

您来之前有没有做过工程呢？

我没有做过，我之前教过书，我是20世纪70年代的高中生，1976—1977年代过课（代课教师），然后就没有干了。回去之后搞缝纫，开过拖拉机，请了师傅来教，没有学会就把拖拉机卖了，卖了后就干农业。

当时怎么没有想到出去发展？

那时候思想不够，没有想到社会的发展。

当时是没有人引路，还是什么原因？

从我个人来说，那时候我想当医生，当时我要是决心考大学还是可以考上的，那时候没有大学上。后来就结婚了，那时候有知识青年上山下乡。

1977年恢复高考，您是没有收到这个消息吗？

因为那时候已经结婚了，已经有几个孩子了，有4个孩子。老大是女孩，老二是男孩，现在回龙医院工作，老三在干工地，老四在遵义师范学院出来后教书，后面什么都在做，现在做旅游公司，还带我出去旅游过一些地方。

都去过什么地方？

上海、海南、北京、越南、香港都去过。

您这几十年不容易。

谈良心话，还是苦。

您这辈子没有上大学是个遗憾，另一个遗憾是没有当上医生。

后面一直想让孩子当上医生，家里还是要有一个引路人才行。

您家老四来过这个地方吗，他知道这个景点吗？会不会开发这条旅游线路？

他没有来过，也不知道。他是专门搞旅游的，如果这个地方开发出来他应该会过来的。

给他介绍过这个地方么？

没介绍。

您在这里可以看到很多人都来参观。

不过他也来不了，他整天带着他的团队到处去看旅游景点。我干这个，他是不愿意我来的，我是强行要来的，我本身有1000多元的社保补贴，但我不想他们拿钱给我用。

这座大桥很快就要收尾了，大桥修好后您打算去哪儿呢？

没有事情做我就回家了。

您是每天都回去吗？

没有，我就住在这里。太远了，不想走。

这段时间有什么事情印象比较深？

这个地方很多人都来看。现在科学发达了，之前修桥需要很多人力来干，现在依赖几台机器就可以了，这是个奇迹，当然与港珠澳大桥来比小很多，但也算我们这边的奇迹。

真的是个奇迹，中国的科技发展得不得了，像我们读书那时觉得毛主席很神，说“楼上楼下，电灯电话”，当时我们还理解不了，现在全都实现了。

23　习酒站*

办公室墙面上有一面锦旗？

这个是今年春节的时候，返乡农民工坐到了黑车，被运管所的拦了下来，在我们这里停留了一段时间，当时我们就给他们提供吃的和水，后来他们为了感谢我们就送给我们一面锦旗。

这个乘客为什么会特别做了一面锦旗？

他回到了务工的地方，觉得我们在这儿给他们提供了帮助，为了表达谢意。

他是以个人的名义，还是以一个团队的名义送的？

他是以他个人的名义送的。

为什么你们的帮助让这个人印象这么深刻？

当时他带着两个孩子过来，可能也比较年轻，估计30岁左右，孩子来的时候哭闹，我们这边的同事就安抚他们。当时有40多个人，我也不敢保证孩子是他带的。

这不属于站上的本职工作。

是的，我们可以不提供帮助，当时是出于人文关怀。

在这个站上多长时间？

今年一月份才任命我来当的站长。我们这边是4月份才通的车，之前

---

* 受访人：江习古高速公路习酒收费站站长。

是一个同事代理的站长，后面才在内部公开招聘。

您是怎么胜出的？

我当时笔试还可以，面试比较差，因为当时紧张了。面试的分数比较低，后面领导具体怎么考虑的这个事情，我也不是很清楚，后来就通知我来到这里。我们这条高速和其他高速不一样，其他公司都是经验比较老练的来当，我们公司不一样，我们公司的选拔方式是从内部招聘，我是 2018 年 1 月份进入公司的。

您晋升的速度非常快。

我们公司的用人制度跟其他公司不一样，其他高速都是通过高速站之间调人，或者去“挖人”过来，而我们是公司内部竞聘。我们进来后晋升空间的确很大，也学了很多东西，之前一点都不会的现在都已经学会了。

我这块负责的工作比较烦琐和复杂，包括公司后勤、党群、运营处下达的任务，上级各部门交代的任务我们这边都要管，特别是后勤这块，还有安全这块。

安全涉及哪些方面？

安全生产，站上的防火防盗、通行的安全、社会环境安全。

关于通行安全这块有什么特别之处？路牌都有限速提示。

现在好多了，以前那时候用的是静态磅，载重货车速度快了后重量就会变小，通行费就会少一点。加速通过磅机对货车司机来说会减少费用，但对于我们来讲存在大的安全隐患。一旦翻车，就会发生危险，现在没有这个情况。但是还会存在节假日冲杆车的现象，我们规定节假日 7 座以下小客车免费，有一些皮卡车辆为了不交费就选择冲过去，有时候还撞坏了我们的设施。还有就是盗抢事件，我们这儿目前还没发生这个情况，但其他地方有。主要是两方面的安全，通行费的安全；人员的安全。这两方面没有问题通行安全就没多大问题了。我们这里是小站，每天收费不多，贵阳北一天可以收费上百万元，我们这里每天收费 3 万元左右，看赤水河大桥通车后会不会好一点。

站上的收入和工资奖金挂钩？

因为我们这里才开始，还没有制定这样的制度。像仁赤高速公路会根据车流量来结算工资，因此习酒站这样的大站收费员的平均工资比那些小站要多500块钱。

收费都一样，工资不一样？

是的，但是车流量不一样，工作强度也不一样，通行增收的费用也比较多，这些作为绩效的指标。

刚才您讲，还有站内的安全，这指的是哪些呢？

比如防火、用电用气等。我的工作相当于一个大管家，有时候还要去买菜，根据我们后勤制定的每人多少钱的标准去采购食材。

这个站有多少人？

我们这里是4个班，一个班4个人，2个数据员，他们负责站上的财务这块，加我一个站长，还有后勤一个煮饭的大姐。

有时候您都要去买点菜？

一般情况下都是有人送，有时候也会自己去。

那么这边是三班倒，1个班8小时？

一般是两班，上4天休4天。两个班都在站上，到点就轮换。

您去过习酒厂吗？

没有进去看过。

您是哪里人？

我是习水县大坡镇人。

是毕业就来公司，还是工作了一段时间才来？

在外面工作了一年。

当时从事什么行业？

当时在习水县大坡镇镇政府那边实习，劳务派遣那种。

您来这里之前知道习酒不？

本地人，从小都知道。

对习酒有些什么印象？

第一肯定就是酒，然后就是“美酒河”和天气热。

喝习酒最早是什么时候？

习酒最早那时候叫习水大曲，喝习酒的时候反正很小，我爸爸喜欢收藏酒，但是不喝，我上初中的时候在家里会偷偷尝一下。

现在收藏的酒还在不？

有的，有些瓶身已经落满了灰尘，我也不知道有些什么酒。

您父亲在政府工作？

他在乡政府工作。

在这边工作，有什么特别之处吗？

除正常管理收费这块，还要注意员工的文明礼仪。然后通行费的征收这块要每月进行分析，找出每月通行费升降的原因，看是我们的原因还是其他的原因，有些收费站做得好、知名度很高，有时候有些人甚至会特意去看一下。

比如这段时间寨坝的飞鸽林场出名，在那里下站的人就很多。听他们说赤水河大桥会修玻璃栈道和蹦极，如果修好，很多游玩的人会从我们这里经过，也会增收我们的费用。从目前来看，每月征收的通行费还不是很理想。像我们这里到习水的收费有点高，如果降一点车流量也会多一点。

一种是单次价格高一点，通行量少一点。另一种是价格少一点，通行量多一点。这个会变化？

这个收费标准一般不会轻易变，因为要报省里批下来才行。

习酒站到习水县城 20 块钱，从时间和成本看，大家反映说收费高了一点。

从习酒下面上来和走老路到习水县城差别不是很大。如果说这里的路便捷一点的话，从这里到习水的车子可能会多一点，下面习酒厂到习酒站的弯路确实有点多。这边新修的连接线通了可能会好一点。

听说工程耽误了？

因为之前修安置房小区的时候塌方了，还在协商。

您负责的区域是站区这块，还是也包括站前站后区域都要负责？

主要负责站区这块，其他由路巡他们来负责。

有没有因为在这里工作，而喝习酒的频率增加了？

我们在站内很少喝酒，公司聚餐喝的酒都是习酒。习酒收费站的设计和绿化也是习酒厂这边请人设计的，按照他们的要求来修的。

很多人说从小在这里长大，没有想到过这里会通高速。

习酒镇上那些老人家说，以前他们就想，如果有座桥能够把赤水河两边的山连起来，那该多好！现在实现了。

24 路左路右*

有些人开车，像是自己家修的路一样，“旁若无人”，是不是有这种情况？

有这种个别现象。对交通法规学习不够，缺少对国家路产的爱护意识，细致了解交通法规的人很少。有些人参与交通意识比较淡薄，更何况跑到高速公路上，如没有安全意识，安全事故就很容易发生。交通这块很复杂，情况很多，交通这块是很多部门和人共同参与的，参与者的素质又参差不齐，有对交通法规深入了解的，还有一知半解的，甚至还有很多不懂的。在县城里面很多人横穿马路很随意，就没有意识到高速公路是封闭式管理，城里要求最高速度是 60 码①或 80 码，但是我们这边的要求是最低 60 码或 80 码。还有机械故障是瞬息万变的，高速路上中间是绿化带，中间还有绿化地隔离，加上不一定一直都是直路，如果横穿马路碰到了超车的车子，会直接带走你宝贵的生命。我之前做过四年的高速交警，也处理过很多类似的现场。

老人和小孩本身行动就很缓慢，他们的警觉性也不高，如果出现在高速公路上这种情况就比较危险了，我们在高速公路上开车不时地会见到这种情况。

---

* 受访人：江习古高速公路管护人员。

① 60 码即 60 千米/小时。

这个没有办法，现在的年轻人在安全这一块比以前的人确实懂得要多一点，安全等各方面的意识要强一点，这是一个因素。第二个因素，现在农村年轻的都出去了，家里都是年老的。还有一个现实的问题，比如之前没有开高速的时候，他的田地在这里，用 2 分钟可以走到田地，但是现在修了高速，要考虑为他们开一个天桥或者涵洞，可能要半小时才能走到，而横穿马路 2 分钟就到了，他们就不愿意了。很多年纪大的人，给他们讲道理他们也听不进去，反而觉得自己很有理。我们看见后也会去劝解，将危险性告知他们，争取让他们以后少来这上面横穿马路，我们都是往这方面走，尽可能地做宣传工作。我们着装也是比较正式的，他们看到后以为是公安，有部分人给他们讲了，他们就不来了，但强行通过安全隐患太大了。

这是我们基层宣传的工作，现在都还好，现在外面的巡逻力度都比较勤，每天上午两个班，一左一右，一个走习酒厂方向，一个走寨坝方向，下午又会去转一圈，上班时间都是转着的，一旦看见，都及时将他们劝下去了，年龄大一点的就护送他们下去，因为要为他的安全考虑。

您做安全交通 4 年，有没有感觉到大家的安全意识有所变化？

还是有提升的。我 2013—2017 年在遵赤高速公路那边上班，2017 年 11 月底才来这边上班的。2013 年遵赤高速公路开通时，隆兴镇在赶场，从马临这一块上来半小时就能走到，赶场的人老的少的都有。有些人，从高速路下的隧道安全通过，但有些人，直接横穿马路过来，横穿马路又不看车直接过，我们在巡逻的时候觉得很危险，于是将隆兴赶集的日子记下来，每到那一天就去守着，不允许上，现在没有那么多人了。公路开通以来，最开始的时候良村和寨坝这一段的人上高速的比较多。

一段高速公路开通后，左右两边的居民和高速公路的工作人员关系融洽，是需要一个过程的，这个需要宣传？

对。有些人出行成本高了，他会悄悄地这么过，也有一部分人我巡逻的时候问他们，他们说想上来看看高速公路上的风景。当时高速公路刚开通，这样的情况也很难避免，在宣传工作上这也是一个过程，后面宣传后，看风景的人没有了，现在只是偶尔有人过路。现在大坡到良村这段横穿马路的人基本上没有了，都是绕着从天桥走，说多了，他们也不好意思。

有些老百姓可能一辈子都不会从高速公路上通过。一个东西出来，并不是对所有人都是利好的。

这就是矛盾。负面的影响肯定有，占用了别人的路基，还有修好后他可能会绕路，只是我们没有处在那个环境不知道。这边也有很多人是不满的，赤水河大桥开通对川黔两省都是有利的，但是真正到了农民身上思考的角度就不一样了，他可能考虑的是大桥修通我又不去，或者是占了田，钱没有赔到位等，反正做群众工作，就会很了解这些事情。

每个人从自己参与的角度考虑问题，结果会不一样。

农民第一考虑的是自己的利益，这与社会发展产生了必然的矛盾。对农民来说，庄稼是他最重要的事情。这可以理解。

您是怎么到这边来工作的？

最开始我做的工作是公安协警，退伍后，2012 年进的公安部门，在公安部门干了 2 年，后面这边开通后借调过来，一直干了 4 年，之前编制跟着习水公安，后面编制就转到了遵义高速交警大队。当时江习古高速公路在施工，他们和我们也有接触，领导也常去他们那边。这边的工作收入要高一点，之前那边只有 2000—3000 块钱，结了婚有了孩子必须要面对这个问题，听说这边工资高所以来了这边。

工作之前，在哪里？

我之前当兵是在重庆服役，2 年，高中毕业就去的，我在土城读的高中。

您怎么向别人介绍赤水河和习酒？

我去当兵那年云、贵、川地方的人多一点，说到遵义会址和四渡赤水大家都知道，但不知道具体在哪儿，我说我家就是四渡赤水边上的，外省的知道的就更少了。茅台、习酒他们都知道。贵州最好的是茅台，很多人都从课本中对赤水河有点印象。

土城这几年的变化也是非常大的，您怎么看？

土城的旅游景点开放了，GDP 高速的增长，可能政府还是欠着债搞的，但和之前走在街上的感觉是不一样的。

您更喜欢哪一种？

肯定是现在这样的。之前别人来土城都不知道有什么玩的，以前从遵义到成都要从土城的街上过，也有的人来问路找四渡赤水纪念碑的地方，但没有一个标志性的景观建筑，但是现在不一样了，大概 2006 年土城纪念馆开馆，后面又将青杠坡打造出来，把老街变成景区，现在已经成了一个全国性的旅游景点。那时在高速公路上班大概是 2014 年的时候，早上我们从土城过，从早上 8 点到晚上 12 点都有车辆经过，土城街上找不到停车的地方，从街上停到了收费站口。那一年是最红火的一年，车流量是最大的，交警已经开始封路了。最近这几年土城发展太快了。

习酒厂去过吗？

习酒厂我去过。当时我去报考酒厂，排了几个小时的队，到我的时候，有一个证没有带，我说回去拿后还需要排队吗，那边说需要，然后我就走了。还有当时年轻气盛，铲酒糟的工作我看不上。后来的退伍军人通过关系还是很好找工作的，能进酒厂工作，但是我没去。厂区我都去看过。

这个事情今天来看遗憾吗？

有，遗憾的是没有体会到那种生活，听说里边的收入待遇还是蛮好的。后来我进了公安做辅警，一做就是 2 年。

还是很后悔，人家说不当兵后悔一辈子，我去了之后也没有那种感觉。我 2009 年去学的驾驶，签了 8 年的合同，那时候转士官需要花钱，而且必须干满 8 年，后面我给营长说我不想干了，当时工资很低，只有 300 块钱一个月。当时的政策是只要身体是正常的，退伍的话就要扣退伍费，我给领导讲了，我铁了心要走。

今天怎么看这个事情？

我走错了。我走的时候营长说，让我陪他多打两年球，我没懂他的意思，我走后的第二年他就升了参谋长。

那时候没有人和您商量这些事情？

那时候部队提拔干部，领导不能给我讲明。

家里面叫我留，我不想干了。回来，跑车，是有事情干的。当时想法很单纯。我回部队玩的时候，队友在招待所接待我，知道一些情况后，才后悔的。

还会继续在这里工作一段时间么？

应该会，这里还是比较适合我的工作模式，也比较喜欢这个大环境。

这里环境和氛围都很好？

大家都是年轻人，很和气的。我们是每个星期上四天班，都必须待在这儿，除非特殊情况。下班的时间，像汛期、春运有事情，也要上岗。

工作的时候特别忙，调休的时候就很舒服。

25 随时待命*

我们相当于有两个中队，主要负责道路救援清障。

一个中队有十几个人。大队比中队大，中队下有几个班。标准称呼是路产管护巡逻清障大队。涉及路巡、清障，下面设置了两个中队。路巡 3 个班，清障 1 个班，相当于一个中队有 4 个班，路巡负责路产巡逻这块，我们负责的工作是公路上有什么车在阻碍，我们将它拖回来，保障道路的畅通。意思是，我们接到路障通知会尽快处理，把故障车拖到就近的下道口，保持车辆畅通。

路巡工作如何与您配合？

大家的工作是相互协调的。他们路巡的必须 24 小时上高速巡查，排查路上的风险，有风险要及时上报。路巡接到通知，路上有高交、路政、路巡、养护，还有我们清障，高交负责现场，路政负责鉴定，路巡负责安全摆控，我们负责道路救援。处理一起事故至少要十几号人。因为重大事故涉及封路，还需要上报市交通厅，不管封多少时间，都要上报。一般是遇到事故会封路，有些特殊情况也要封。如塌方、凝冻等自然灾害，全部都要上报，全部部门出动抢险。报到监控中心，报公司、报集团。交警只负责报他们的部门。

三方是分开报吗？

---

* 受访人：江习古公路道路救援清障工作人员。

不是，比如说交警去到现场需要封路，要和路政商量大概封多久，什么时候能完，然后上报通知我们这边发布信息，那边是上报给交通局，执法机构说了算，我们这边是协助，我们是没有执法权的。

你们只是信息发布，比如这里封路了，你们会提示。

对，也会和收费员讲，让他转达司机，还有高速上 LED 显示屏上会显示。显示屏是我们这边的控制中心来发布。

隧道里超速信息提示，也是从这里发布吗？

这个不清楚，一路三方 24 小时都在巡逻，他们也有测速。

高速交警安装测速仪器会提前告知你们吗？

不知道，不是很清楚，因为超出我们的工作范围了。

您从事这个工作几年了？

2 年了。之前是开吊车的。当时在外面开吊车，吊车是私人的，如果遇到翻车事故，我就会去吊。因为江习古公司招聘，我就来应聘了。在这里开吊车，必须要有专业的技能和证件，才能上岗的。我在外面开吊车也算是亲戚带我的，他们都是在习水搞特种作业几十年了的，他们可以说是习水最早开吊车的，吊车是上面和下面都要会开。

您第一次开吊车去救援是在哪个地方？

已经很多年了，记不清了。救援涉及的东西很多，比如说人为不能拿的，就要使用吊车。高速公路上翻车，要把道路封了，要将安全工作全部做好才能实施作业，还要快速的处理。

我就是习水本地人，住在柑甜收费站下面，属于习酒镇管，在朱家沟。那里盛产煤，我没有进过煤厂，但是开过几年的煤车，学开车那时候我跟着姑爷跑了几年，后面自己又跑了几年。当时的路线是习水到合江。大概是 2009 年，当时只有一条遵赤高速公路。当时煤车允许跑高速，只是计重收费，上高速就要上磅，没超载就可以跑，超载了就不可以，但是不超载不赚钱。跑煤那几年的收入，只能说是可以挣点生活费，一辆货车就要几十万元。当时我的车是旧车，几万块钱。这种车跑 10 年左右自己都会觉得不舒服。跑了五六年的时候，我开始有生意就干，没有就租给别人干。当时跑煤车一天就有几百台车下去，总共有上千辆车。那几年我们习水的煤老板是发财了的，这两年就恼火了，这两年国家的政策是必须实行机械化，成本就大了。有段时间我们的煤是不允许拉出去的，当时我们自身的电厂电供应都不够。我们跑煤车的时候煤产业正兴盛，允许煤往外拉，只要保证电厂的用量就可以往外面拉。现在都是机械挖煤，没有炮采的质量高。用机械采煤石头也可能随着转机混在煤里，炮采可以筛选，没用的就扔了。现在煤的价格降低了，因为质量下降了。采煤量增加了，却只能供应电厂了，外面不要我们的煤了，现在烧煤的成本高了很多人就不愿意烧了，被新的能源替代了。我跑了几年煤车就退出来了，那时候想换个新车，但是压力太大了就算了。

煤在习水创造了很多财富“神话”。

煤和酒都是。

酒行业您接触过吗？

没有。

去过习酒厂没？

去过，但没有参观，有些东西还是在书本上了解的，具体操作没有印象。

很多人想进习酒厂，当时您考虑过吗？

我家人叫我进酒厂，我当时觉得用洋铲（指铲酒糟工人）. 没有我跑煤车的收入高，而且很累就没有去，开煤车自由多了，当时一个月下来8000—9000元是很轻松的事情，只是结账不好结，老板拿不出钱。

那后面结清了？

结清了。

您平时喝酒吗？

喝。

最早喝习酒是什么时候？

很早了。

您有没有外出工作过？

没怎么出去过。

现在成家了吗？

还没有，现在才 29 岁。到了这个年龄阶段，家里也催得急，现在哪怕是有工作，到了年纪没结婚，家里也会催得急。

在谈恋爱吗？

在。

您了解赤水河吗？

肯定清楚了，相当于是习水的“母亲河”。读书那时候是在酒厂读的，后来子校和镇中学合并就到镇中学去读了，那时候印象最深的是每周一都要开会，校长叮嘱不能去赤水河洗澡。

您为什么在酒厂子校读书？

我们那里属于习酒镇管辖。

班上同学有在酒厂上班的吗？现在还有联系吗？

很多同学进了习酒公司，现在都是班长等级别的领导了。

赤水河大桥您去过吗？

没有去过，我的工作范围不在那边。

大桥开通后会去吗？

开通后就肯定会去了，路巡去得要多一点，他们常去检查，道路开通后我的工作就会涉及全线了。

这么长时间了怎么没想到去转转？

我的工作性质决定了我去不了，不在职责范围内。工作之外的时间也上不去，而且要去的话，也要走很多的程序，就懒得去了。

在那边，我待了好几天，很多人都表示想去看一下？

这个工程是世界瞩目的，在亚洲都是很有代表性的工程，但是由于安全上的问题，未经允许，不得上桥。上去后一旦出现事故，谁都不想负责。

您的工作，家里老人怎么看呢？

选择了，他们就支持。

他们退休了吗？

没有，才 51 岁，还早。

清障工作，最大的问题是什么？

24 小时随时待命，有紧急情况马上就要出发。

这里面是不是有考核机制？

有的。比如我接到通知，5 分钟内必须要出勤，夜间是 10 分钟内必须出勤，如果出晚了就是我们的责任。责任是良心上的责任，也是管理上的责任。出警延时相当于错过了最佳的救援时间。

这个是国家法规确定的吗？

是的。心随时都是绷紧的。

26　笑着面对*

我平时负责财务，车站收了钱就给我，我这边负责做台账、做文档这些，将它归档，三天一次交到银行。每天，早中班的人员下班后交到我这里，然后我们一起投到投保机里，有一点像银行的存款机。然后就是整理这些票据，月底整理财务报表。另外就是看监控，看他们的文明礼仪，还有看看收费广场的情况。

晚班您怎么去收费？

晚班我也会起来，晚班我是晚上 11 点 50 分先领卡，他们下去是晚上 12 点的时候，下班后再拿钱上来到财务室。

您是 24 小时上班？

对，我 24 小时都要在站里。

您是属于几班倒？

我们是上 4 天班休 4 天。只有站长是行政班，周一到周五上班。

您喜欢这份工作吗？

我喜欢。

您从事这个工作多久？

江习古高速公路开站以来。

您是怎么进入江习古公司的？

---

* 受访人：江习古高速公路收费站财务人员。

公司第一批招聘的时候，我来应聘，当时我是先当的收费员，后面慢慢提上来的。

您之前在哪里工作？

我以前在幼儿园工作，但是我没有幼师资格证。

现在上班时间是4天，是不是比以前要忙一点？

对，上班4天都在站里，下班有4天可以玩。

您成家了？

还没有。

我之前和你们一线的好多同事聊，他们都没有时间谈恋爱。

我觉得我们这个工作也不是很累，以前当收费员的时候上晚班感觉有点累，现在晚上把钱投到投保机之后就可以在凌晨零点半休息了。只要车道没有异常情况就不会起来，只有在月初和月底统计的时候比较忙。这个和习酒公司有点类似，上一段时间的班，然后有一次轮休。

您这个工作，未来发展的方向是往哪儿？

这个还没有想，主要还得看领导。先做好自己的本职工作，领导怎么安排就是他的事情了。

您现在这个职位再往上一级是不是站长？站长再往上就是管理站长的一级？

应该是吧，因为还没有这个例子（新的工作站）。

您之前去过习酒厂？

没有，因为没有朋友在这边，初中有个老师是这边的。我也只来过习酒镇一次。

什么时候知道习酒的？

初中时候听同学讲的。

什么时候开始喝习酒？

我喝酒有点迟，白酒我都不是很了解。

您的爸爸喝酒吗？

以前喝，现在戒了。我和他基本上不讲喝酒的事情，出社会很久都没喝酒，是后来才喝的。

来习酒镇之后有什么感受呢？

就是感觉热。

您在收费车道工作多长时间了？

大概有半年。

能讲讲感受吗？

我才来车道上班的时候，公司的制度没有这么严，感觉要轻松一点，那时候也没有什么感觉，时间很快就过去了。

您当时是沉浸在得到一份新工作产生的愉悦，还是说这方面工作强度不大？

因为那时候一个班人数比较多，可以轮着上，晚班我们可以回自己的寝室睡觉，2 个人轮换着上班，现在只能在车道睡觉，现在比之前要求要严格一点，所以比较累一点。还有那时候和别人打交道比较新奇。

对陌生人打招呼还需要笑脸相迎，对您来说有难处吗？

还好，没有难处。我的性格比较外向，这份工作也是需要笑脸面对。

您受过气没？

受过。开站的第二天，ETC 卡扣钱和开票没有分清，那时候司机就骂人了，我就给他道歉。那时候既委屈又害怕，给他解释了半天，将卡还给了他，事后很久都没有从那个事情中走出来。

有没有遇到不是自己的失误而受委屈的情况？

我没有遇到，但我们其他收费员有遇到过。因为车道拥堵，他要微信支付，我们的移动支付因为信号用不了，只有和后面的司机商量，结果排队的司机就骂我们收费员，收费员就哭了，一边哭一边收费。这个行业有很多司机不理解，还有一些绿通车①不符合标准要我们免费，我们需要按

① 绿通车：绿通车是享受运输鲜活农产品高速运输绿色通道政策的车辆。为降低流通成本，交通运输部、国家发改委、财政部近日联合下发通知，进一步完善和落实鲜活农产品运输绿色通道政策。通知要求，扩大鲜活农产品运输绿色通道网络。从 2010 年 12 月 1 日起，全国所有收费公路（含收费的独立桥梁、隧道）全部纳入鲜活农产品运输绿色通道网络范围，对整车合法装载运输鲜活农产品车辆免收车辆通行费。

照制度来，很多司机就骂我们，接触这个行业久了之后就习以为常了。

晚上要通宵，怕不怕？

以前有过，现在还好，因为现在进出车道都是有人的，下面也是有折叠床的，有什么事情喊一声或者打电话都是知道的。最开始害怕是出口和入口只有一个人，晚上我们一般就看书，将门窗关好。还有亭子里面有报警装置，只要用脚一踩我们上面也可以听到。

这个工作离职率高吗？

有，有的人来的时候，就没有抱着要好好做的态度。

这边有没有因为有很多习酒厂的职工出入，而发生什么有意思的事情呢？

我之前没有在这个站收费，调过来之后在楼上面没有和他们接触。

车流量，去年和今年有什么变化呢？

我们这里的车流量都是比较稳定的，只有在过年的时候外来车量和节假日免费的车辆会一下子增多，现在因为外省车辆有 5 折优惠，每天增加出入车辆 200—500 辆。总共车流量也不大，出入车辆合计每天才 2000 多辆，这里很多人都是走老路的，这条路的费用有一点高，老路其实也不是很远。

开站到现在的数据是多少？

我只知道每天的车流量是 2000 多一点，赤水河大桥通车后可能会增加一点。还有这边会修一个物流园，车流量到时候也会增加。现在我们这边货车还比较少。

您朋友在酒厂的多吗？

不多，之前有一个同事现在进了习酒厂。

现在想去习酒厂上班的人多不？

有的，不过有的人说去习酒厂会很累。

您的同学中大部分就业是做什么？

有些在外地，有些是自己做生意，在酒厂的很少，去酒厂要求比较高，不是那么好进。

现在有和进酒厂的这位同事联系吗?

有，她说很累。

但是收入上还可以?

比我们江习古公司要高很多。

站上月工资有多少?

扣掉五险一金后有 3000 元左右。

平时站内会和当地老百姓或者习酒公司交流么?

有。有时候宣传活动什么的，会出去。

27　一路三方*

首先，你想了解一些什么？

了解这条路、这座桥的人和事。

我负责江习古高速公路路面的作业，假如路面上出现故障车，只要牵涉作业这方面的都由我负责（我们班），然后还有一个班，我们总共是两个班。我在这个岗位快一年了。我们由指挥中心、路巡、养护、应急、机电等组成，工作流程是，什么事情都由指挥中心统一调配，只要接到电话就快速出击，以最快的速度到达现场，主要是应急，“一路三方”到达现场后展开工作。

“一路三方”是指？

高交、路政、运营。

您这块工作的信息指令是来自指挥中心？指挥中心的信息又来自哪里？

来自路巡或高速交警，路巡每天都会不定时的巡查。我们的路巡遇见紧急情况，会第一时间把情况上报指挥中心，高速交警也是一样的。只要是参与我们这项工作的人发现问题都会往上面报。“一路三方”的“一路”是指这一条路，路段是按照管辖区域来确定的，在江习古高速公路范围内，现有3个单位在管理。

---

* 受访人：江习古高速公路应急清障工作人员。

现场的处置是谁负责，现场“三方”都在的情况下？

这种情况是分工，统统都在负责，发现就上报。像我们的话，基本是接到电话，从接电话到出警都是有时间限定的，白天多久，晚上多久必须出击。白天接到电话，5 分钟内必须出警。中途包括联系车主，确认现场情况，晚上不能超过 10 分钟。从接到指挥中心的指令，5 分钟内必须从驻地离开，中途必须联系车主，比如说：他是事故车，我们当然联系不到车主，但是我们有这个联动群，根据联动群的信息分析情况，安排出动的设备，从了解情况到车子出发不能超过 5 分钟。我们有分工，像我和我的队友，只要看到这个信息，立马联系队友，联系车主，搞清楚情况，车子的事故类型，是什么车子，有多少人坐在车子上，装没装货物，问题是爆胎还是别的情况都要弄得清清楚楚。还有在哪里出的事故，如果是事故，有没有人员的伤亡，这些都要了解得很清楚。一个人负责了解信息，另一个人就要负责拿着信息就开始上车，同步进行，假如是我看到的信息，你就负责联系，比如是哪个地方，什么车子，有没有人员伤亡，装没装货物。当高速公路出现这种紧急情况，车主就会联系我们。如果是事故车，很严重的话，是联系不到指挥中心的，我们就要跟“一路三方”的在场的相关人员了解情况，让他们把现场的相片传到群里面，以便我们第一时间看到情况。了解情况后我们就动用设备，很多种设备，然后根据情况派出车子。如果是别的重大情况，就让相关人员尽量收集现场的相关图片；如果图片太小或不清晰，看到信息的人会询问相关的关键信息，然后另一个人，准备救援车子。而且要根据这些信息判断需要什么设备、警力，然后第一时间去处置这个事情。

涉及这一块的工作经验要求比较高？

我们在上岗前有专业的培训，新员工进来时，必须有老师傅带领，培训，等实习考试通过了，才可以上岗。作为这一个版块的负责人，他必须有一定的时间积累才可以负责起来，必须经过技术考核才可以。

一般从一个新员工到负责人需要多久的时间？

至少半年。这是指通过考试、考核，不管哪个岗位都需要考核、考试，并不是一个人说了就算了，几个部门在模拟现场一起考试。只有通过考核，才能转正，转正后才能进入现场。假如没有经过考试，都不知道自己要干嘛，而且高速公路不比其他的路，没有一定的经验是不行的，比如有些司机不懂，在高速公路上一边拿着电话一边开车，根本不晓得危险，遇到这种情况我们会引导他在安全地方停车，这些都是培训的内容。

事故现场，引导现场人员的安全问题，有什么讲究？

首先应该是确认人员是否安全，并且把他们疏散到护栏以外，在高速公路上很容易出现二次危险，比如疲劳驾驶、超速等情况，出现情况我们一般都是应急、迅速、最快、最直接处理，比如把人先拖下去。尽量地保证道路通畅，避免二次危险，在高速公路上多停留一分钟，就多一分钟的危险。出现多起事故时，最好把人员都安排在护栏外边。疏散人员的时候随时注意来车情况，最好能安全摆脱。出现意外的时候，或者紧急情况的时候，每个司机都是心慌的，经验不足。所以事故现场第一时间就要摆安全锥，我们是经过专业培训的，可以快速帮助他们。白天的安全距离最好是 150 米以上，晚上是 200 米以上。

假如车子出现情况，你们到达现场后还要倒车回来拖？

不，出现事故车或者故障车，其他部门或者单位的车子会相互协调，从最好的方向过来，与现场最短的距离过去。这些都是受过专业培训的，到达目的地的时候我们都是开着警报灯拉警报，让行车注意安全。

那你们在几百米外就算是进入现场了。

应该对自身要求也是特别高的。我们的队员都是熟悉江习古高速公路构造的。此外，我们随时关注手机里的提醒信息，要非常感谢这个时代，信息时代发达，给我们的工作带来了很多便利。比起以前，出警速度快很多了。到达现场还要指挥。我们在现场要做好教育、引导的作用。我们会给当事者说如何处理，当下次发生时，可以避免二次危险以及紧急呼救。我们对于这些情况的处理收费都是有标准的。

是什么标准？

根据上面文件的标准，每一样都会写出来，让他看，同意的话就现场签字。

那出现过不愿意签字的情况没？

这种情况一般出现在事故双方责任的界定上，大家相互推卸责任，这种情况就按照文件程序、按照规矩办。

处理现场对于肇事司机有两个原则。一个是安全原则，第二个是经济原则，但是安全原则是第一原则，如果遇到车主说费用过高怎么办，车子摆在现场又危险，这种情况如何处理？

首先我们没有权利处理。但是我们会通知高速交警，由他们下达权利，我们再处理。然后告诉事故者在高速公路上的危险性，安全是第一位。当出去巡路的时候，遇到需要帮忙的车子，我们必问，必停，必帮。就是在回来的路上，都要注意其他地方需要帮忙不。而且我们随时都等同于在演练，每天都要对设备进行检查。

为什么选择这个行业？

我之前是开车的，专业对口，同时也需要养家糊口。招聘的时候竞争挺激烈的，考这个也不容易，要求也高，比如车子资格证、驾驶证，特种作业资格证，3 年没有违法，实际操作等。达到要求后开始培训，培训合格后再上岗，而且要听从领导安排。

进入这个行业之前在哪里开车，省外还是省内？

2008 年开始在富士康工厂开车，开了 4 年，负责中央物流。

对于富士康企业的军事化管理，给您什么经验？

对于工作的培训和方法，比如在管理、GPS、软件、硬件方面他们都是比较先进的。

您在外地是如何介绍贵州习水的？

贵州是避暑的圣地，也介绍过茅台。

去过习酒镇没？

小时候去过，去亲朋好友家拜年的时候会去。那时候我家种有橘子，卖橘子的时候也会去，卖完橘子然后在习酒镇那边买酒糟回去喂猪。那时候习酒厂普通员工的工资是 6—7 元，陈星国是厂长。

对于赤水河熟悉吗？

嗯，小时候都去那里洗澡，有点远，但是喜欢去，现在也喜欢去。

那时候，有没有坐船去土城或者别的地方？

没有。

那时候有没有想过两边的大山通马路，大河上面通高速？

没有哦，想都不敢想。哈哈哈。

28　一声令下*

赤水河大桥四川南岸现场的施工建筑都是我们做的，大桥是由四川路桥集团修建的，同时四川路桥集团的分公司华东建设有限公司也参与了修建，我们这边是由另外一个子公司桥梁有限责任公司修建的，但是都属于四川路桥集团，我们两个公司都可以作为独立公司去投标，所投项目都是一级工程。我们主要负责大桥下基础的构建，要怎么修，还是很难的，有时候需要一些特殊零件，而且施工条件很危险，还有一些滑坡路。我干这一行到今年已经快20年了，今年是17年，就没有遇到修隧道便道的，赤水河大桥的修建大家一起反复论证都已经不下10次了才实施的，原来计划了三种方案，还要考虑保护自然环境，最后才选择了其中最好的一个方法。为了修桥，我们还是修了遂道便道。我们在下面没有看到隧道，便道是在山里面的，外边看不到。我们初步设计的时候，洞口破碎失败了，然后又重新弄。2个多月就打通了隧道，探勘公路修了7个月。

感觉便道全部是石头，难度应该要大一些，怎么时间还要短一些？

因为修盘山公路要考虑到生态环保，边挖边防护。虽然我们的便道有一些陡，但是走着安全。而且我们还特别注意安全与环保，别的地方挖了以后就不管了，但是我们没有，从生态环保以及安全角度都不允许。而且一开始我们就做绿化了。

---

* 受访人：赤水河大桥四川南岸施工建筑项目负责人。

我们做的时候都很注意环境保护，所以你们都没看到山坡裸露的这种情况，这也可以说是在这个地方建设的特殊性——生态环保。这个也是着力点，相互结合。合理利用场地，尽量减少土地的使用。在山洞里面挖出来的就填在那种需要填的地方，不乱扔。川南这边的地势难度要大一些。场地小，交叉作业的情况多，合理的运用土地等资源，挖洞填坑，排水，绿化都一起做起来。危险难度大，施工人员多，设备多，安全隐患多，管理难度大。对岸就稍微好一些。后面的施工结构我们也做了很多的技术攻关，索塔等各个方面都有既定的技术创新，山腰上开挖 1.5 公里的锚道，大型加工器械不能进入，我们就自己拼接，锚体拼接成 27 米×17 米长的一个截面，这在世界上也是排名第一的截面，贵州又出了 30 米长的锚体截面，但是他们还没建成，我们是开挖得最快的一个，开挖过程中我们请了一个安全专家负责。一般是修 3 个台阶，我们修了 5 个台阶，为了保质保量地完成任务，我们实行错位隧道，错时施工，成立安全小组。在最短的时间兼顾了安全、成本、质量、环保。两个隧道的修建都是不容易的，都把截面做大了一些，错位施工，错时施工，多台阶施工等方面，不影响长远的安全，我们为此成立了专门的小组进行研究。施工的时候禁止爆破，为了后面的安全。两个洞之间的距离只有 17 米，洞口只有 10 米左右，5 个台阶一起动工，这些需要重复演绎，反复论证。这种修建方式也是第一次吧，很具有借鉴性。

有人到这里学习吗？

有很多人到这里学习。使他们也长了信心，很有借鉴性。

这个行业中有多重跨度，结构物等，赤水河大桥是山区峡谷同类型悬索桥梁塔高世界第一，主桥跨径世界第二，那怎么理解山区峡谷同类型桥梁？

以有无吊索为判断依据，桥的建筑也有很多的类别，山区峡谷是指已经约定在山区峡谷这类地点，不是在大江大河上面。同类型里面就有很多种了，意思是同类型的桥梁是在各个地方，重点是在桥梁的类型上面，但是也要在山区峡谷上。我们通车的时候在山区峡谷同类型悬索桥梁中塔高是世界第一，主桥跨径是世界第二。这些修建使用的材料都是从外面运到现场再拼装，总共是两万吨，这个是山区建设桥梁的一个特点。就好像蚂蚁搬家，一个一个运到现场，再拼接。

如何选择是建斜拉桥，还是悬索桥？

根据现场的条件、技术经济指标等确定。塔高和桥跨度有一个比例。斜拉桥有很多条拉的线，双边都有拉的，越高，拉的力度越大。危险程度越大，经济指标越高，这些也是反复论证的。技术方面、经济方面都是选了很多次的。选择最优的，两边都是最好的，选择最好的位置，采光区等地方都是最好的，花上 10 亿元都不一定能弄好，而且会变成一味地想要宏伟，如果要宏伟就建大一些，但是这些都是次要的，如果就想要宏伟，那我还不如修长、修大一些啊。建桥主要是从技术、经济、永久、安全等方面考虑。

我从事这个行业 17 年了。我是 2003 年毕业的。学的就是个专业，毕业后就在四川路桥。我是在一个地方就不想换的那种人。关键是做得有些成就感。以后的成就感估计都没得建这座桥的成就感强，做的量越大，成就感越大。

这是一种热爱。

我都修了几十座桥了。斜拉桥、拱桥，反正很多种桥都修过了，科研桥也修过了，而且还拿到优质钢结构奖，那时候我们还带着专家到赤水河大桥来看过，还参观过现场，他们都感觉到震撼。

当初为什么选择这个行业？

我第一志愿实际上不是这个专业，当时想报军校，电子专业，第一次没走到（考上），第二次才走到重庆大学。

那您走军校的两个同学怎么样了？当时走这条路后悔不？

我搞土木工程一直做到现在，他们一出学校就在军队。退休就有 70 万元；有一个因为生病退休，有 100 万元。我也犹豫过，20 世纪 70 年代的人嘛，一直过得很迷茫，随波逐流，用一种随性的感觉在生活。做到一个部门的负责人时，一些重点、难点，我自己都是熟悉的，就自己找事情做。采用的管理方式、技术、方案、人才都比较固定，现在叫我去别干的，我还不习惯。

这些是您当时自己悟出来的，还是通过别人指点？

有人引导过，但是这方面主要是靠自己。自己的人生观在变，随波逐流的干，还不如自己努力的干。

大家都希望自己的人生美好，但是真正地去做的时候，往往发现自己做不到。

我如果努力，把这个工程干好了，这些都是精神方面的收获吧。物质上的收获也不算大，当时我们实习期是一年，前6个月的工资是600元一个月，后6个月的工资是900元一个月，转正了是1350元一个月，然后工资逐渐地涨，这个就是位置的变化，角色不一样，承当的任务、压力就不一样，然后还有一些奖励的机制。还有一些自己管理的项目出现收益时，也会带来一些收入，所以我就会用最优的方案，最优的计划，甚至晚上的时候我们都会讨论，我们在精神上都会有一种获得感。而且工资高了，可能实现的事情也会多，对家庭、子女、父母等都是如此。

这个工作空余时间少。

这个可以等到他们时间多了，他们过来嘛。我现在比以前好了，就半年没回家，现在的话我们都有带薪休假，只要你的部门不忙，就可以回去休假，都比较人性化了。

您对自己的工作是满意的。

做这个是做得越久，经验越丰富，越来越觉得有价值，越有成就感。其他人可能就不一样了，比如当将军，没有几十年是不可能的。任何工作都会涉及收入问题、职位问题、家庭问题，最后是自身的价值问题，也就是所谓的存在感。就像这座桥，是我们修的。我做出巨大的贡献也就是对社会产生了影响力，还有就是对下一代的影响力，对未来产生了影响。

怎么培养下一代？

关键是“三观”[①]，我对下一代的想法就是让他自己找喜欢的事情做。

希望您的孩子成为什么样的人？

是小姑娘。看她自己的选择方向，如果自己努力以后也没有方向，我应该要帮她一下，可以帮她成为“桥二代”“桥三代”。

我从习酒那边过来，也经常听到他们说“习二代”“习三代”，这是什么概念？

这也算是企业文化。

习酒厂有些同事很希望他们的孩子继续在这个行业上发展，因为他们自己在这个上面都有收获；有些觉得实在太辛苦了，鼓励孩子认真学习，以后不要在酒厂里面工作。

我们这块男生居多，女生很少。

公司有部队的基因。

军令如山，下一批项目已经出来了，一声令下，该上就要上。没得办法，干这行，也有干烦了的。不同的项目、不同的部门，不同团队，都会影响个人对这份工作的热爱，如果都团结，那就好做，如果自己想着自己的利益，就不利于团队的建设。

人的成长几十年，如何少走一些弯路？

我个人认为不需要避免，如果人一辈子都平平淡淡的，那还有什么意思，个人还是需要经历一些事情，但是自己会在适当的时候提醒她（女儿）。一个人能从困境中走出来，这是一种锻炼，如果遇到挫折，她就退却，我们就帮她扫平了，按照社会的淘汰规律，迟早都会被淘汰的。每一个人的成长都必定要经历一些挫折，跨过这道坎，她才能找到问题的解决办法，书上写得再怎么好，都没自己去体验得好。越早经历一些挫折，并且成功跨过，就会越好，对于个人的成长，如果想要锻炼她，就适当地设置一些坎，让她去经历，我最多去引导她。

挫折的内容能否不一样？

---

① 人生观、价值观、世界观。

我会适当的干预一些，在适当的时候提醒一下，不要花更多的时间自己跟自己较劲。这个是实话实说了。

在什么事上较劲？

比如自己考大学，我刚开始都没选择这个专业，志向、志愿都没在这儿，我就一心想上军校。对物理比较有兴趣，希望做研究，或者成为专家，后来我为此一直耿耿于怀。我们施工现场需要规划，人生也需要规划。

在大学，内心矛盾过？

在大学的时候，对于学的专业和人生规划就有一些矛盾，但是一大段时间以后我就调整过来了，工作后发现按照自己的想法去生活不容易，什么事情都是被安排了的，只有自己去调整。

现在的年轻人压力更大。

现在的年轻人，都有实现自己人生价值的可能。

那时候我们是跟自己身边的人比较，但是现在的年轻人手机一打开，发现是跟世界上所有的人在比较。

怎么说呢？孩子们也要面对现实，但是也要为改变环境去努力。我们因为生存，就要适应这个世界。我们也要努力改变环境，因为人的价值就体现在这些里面。

这个就是实事求是的态度，面对现实，有时候也是一种状态。

来到这个地方之前，听说过习酒吗？

我在这里待了7年，修了3个项目，以前我们晓得太平纪念馆，但是不知道习酒，后来知道了。我去过土城，那是打过仗的地方，打仗就像做企业一样，要有目标，有组织，力才能往一处使。

个人的发展，需要一个好平台。

天时地利人和，都是需要的。

对于未来，担心么？

担心。从事的这一行，提质、增效是很重要的，我希望逐步的规范、环保。2000年以前修的桥，有的质量可能不是那么高，我们修的这座桥，说要保持一百年，我们就能保持一百年，我们不能自己给自己挖坑。其实不止是这个行业，应该是每个行业都要这样啊，教育、水利水电、习酒等的质量好坏都是特别重要的。

自己要活得有意思，也希望下一代过得更好。

很多人开始都会以自己为中心，随着逐步长大，才会适应生命这个过程。

29 如约而来*

我在习酒厂子校读到初二上半学期，就离开了。

我当时学习不好，我哥的朋友劝我读职高，因为我亲戚在遵义市电力局，高中毕业后可以进电力局。当时我爸爸调到长沙（赤水市）去了，我的户口挂在长沙。当时习酒厂在长沙有分厂。按道理来说是初三毕业才能够读职高的，我初二就去读了职高。我是 1997 年职高毕业。职高读了三年。毕业后，当时是想走当兵这条路，后面体检没有过，本来关系是找到了的，结果当时进去就先体检，眼睛一项就被刷下来了。我的眼睛有点近视，应该是看小说和看电视伤到的，现在开车我都要带上眼药。当兵没有当成，于是想靠我伯伯的关系进电力局，正好当时我学的是电工。当时有的人不愿意进电力局，嫌工资少，我家人也不愿意我去。后面我爸爸从长沙调回来了，我的户口也回来了。

当时我大哥在搞运输，从酒厂到习水，是跑中巴车，后面跑从酒厂到遵义市的大巴车。大哥大我四岁，出学校早，他一开始在厂里上班，后面不想上班后，就自己弄了一辆货车。以前习酒到习水的车辆由我伯伯经营，习酒厂到遵义这条线也是我伯伯从习酒公司买的。

还记得这个牌照多少钱吗？

那时候只买了车子，牌照还不花钱，车子是 15000 元。那时候比较辛

---

* 受访人：习水县交通运输从业管理人员，习酒厂老员工后代。

苦，从大湾、桑木绕着走。后面跑习水到广东这条线，再跑习水到遵义这条线，最好的时候，跑遵义我们有四五辆车子，后面生意不行就把车子卖了。卖了之后我又回来跑习水到广东这条线。跑了5年，后面媳妇生孩子后不让我跑太远的线，我就开始跑习水到贵阳这条线，后来我就和我哥哥分开跑车。2003年左右，我们就相当于是分家了，自己经营自己干。习水到贵阳这条线跑了2年多，后面车子卖了70多万元，卖了之后买的成都的房子。成都这边的房子买成是50多万元，当时准备留点钱做点其他的，但是在成都经营的效益不好，于是后面进来做旅游车。当时旅游车的行业还可以。2013年之前是赚钱的，那时候贵阳专线连线带牌可以卖到400万元。

后来经营旅游车的时候发现，这块刚开始也还是可以的，我们自己经营，整个习水我们和城乡客运的规模是数一数二的。2012年的时候我们投放了20多辆旅游车，但是业主就来找公司的麻烦，给我们造成很大的压力。

旅游车是什么？

旅游车是有人包车就可以走，我想走，做张牌子招呼一声拉到人就可以走了。前年网约车就找我们谈过，他们看到我们的位置还可以想收购我们，我觉得不行，一想到我们干网约车后，客运站就没有收入了，我们没有提成也就没有答应。现在我们也开始帮网约车打广告了，打出去的广告都只是收5个点的提成，其他的不要。5个点的提成是由平台公司和客运站来分的。滴滴打车平台我们收20个点的提成。现在习水的网约车有5—6家，还会进来两家大的网约车公司。前两天我们在开会时讨论，为了打造好的名声，先买三四辆奔驰车。我收费140元一个人，西城区都是120元一个人，我多20块钱，但是顾客坐的是奔驰车。旅游车也一直经营着。2012年买的车子，现在有点旧了，我们也买了丰田的宝斯通面包车，现在这块不温不火。主营业务是我们的班线车，还有200多辆。从县城发往各乡镇，也包括从习酒镇发往贵阳、从习水到重庆的。

这两天我遇到了税务的问题，可能还要打官司，以前在查税补缴和定额补缴时有一个选项，之前填写的是查税补缴，我们可能因此损失几百万元，那时候不太懂，想的是随便写一个。现在客运行业已经不行了，大家都有私家车了，加上现在有高铁。有了 200 辆班线车、旅游车、网约车，也正因为有这些东西，制约着新的发展。现在只要客运能持续着走，其他的也会推进着走。我们还做车子的配套服务，比如我和政府签订合同，我买了 20 多辆车子租给他们，每个派出所有一辆。

这个行业，安全的责任太大了。交警、运管、应急局近一个月要求我整改了五六次，应急局涉及安全的事情都要管，以前是安监局负责，现在统一成应急局负责。培训员工也是个比较麻烦的事。以前招的大学生现在又想考公务员，在我这里熟悉了他又要走。我们的待遇还是可以的，3000 多元一个月是有的。没有住房公积金，但是有五险，待遇在县里面还算好的，副总要开到 6000 多元一个月，副总每个月烟钱的开销都要 1000 多块钱，吃饭没有烟也不合适。

从事交通行业这么多年，对交通道路这块感受是怎么样的？

现在的安全越管越严，道路修得很好，但是不规范，交通设计不合理，城里和乡镇都有。从习水到习酒交通局的设计时速是 20 千米每小时，正常情况可以开到 30 千米每小时。有一次，回龙一辆黑车下去，我们一辆车子上来，正好撞在我们车上，当场黑车上的人被撞死了一个，几个人受重伤，习水县交通局判了我们的车子是 37 千米每小时，我们超了 7 千米每小时。我们客车上的保险是最高的，执法部门在处理与我们相关的事情的时候，一旦出现事故我们怎么都要赔点钱。包括现在都是。那天有辆摩托车被我们的车撞了，那边家庭条件不好，交警给我们划定了责任，我们受到了行业的处罚。我们这边一般家庭条件好了之后都会买辆小车或摩托车，但是这条路很陡很急，确实不安全，路标也不全，路的设计也不合理，整个县城的道路限速是 60 千米每小时，但是有些弯道是 30 千米每小时。设限低了，对客车还可以，有些小车直接是 50 千米每小时就过去了。

以前跑习酒厂、习水和贵阳是老路，那时老路跑起来很辛苦，没有想到现在发展这么快。

那时确实没有想到，发展快了也把我们“害惨”了，现在微信也出来了，没有微信也不会有黑车，客运站就是微信干死的。

他们和你们有利益冲突，你们会干涉他们吗？

会啊。

你们有这个权利吗？

没有，那是执法局的事，有时也会拦着不让他们拉人。但是现在在扫黑除恶，我们不敢那么硬干，特别是我们有牌照的车，被投诉就会停业，不让运营。今天早上雨大了，我还要提醒他们，怕他们出事。私家车随意得多，不管合不合格，哪条路可以去就跑，但是我们不行，不能窜线行驶。黑车只要打个电话，就可以到家里去接。运输行业，还是要继续做，只是在重新规划怎么发展。

毕业之后，就很少回习酒厂了？

我在酒厂待到 20 岁。离开之后，就很少回去了。

对酒厂有什么记忆？

我们在水井那里玩，那儿有几个车间，我父亲当时也在那里上班。那时候，习酒厂在夏天的时候会供应冰糕，我卖过冰糕。那时候发现买的人还很多，后面我没上学的时候就去卖，卖了两个夏天。当时卖 1 毛钱一根，批发是 5 分钱一根，一根冰糕可以赚 5 分钱。我小时候还学过画画，后面没去了，跟着子校的简老师学画画。还有招待所旁边的那个公园，我常在里面玩，还有吕师岩的李子树、枣树。

赤水河大桥马上通车了，对您的业务有什么影响？

对我们旅游的车很好，后期我会朝着旅游车和网约车方向发展，班线车基本上不行了，有很多人出去玩，从习酒镇、土城镇那边转着上来。

30 下车未几*

赤水河大桥几个监理公司的办公室都在我家附近。

施工方需要按照监理公司的要求来做，达不达标是监理方说了算，是白帽子和红帽子的区别。领导戴的是白帽子，施工者戴的是红帽子。大桥建设的时候，我上去过。那时候我是坐电梯上去的，很吓人。现在从哪里都可以上去，以前是必须要坐临时电梯。猫道才拉上的时候，我们就是从猫道上去的，钢桁梁都没有架好，钢索也没有拉几根。那个电梯的速度慢，索塔有 200 多米高，有点吓人，电梯一直上到塔顶上的平台。

您现在还在骑自行车吗？

在。骑车可以锻炼身体。

这段时间厂里在放假吗？（访谈在赤水河边，工作时间）

我已经从习酒厂辞职了。

怎么会辞职？

身体不好就没有做了，这是一个原因。另一个原因是干了十几年了，累了。

现在准备做什么呢？

还不知道。

是什么时候辞职的？

---

* 受访人：原习酒厂员工；赤水河边经营自行车行。

今年5月份。

赤水河旅游公路建好，您就开了自行车行？

在2016年开的自行车行，是那个比赛完后开的。2016年的4月份，那个比赛搞完我就开了这个店。当时那个比赛是世界性的邀请赛，有十几个洲际车队都来了，但是中国的车队获得了第一名，从茅台到赤水骑了3个多小时。

这个速度相当快。

昨天环青海湖比赛不管上、下坡巡航速度都是46千米每小时。我一个小时就可以从这里跑到土城，从这里到土城也就36千米，我的巡航速度也就35—36千米每小时，我骑得最快的一次是花了50分钟从这里到土城，那天状态很好。

您是在那次比赛之前还是之后喜欢上骑自行车的呢？

之前就喜欢骑行。

您是怎么喜欢上的呢？

刚接触时就是骑着玩，骑着骑着就想去爬山，慢慢地短距离骑就不过瘾了，想骑长距离。我当时也骑到过贵阳、成都、重庆。上次从贵阳骑回习酒厂，当时是我和另外一个朋友一起骑回来的，他骑的是山地车，对路不熟悉。早上吃早餐，我没有吃多少，到乌江后我说吃完鱼再走，他说不饿，从乌江下来就下大雨了，躲了两个半小时的雨，雨变小了我们才骑着走的。到鸭溪后他饿得实在受不了了，等他吃完饭我们才走的，加上我走走停停的等他，路上耽误了很长时间，要不然我从贵阳下来只需要一天。我是2004年接触的骑行。当时看见别人骑，我觉得好看，那时候买了一辆2000多元的自行车。我开店以来，都已经换了3辆车了。当时有朋友来买车，我给他建议不要买太便宜的，他买了一辆2500元的，骑了4个月就换了7000多元的，后面骑了6个月看见我骑的公路自行车，又亏了2000多元把车卖了，换了一辆1万多元的，之后光配装备也花了4000多元，为了调整齿比、变速器等。

您说的齿比是？

齿轮的比例。有标准版和压缩版，齿比也有大小之分，前面如果是压缩盘，齿比就要密集一点，后面是小飞轮，前面是38个齿，后面是9个齿，我蹬一转后面就要跑4圈多，因为这个是压缩盘，跑得要快一些，标准盘的齿就要少一些，蹬一转后面是跑2圈。这和骑手的体能有关，后面转2圈比转4圈要轻松一些，但是跑得要慢一点。还要看踏频。车上安装踏频器，会显示一分钟可以骑多少转，还可以显示心率的负荷程度，如果从科学的角度来说，安装踏频器是必要的，GPS会自动检测位置。运动健身要科学，用220减去你的年龄基本上就是最大心率。比如，你现在是40岁，心率到达的定点是180左右，通过长期的训练可以提高10%，我现在的心率最好是190。以前年轻的时候都没有注意这些，现在年纪大了点，开始关注了。有的骑手，还去成都做自行车高级装配工，我也去了。自行车高级装配工是利用自身的数据，根据身高、臂展、腿长、踩踏效率等，调整坐骑的高度和前后度，适合竞技式、还是休闲式的握把方式，根据数据来设置车架，这样骑行300公里都不会感觉酸痛，这符合自身的身体力学。还有鞋锁，以前我没有上锁，开这个店的时候也没有认识很多骑车的，当时就把骑车当成是锻炼身体的方式，开了这个店我就建立了一个群，有一百多人，大家平时在里面讨论配件的选用，一起约着骑行。当时有人提醒我上了锁鞋自行车的功率会大增，我加上后，确实有了提高。我到处参加比赛，不是为了获奖，当作旅游机会。

这是人生到达的另一个顶峰？

赚不了钱，没有事情干，如果有事情做，就没有时间干了。

这是做您喜欢做的事情。

但是需要养家糊口，我想的是做完今年就不做了，明年就搬回去。这里是靠租车来撑着，卖车赚不了钱。

您是土生土长的本地人？

是的。

喜欢这个地方吗？

出去就想回家，在家待一段时间就不想出去了。

您读完初中就外出打工了？

先去了广东打工5年，然后去贵阳住了三四年，2008年回来就进习酒厂。在广东是在鞋厂上班，在贵阳是做酒销售。我家里还有二老，媳妇和孩子也在这里。我这一辈家里有 5 个孩子，两弟兄，3 个姐姐。我在家，父母老了，身体有病痛可以帮下忙，现在他们也有 75 岁了。我的身体做过手术，再去做车间里的工作做不了了，所以我就辞职了。现在管理很严，不能找人代班。以前我们打粮，每月上 15 天班，找人代班还能赚一点。打粮是在圆筒仓粉碎粮食，拿袋子装上运到车间里。假如今天打曲有 10 个班，5 个单粮班和 5 个多粮班，单粮班只打红粮，多粮班打高粱、糯米、玉米、小麦等，一袋是 110 斤，每天只能多打不能少打，一天可以打 130 包，还有 20—30 包曲药，从圆筒仓运到车间后就可以下班了。由于需要上下搬运，我身体受不了。还有就是自己不喜欢做这些事情。其实也有点自我安慰的意思，有好的机会还是要去奋斗，没有事情就锻炼好身体。

人要有自己喜欢的体育运动。

是，我骑车有十几年了。现在车行可以丢手（空闲）的时候，我就骑着车去其他地方了。骑着车从山脚爬到山顶，征服一座座山，虽然衣服湿透，但是这种感觉很爽。我理解不了一个人去徒步，需要承受寂寞。我们骑车多数情况下都是一群人，每年这段时间我们都会组织去土城“偷”桂圆。我现在开始坚持在赤水河游泳，游泳的人也很多，去游泳的人也有一个群，我也是在这个群里的。一般来说都是早上 7 点左右去游泳，每天都去，除了涨水的时候不去。

您将人生看通透了。

只是自己安慰自己。这是实话，没有能力和领路人就只能这样。骑自行车的事，之前，赤水河大桥的有关负责人联系我，让我通车剪彩那天找十几个人从桥上过，但是我们这边骑自行车的人不一定能来齐，时间啊，经费啊，都是问题。最后我没有答应做，推给习水自行车协会去做这个事情了。

事情往前面走，慢慢会得到很多机会。

挣钱是没有机会，但可以认识人。

之前这里做客运是赚钱的生意。

现在不好跑了，基本上都是拼车。网约车也面临问题，私家车变网约车会转换成营运车辆，各项费用也高一点，我现在有 3 个 500 人的群，都是习水县城和习酒厂之间往返的拼车群。酒厂的巴士车也不好跑，从酒厂到习水已经 15 块钱一个人。现在村村都通公路了。路是促进当地发展的，进出方便减少了运输成本。那时候习酒厂的货车外出还要从岩寨（即今赤水河大桥下边）那边绕，没有客车，员工只能去爬车（偷爬在货车上）。

司机看到了也不会管？

多数情况下不管，路是最重要的大好事，现在出行很方便，现在去泸州、重庆、贵阳有多条路可以选择。习酒镇这几年发展变化还是很大的，现在下面在修污水处理厂。习酒厂和习酒居民污水处理现在是结合了的，处理后的污水都不敢直排赤水河，要重新修管道走赤水河两岸，经过土壤的沉淀后，才流向河里。

这条旅游公路最近有什么比赛？

我之前发了朋友圈，活动名称叫“一公斤黄金跑”[①]，在 10 月 19 日。自行车比赛是这个月（10 月）的 21 号，在赤水，叫侏罗纪天鹅堡爬坡。我前面说的那个活动不是在爬坡，是在爬墙，太高太陡了，有十多公里，很多人爬不上去受伤了，最后连解锁鞋的力气都没有了。自行车比赛每年都有几次，都是在赤水市那边，茅台镇这边的比较少。每年 9—11 月，有 4 场自行车比赛。

有些人认为环海南岛自行车赛事是做得比较好的，您怎么看？

环海南岛是一项赛事，同时赛事是短时间的，主要是针对广大爱好者所进行的活动。而且海南天气较好，四季如春，非常适合骑自行车。海南是沿海城市，主要就是依靠旅游产业，环海南岛旅游路线主要分为三条线，分别为东线、中线、西线。不同路线有不一样的人文景观，东线的特点为原生态大自然景观，未进行人工改造。西线开发较完善，较商业化，消费水平较高，而对于骑自行车的人士来说，其目的就是感受大自然，走进大自然。

---

① “习酒杯”2019 中国赤水河谷超级长跑黄金大奖赛。

自行车行业前景如何？

自行车旅游行业目前比较严峻，自然也有做得好的，就比如说环海南岛、环青海湖。环海南岛共计 600 多公里，环青海湖是 380 多公里。这两个地方沿途风景好，当地宣传的力度大，吸引了大量的游客。

对于习酒镇的旅游业您怎么看？

政府出资修建了旅游公路，希望带动当地人的经济。现在的状况是，我们没能充分地利用好旅游公路，自行车旅游业做得不好。其原因有以下几点，一是留不住人，景点稀少，特色菜菜品不足，本地美食小吃较单一。二是本地人对外来游客热情不够。三是可以玩耍的项目太少，缺乏吸引力。习酒自行车公路有 100 多公里，共有三个景点——茅台镇、赤水渡口、土城镇。从茅台镇到习酒厂有 50 多公里，沿途只有二渡赤水渡口一个景点，只有一块碑，缺乏观赏性。

您有什么建议？

事实上，习酒镇有很多优点，习酒镇景色优美、风景怡人，有深厚的红色文化，如四渡赤水，并且消费水平不高，物美价廉。同时，习酒打造企业文化，更需要依靠本地的红色文化。因此，应该更加重视以及保护我们本地的红色文化，依靠我们本地的红色文化与大自然景色是留得住人的。现在的情况是没有打造好红色文化，同时宣传力度不够，导致外面的人不了解，无法吸引游客。目前主要的旅游路线为红色旅游、乡村旅游，在政府支持力度有限的情况下，企业要积极参与投资，习酒可以进行投资，对习酒来说也是一种很好的宣传方式，比如说，他们在土城创办了习酒博览馆，对习酒就是很好的宣传，提高了习酒的知名度，对来土城旅游的游客进一步了解习酒及习酒文化有很大的帮助。同时，在旅游区附近的生活设施不够完善，吃与住，对游客来说是一个大问题，导致游客生活不便利。在这方面习酒镇要向茅台镇和赤水市学习，茅台镇和赤水市的旅游做得很好，宣传力度很大，各方面的机制很完善。今年贵州省政府出台外省车辆到贵州过路费减半的政策，其目的也是为了吸引更多的游客到贵州来，习酒镇修建旅游公路，借此可以带动当地经济，促进发展。

31 美成在酒*

我是土城人，先在外地工作，后来回到家乡。

最先是在四渡赤水纪念馆做讲解员的工作，后调到习水红旅公司。我喜欢土城。

习水在进行旅游开发建设的时候，是在土城召开的旅游开发大会，首先对土城城貌进行改造。当时受习水县委县政府工作的要求，习酒厂在土城开办习酒的文化点，土城有18帮，其中有酒帮，酒帮文化的突出单位在于习酒公司。当时是遵义交旅投资（集团）有限公司提供场地，习酒公司花费400万元进行装修的，建馆的时候对馆的定位，一个是文化的展示，另一个是酒的销售。按照县委县政府的工作要求，认为这个地方主要是以文化展示为主，不做销售，在设计的时候没有考虑销售，只以习酒文化展示为主进行设计。经过一到两年的运行，习酒公司装修成本400多万元的投入，后期的运行涉及一位保安，一位讲解员，他们一年的工资大概有几万元，加上水电等相关费用，一年大概要50万元。习酒公司经过考虑之后，将此馆交由红旅公司①进行运行，在今年4月份的时候进行了交接。

我们接手习酒博览馆后，在保持原有风貌的基础上进行了微调，从原来只做酒文化的呈现，变成也做酒的营销，包括销售、品鉴酒、勾调、封

---

* 受访人：遵义县红色旅游（集团）公司管理人员。

① 遵义红色旅游（集团）有限公司。

坛、酒的文化活动和展示。现在装修基本完毕，按照习酒给予红旅公司的销售政策，同意红旅公司在土城设点经销习酒，同时给予优惠，可以将酒寄发到全国各地。酒的销售会涉及窜货的问题，但是作为旅游景区，习酒销售会对酒的产品进行特殊的编码。我们全年要完成300万元的销售任务，现在公司迫于资金压力，酒款还没有打至习酒公司。

销售上有压力吗？

我们的销售团队对习酒销售群体和公司客户资源进行过调查和讨论，完成300万元的任务不是问题。红旅公司是有销售团队的，红旅公司是可以支撑目前的销售任务的。

销售之外，还有什么安排？

我们会做酒旅文化的演出，现在在排练，到时候会在台上进行表演。红旅公司这边的讲解员希望得到习酒公司的培训和帮助，习酒公司也答应了给讲解员培训，有重要的客人来访，或者讲解习酒的勾调等，习酒公司可以派人来进行指导，同时对来习酒公司参观的客人按照人数给予习酒博览馆一定的补贴，来帮助这个馆发展，作为习酒的客户体验点。

这个馆有什么特别的讨论话题？

土城这个地方，关于酒的历史有一千多年，这个馆中是否加入其他酒，我们进行过讨论，结论是土城街上，相关酒业都是存在的，能代表习水县酒业发展的就是习酒，所以我们这个馆就只做习酒的展示体验和销售。

现在交通越来越方便，遵赤高速公路通了，江习古高速公路马上也全线通车了，我们喜欢多来点南来北往的客人。我们想和习酒公司、县里的其他机构如四渡赤水纪念馆、外面的组织和个人，多联系和交流，以此促进整个土城的建设发展。

32 贵州名片*

赤水河大桥计划9月底通车，这是我们这地方的一件大事。这个还与我们有一点挂钩，前几天习水县委带着我们经理去四川路桥那边商谈大桥的事情。这地方除了作为交通运输以外，它还是一处很好的景观，它在所有山区峡谷同类型桥梁中塔高第一，习酒抓住这么一个机会，通过酒来认识桥，通过桥来认识酒。

从事旅游行业之前，您从事什么工作？

我高中毕业后和我妹妹去广东打工了一年，那时候不懂事，觉得在外面好玩，一年后回来就一直做生意，刚开始在习水开服装店和餐饮。2007年去贵阳待了一年做生意，为了孩子又回到习水，回来后又做了几年的餐饮。2012年后，又在贵阳待了2年。2014年，和老公彻底分开后，回来带孩子。当时哥哥开了几家公司，他开了习水第一家广告公司，在遵义也有几家，由于没有人管理，就让我给他管理，管理了2年，我就同时搞餐饮和广告。后来，旅游公司的董事长是我初中同学，在寨坝，请我过去帮忙，我去了之后就一直在旅游公司了，餐饮也没有做了。

您高中毕业后在广州做什么？

那是1998年，在广州是做流水线的工作。那时候工资有700多元。那个时候在家里面200—300元的工作还不是很好找。

---

* 受访人：习水地方旅游公司管理人员。

当时您是第一次离开贵州去到大城市，有什么感受？

第一次离开，觉得是见大世界的感觉。

当时是乘坐什么交通工具？

坐了 2 天的大巴车，我只知道要从贵阳过，在贵阳读书的一个同学和我的关系好，我一觉睡醒到了贵阳，心里在想，这个地方离他那儿有多远？我之前没有去过贵阳，没出过习水。这些地方和习水不一样，吃饭都是司机带到指定的地点，当时到了广西几十辆车子停在那儿吃饭，见到这场景感觉是大场面，到了广州是晚上七八点钟，看到了广州的夜景，灯光闪烁，感觉很漂亮。当时我是 9 月份去的，我穿的是毛衣，到了那儿好热。我发小来接的我，带我去吃宵夜，天气又好，内心觉得还是应该出来见见世面。当时住我发小那里，然后就去找工作，那边的人对贵州的人是特别反感的，听说你是贵州的就不要你。后面知道一个工厂招人，然后我借了一个四川的身份证去上班，别人叫这个名字的时候，我不知道叫的是我。然后就在一个包装车间做流水线上的工作，车间专门做卫浴的那些东西。进去后没有多久，我的主管，是个混血的山东人，他姐姐开的这个公司。他比较欣赏我，我在包装车间没有干多久，就把我调到前台。

我普通话不好，常被人笑话，总公司是香港的，经常要接那边的文件，我不太想做这类工作。没有过多久，我说我想回车间，我想去冲床工位体验一下，冲床工位是比较危险的，有同事受过伤。领导想将我调到其他办公室，我说我不去。在车间我见到了同事发生事故，当时我有点想学技术，后面就在冲床工作，正好遇到了我的老公，他是遵义娄山关的。后面朋友给我介绍另一份工作，在虎门那边做检验，上了一个月的班，我妈妈就叫我回来，说一个女孩在那边没有意思，回来干什么都可以。当时辞职的时候我说家里给我介绍了男朋友，想回去接触一下。他们当时已经知道我是贵州的了，叫我也是叫的真名。提出辞职后，公司挽留我，当时我进去是想学点东西，没有只领工资的打算，他们放了我一个月的假，让我回去考虑一下。我到习水后，就回复他们不回广州了，家里当时还拿得出点钱让我做生意。

您当时看到那边的繁华、灯光，有没有觉得我们也能发展成那样？

其实我觉得事业发展和人自身能力，以及家庭都有关系。当时我觉得回习水后这里什么都没有，于是我想开一家超市。当时习水连一家超市都没有，结果我回来那一年习水第一家超市就开了，我有这打算，但是费用比较高，家里面不是很支持，因为之前没有干过，担心亏了之后弥补不回来。我是 1998 年出去的，2000 年才回来，回来后，习水简家超市就开了，生意很好。之后，我就开了 6 年的服装店。

服装店赚了不少钱，然后都花掉了，还有的是打牌输掉了。我打得不算大，但是每个月都在输。我回来后我老公还在那边打工，2 年后他直接来的习水，学了驾照。当时家里不是很同意我们在一起，那时候谈恋爱自己做主，家里没有办法。2002 年我们就结婚了，我们 2 个人经营服装店，2003 年生小孩。那时候我表哥成立了一家出租车公司，我妈妈借了点钱给他，然后给他说不用还钱了，让他再补多少钱换一辆出租车，都已经和表哥谈妥了，最后也没接到车。当时习水高速公路的收费站招人，有一个名额，问我去不去。我想了一下，家里的生意有人要做，就让我老公去上班。后面收费站拆掉了，他就负责车辆的管理，高速公路合并后他又被抽调到其他的地方去上班，最后一批工作分完后他去了仁赤高速。我和他主要是性格不合，导致了后面其他事情的发生，我和他之间没有吵架，平和的分开。

我从事旅游工作 3 年了，2016 年的 7 月 5 日入职。之前习水几乎不重视旅游市场，这两年习水旅游渐渐发展起来了，一是由于政府部门的重视，二是这两年赤水旅游的成熟。从全国来看旅游市场不止一个，我进来的时候习水旅游基本上是从零起步，去年成立了七八个 A 级景区，之前只有 1 个，还是私人创建的，这两年政府开始重视了，到去年的时候 4A 级景区有 2 个，3A 级景区有 7 个。

赤水河大桥您见过吗？

没有去过，看过图片。

习酒公司您去过吗？

去过，但不是很了解，我有一个表姐夫是习酒公司的，前段时间北京交通大学的表哥回来我们在习酒公司聚的餐。

您是什么时候知道习酒的呢？

很早以前，当时我最崇拜的就是习酒厂的厂长陈星国，那个时候的习酒厂在习水这个地方。陈星国最初只是一个工人，能将习酒厂做成这个样子，很了不起。当时每个人提到陈星国都肃然起敬，这个人我也没遇到过，但就是觉得他很能干。

那您最早喝习酒的时候，有印象吗？

我之前不喝酒，后来搞餐饮才喝的。2008 年在习水西城区开的肥牛火锅店，那时候很多部队上的人来吃饭，喜欢劝酒（请老板娘喝一杯酒），后面就开始接触白酒。我是在 2012 年才能分辨出浓香型白酒和酱香型白酒，那时候习酒 1988 也已经出来了。

习水有“中国杉王”，游客来看了之后评价怎么样？

评价不是太好，只有一棵树，公司也在做这方面的规划。中国人有这样的情结，看见大的东西以为是有神灵的，来的时候有的人会祭拜一下。但是这里的景区特征单一，留不住游客，产生不了更多的消费。很多游客来了之后只为了看一棵树，没有吃的和住的地方，有这么好的资源，创建了 A 级景区，应该有配套的资源。我们都会向来的游客推荐土城，游客还不知道习酒是一个景点和景区，我们会向他们推荐习酒是本地的特产，推荐的时候都说习酒和茅台差别不是很大。有些游客觉得习酒的品质好，有时候我们也觉得习酒的品质好。

习酒需要做酒旅结合产业。茅台每年的参观量是很大的。

习水的知名度不是很高，有些人是到了茅台后才知道习水的，赤水的知名度很高，这两年四川和重庆这边的游客知道了习水是个避暑的好地方，人们对习水的了解也越来越多。重庆那边天气热，喝啤酒的和喝浓香型白酒的比较多，这两年习酒的市场要好一点了，之前重庆那么大的一个地方，它的习酒销售量还干不过一个习水县城。

习水要将旅游工作做好，从您的角度看，有什么方式方法？

习水旅游资源潜力不小，要想发展旅游还要看政府的重视程度。以前在习水都找不到地方玩，这两年要好一点，像土河这样的地方，省里面的人下来都知道有土河这么一个地方，外面的人来了之后现在也有一些介绍的地方了。现在有土城、土河，鳛国故里目前还在打造，目前稍微好一点。

习酒厂每天都有很多的商业接待。

它不是单纯的习酒旅游，还是习水、贵州的商业名片。习酒要搞工业旅游的话，目前对习水景点的承接还不够。最近一年公司领导从县里开会回来，都会传达上面对旅游的重视。习酒公司招人，我们公司三分之一的人都去报名了，我们公司这边于是让习酒公司考试那天所有员工全部上班。现在习酒的待遇好，很多人都想跳槽。以前我有个朋友在习水宣传部当记者，后来都跑到习酒公司去了。有机会，大家都会往那个地方去。

习酒的市场走得很远，如果习水的旅游能借助习酒的市场，习酒的销售又能得益于习水的旅游，两边就都能做好。

33　食甘而乐*

赤水河的颜色有意思。

颜色偏红是从中下游开始的，土城往下，由于丹霞地貌的影响导致河水偏红，中游这块是喀斯特地貌，因此河水是偏黄色的。颜色的变化是丰水期才有的，枯水期基本一致。赤水河的颜色四季不同，涨水的前后也在变化。赤水河的鱼，下游和中上游鱼的长相和体型都不同，下游的鱼要肥硕一点。

哪一河段的河鱼更美味？

这个不好表达，不同河段的鱼有不同的味道，经常捕鱼和吃鱼的，甚至可以知道这个鱼是在哪里捕捞的。赤水河吃鱼的方式与乌江流域有区别。赤水河下游流域做清汤鱼是很出名的，对鱼质要求很高，要不然不会那样吃，乌江流域和其他的地方不敢这么做，因为鱼都有泥腥味。中游以土城为例做的是酸辣鱼，从仁怀以上到乌江做的就是麻辣鱼。除了黔东南本身做酸辣鱼外，像遵义、桐梓、乌江、开阳这一块都是做麻辣鱼，我们认为这种做法掩盖了活鱼的鲜美。

赤水河流域支流和干流的鱼，可有区别？

有。

土城的小坝沟流域和赤水河流域的鱼体态都有区别，甚至黄辣丁鱼和

---

* 受访人：赤水河流域习水籍商业人士。

鲢鱼都有区别。吃鱼最鲜的方式就是把鱼钓上来，带上锅，在河边，带点油、盐和姜片，煮了蘸着吃。

以前我们遵义地区，周边县份的老百姓和饭馆做出来的鱼的口感要好一点，接近川味。举一个例子，仙源老百姓做的鱼一定没有土城老百姓弄的好吃。

是因为他们的菜品没有那么丰富，口感也没有那么好？

菜品不多，也有地理环境的影响，赤水河谷地区气温相对较高，气候稳定一点，菜品更丰富。以水果为例，仙源这些地方的葡萄、樱桃到了时间都是酸的，因为光照不足的问题，在个头上也会小一点。关于做菜，赤水河沿岸百姓受到川味的影响大一点。他们几千年来受到的饮食和人文影响，还体现在人群的繁衍、体态特征和相貌上。不知道你注意到没有，像毕节那边的人和我们黔北的人在相貌上都有一点差别。习水有句土话：土城姑娘家家有，要挑媳妇土城走。我之前遇到过一位社科院教授，他说上千年以来，在外面跑码头、走江湖的对人种的繁衍有了促进作用。从优生学上说，中国长江沿岸的人群，体质上可能比我们黔中的人更优。

我从小在赤水河边长大，赤水河地区的美食，还有一个九香虫。总有人说九香虫有什么补（肾）的作用，我认为这个是没有道理的。

李时珍的《本草纲目》中有记述，说有效果。

我一直觉得是民间的说法而已。

《本草纲目》有的内容是精华，有些则不一定。九香虫书口确有记载。

我从小在河边长大，这个东西吃得少，那东西我觉得口感不好。赤水河从土城下游到赤水一带的美食，我最喜欢的山珍是苦竹笋。

说到大餐，吃黔北麻羊，喝习酒 1988，这是赤水河边最幸福的事了。

34　红卫酒厂*

我的老家，1992年才通电，那年大干旱。

当时我正在读小学，老家属于温水镇管。小时候从老家到公社，要走1个多小时。我父亲是初中毕业，基本的写作，包括公文，不管是用钢笔还是毛笔，都能写得来。他最喜欢的一句话：别人会的，我也干得来。我爷爷是当兵的，父亲受教育情况在当时较好，但是由于属于地主家庭，初中毕业后只能务农。又由于超生，违反计划生育政策，体制内的工作什么都干不了。但是父亲还有点文化，所以别人叫他去干村干部，去了以后就开始整灯、变压器、马路等。我们村的电就是在他手头弄通的，还新修了学校，只是觉得有点可惜，在邻村修的。每个年级只有一个班，我的学习很好，有时候有些老师做不起（不会做）的题，我都能做得起（会做），还有一个学习也很好的是我的堂哥。当时在这个村小里，考温水二中的一个人都没有，我堂哥是第一个考上的，两科加起来140分左右，我是第二个考上的。小学条件真的艰苦。1999年的时候，我就出去读书了。读小学的时候，学校离家远，学校环境差，冬天太冷，很多人提木炭炉去烤火，别家的孩子有，我没有。那时候学校的木板房子、课桌都是很多年前留下的，厕所条件极差，是旱厕。当时因为我父亲是村干部，就和校长把学校搬迁到离我们村比较近的地方，但是我没

---

* 受访人：习水县卫生医疗部门管理干部。

在新学校念过书。

哥哥想读书，后面考上理工类的专科学校，现在的待遇算是特别好的，但是平时都在外面跑。有点遗憾的是，伯伯家就有点重男轻女，有一个堂哥去西南大学读书了，现在是一家公司的董事长。还有一个堂哥是武汉大学毕业的，考取了博士，但是两个堂姐小学都没毕业。我的哥哥们也挺调皮的，他们不考中专，直接去参加高考，考上了贵大。当时的年代，家长也好，老师也好，都希望我们早点考出去读书、就业。我初中毕业的时候，老师也希望我不去高中，我直接去读的卫校，而且这个学校，也是哥哥帮忙选的。从考出来到在医院工作，他都帮助我很多很多。

这个地方产酒，您在医院工作，因为喝酒就诊的人多吗？

个人的感受，这几年在医院，真正因为喝酒来治疗病的人，还是很少，但是因为使用头疼粉（何济公阿咖酚散）引起疾病的更多。我妈他们年轻的时候就经常使用头疼粉，现在就有许多问题，最常见的症状就是引起胃疼。

现在从这里走江习古高速公路到你家需要多长时间？

50分钟左右。

以前需要多久？

2—3个小时。习水到大水需要1个小时，然后还要坐几十分钟的车，但是要运气好的时候才有车，以前差不多都是从老家走到到大水。交通不方便，需要买卖东西的话，差不多都是人工背进背出。

以前设想过会有这么大改变吗？

怎么敢想，但是从小就想出去，不想在家里过一辈子，不过我自身缺点也多，自律性太差了，毕业后对自己就放松了，没有努力。

1992年您家乡通电，那也是习酒发展最红火的时候，那时候您了解习酒吗？

我开始了解习酒的时候就早了，我知道习酒的时候习酒厂还叫红卫酒厂，那时候酒厂生意很红火，但是后来改为习酒厂了。那时候政府组织村支书去参观酒厂，我父亲也去了，还上了电视。那个时代，只有大人物，才能上电视。我听过，没见过习酒厂红卫大曲，但是见过习水大曲。

那时候，我有个表哥就在习酒厂上班，工资福利待遇特别好，大家羡慕得很。

35 一九九二*

我是 1992 年进的习酒厂，进厂的时候大概是在春天。

我高考预选的时候没过分数线，第二年就报了补习班。那个时候有高考预选，只要过了分数线的高中生，习酒厂都是很欢迎的。也有好多预考线没过，找关系进酒厂的。当时喊我去酒厂，我想着如果是当工人我肯定不干。1992 年是习酒较辉煌的时候，那个时候招公关团队，我就报名去考，然后就考进去了。考进去的有 15 个人左右，报名的大概有 500 多人。

您下过酿酒车间没？

在车间锻炼了一个月左右，就去了海南。新进员工都要去车间锻炼。我被录取那年大概 23 岁。在海南的工作内容，主要是从事销售与公关方面以及做一些培训。

当时习酒公司在海南是一些什么业务？

习酒唯一的一个分公司就在海南。刘凤华是分公司的总经理，同时也是厂里的副总经理。刘总是湖南人，习酒公司的广告都是她做的，在电视上都能看到。她是一个很有能力的人。她是习酒公司花重金聘请过来的，主要负责海南分公司的工作。当时习酒想把海南作为一个窗口，成立一个中外合资公司，名叫"海口盛国制酒有限公司"。我负责海南的销售。当时培训完了，很多人就分回来啦。培训结束后，公司就开始有下滑的迹

---

* 受访人：赤水河流域习水籍商业人士，曾在习酒厂工作。

象。培训结束后一部分人并没有真正分到销售部门，分到包装、制酒部门的都有。

您做销售具体是做什么？

有时候会去大型酒店谈商务合作，谈他们接待客人时用什么酒的问题。当时业务开展情况一般。当时习酒都是高度酒，海口这边受欢迎的是贵州醇，贵州醇的口碑比茅台还要好。公司买了一栋别墅作办公区，叫“大龙别墅”。当时在海口白酒做得好的就是五粮液和贵州醇。那个时候茅台在海口没有名气。浦东公司和北京公司成立了，部分人就调去了浦东公司。我因为个人原因调回了习酒厂，回来后又调去了北海。我在北海待到1994年后，公司准备调我到北京，那个时候习酒已经萧条啦。

在海南，有没有让您印象深刻的事情？

在1992年的冬天，习酒有一个海口交易会，当时将习酒开瓶让大家品尝，好多人都说价格高。在那个时代人均工资就几十块钱，大家觉得贵也很正常。就我个人而言，人生中的第一张名片是在海南做的。我个人没有印象深刻的事——说老实话，那个时候比较闲，做销售没有什么印象深刻的事，销售也没有强行的任务，吃饭都是在公司吃，碗都不用洗，公司有炊事班，专门有人负责销售人员的生活。我们有时会有一些重要领导要接待。海南公司虽然成立了，业务也确定了，开展的工作却不多。当时中外合资公司是想走一下渠道，获得一些资源之类的。海南当时是一个经济特区。

在北海待了多久？

1993年的5月份去的，在1994年的春天就辞职啦。当时负责北海分公司的是黄总。当时湖南有一家很大的干洗公司，习酒公司在北海也准备搞。我去湖南培训干洗业务一个月，就去了北海。在北海要得也好，和海南一样，条件要稍微差一点。习酒分公司在我辞职的时候也开起了干洗店，但是干洗店没开好。

辞职的理由？

准备自己做生意，分公司收入不高。习酒分公司开的干洗店旁边有个早餐店，生意特别好。有一次我在吃早餐的时候和里面的营业员聊天，知道老板要把店盘出来，不做了。于是我借了2000块钱把店盘下来，就做这个生意。我的工资当时在海口算高的，经理对我也很好。之所以离开习酒公司，是因为我有自己的事业打算。

做早餐多久？

做到1995年，餐饮不是很顺。生意好了，“地头蛇”就不满意，来找我麻烦。当时只晓得当甩手掌柜，生意好的时候一天有1000块钱的营业额。早上经营就没管，只是晚上的时候去检查一下。营业员的生活用品我都包了。之前没有做过生意，也没有做生意的经验。生意好的原因，是有一个特别的优势，旁边有一个北海最大的中学，粉从窗子里就可以递出去。前面是北海市第二人民医院。附近的商店生意都好得很，雪糕都不够卖。后来有人看到我们生意好，就来制造麻烦，不停地骚扰，后来就搬离了这个位置。

我的朋友也有混社会的，找他们解决，朋友来的时候，这些闹事的“地头蛇”不来，朋友不来的时候，“地头蛇”又来了，你就没有办法。换门面生意不好，就没做了。后来去北京住了有段时间，其实我生意做得还是比较多的。后来遇到一个朋友，聊了一下，他们是做服装批发的，我媳妇讲究穿衣服，就做了服装生意。于是我们回到习水做服装生意，然后又做餐饮生意。在习水做的时候也不算是餐饮，就是一个小吃。当时因为店面合同原因，到了2000年才拿下店面，又做了服装生意。做服装生意行情不错，从2003年到2015年，这十几年的行情说明服装行业是选对了。之后开始，整个生意就不行了。去年，我在贵阳做服装批发，这个事就是错误的时间做错误的事。在贵阳做餐饮生意的，很多店面营业额都下滑一半左右。我旁边做花蛤粉生意的，以往好得很，现在生意减少一半，旁边几家做餐饮的店面，都关门啦，做不下去。现在大环境不好，做工程的大多数资金都是垫付在工程里，拿不回来。现在就只有茅台酒价格是往上涨了，习酒根据销量来看，也是增长了。现在服装这个行业，捱我了解，利润也是下降一半左右。今年我贷款做批发，在商贸城批发衣服就亏本啦。

我现在重新在小河开了两间服装店，效果也不是很明显，目前也是亏了。招人也不好招，大公司招人可能要好招点。

生意好做，伙计难搁。

招到合适的店员不容易，第一年招到一个比较恰当的。后来招到的人要走，店铺直接就关门啦。当年做餐饮生意好，只是没存钱。多次换店面，生意就不好啦。现在我对餐饮都有情怀，想继续开餐饮。虽然在习酒公司时间比较短，但是也感谢习酒公司提供了这个平台，视野开阔了。从习酒公司出去的人都不差，发展都很好，当时有湖南的一个老师和我们一起考进了习酒公司，培训结束后他分到习酒公司机械维修这块，他是学英语的，专业不对口，那时习酒公司业绩下滑，他拖家带口，于是就辞职了，后来他考入广州江门的一所学校，现在是副校长啦。现在发展得比较好的是习酒镇大湾村的陈正林[①]，当时培训结束后被分到后勤采购这块。后来辞职出去打工，他对电脑感兴趣，回习水开了蓝岛网吧，赚钱了开了蓝岛电脑城，后来在上海又投资了化工厂。

您高中之前是在土城读书，怎么出行？

从回龙坐到习水，再从习水到酒厂。当时车费不到10块钱。我也走过路，50公里，走一整天，还要走快点。早上八九点开始走，经过岩寨、顺江、陶竹坝大桥，从青杠坡过。单独走过一次，和同学一起走过一次。高中读了三年，高考没考上，之后在习水补习。补习后没参加高考这个事情，也不遗憾，是自己的选择。数学不好，参加高考也没用，所以就快速做了一个决定，家里人都不知道。当时习酒厂招人我就去了，想着只要不考数学就肯定能过，当时考进习酒公司一点都没费力。当时和我一起补习的，也有考出去了的同学。

您的车买得早？

2004年就买了第一辆车，差点报废（出车祸）了。2007年买了第二辆。我是同学中买车买得比较早的，算是最早了。2007年买的长安面包

---

① 上海六链集团董事长，高分子材料专家，博士。

车，那时候习水还没有几辆车。开了两三年，习水车太少，都没有违停罚款一说。有时候开车回去，大家觉得不得了。那时候有自己的私家车了不得，那时候也没想到交通发展这么快，听说赤水河大桥马上通车了。

从 1992 到现在，27 年了，一路走过来都挺顺利的，过得自由自在。在 2000 年的时候我能用诺基亚手机，时间也很富裕，从政的朋友看到都很羡慕。后来生意做久了，做大了，感觉他们的工作要稳定些，但我不羡慕他们，我就是一个喜欢自由的人。

36 命中之幸*

在我 1 岁的时候（20 世纪 70 年代末），父母把我带到习酒厂。

最早关于习酒的记忆——首先是老厂区的那口水井，那口水井给我的印象很深，我们习酒的水源是从那里来的。

有两个意思，酿酒的时候有没有用那个水我不清楚，但是我曾看到很多工人在生产的时候在那里排队挑水，酒在糟醅上发酵，还有冷凝的时候。那个时候水井的水量很大，直径 80 毫米的管子，随时都有水而且流速很大。当时厂区的规模很小，离水井不远，厂房都是平房，只有一两幢楼，那就是全部工人的生活区域了。我在那里住过。当时给人的感觉最上面的一层楼全是工人，我正好住在挨着水井这边。当时的娱乐方式很少，经常看到大人在铁栏杆上抽烟聊天。有时候大人之间发生小摩擦，现场会有起哄的现象，非常的明显。印象比较深的还有一件事，当时商业不发达，我偷了 10 块钱去买包子，结果被抓了。你可能会问钱是怎么来的？当时，我妈妈在和别人吵架，她那时一个月的工资只有 23 块钱，那次，她裤包里揣有 10 块钱。她和别人吵得很凶，当时我害怕了，就抓着她的衣服，手无意中就伸进她的裤包里去了，抽手的时候就将钱带出来了。钱掉在地上，我捡起来就跑了，当时去了厂里唯一的餐饮店，我想吃包子，当时是 5 分钱 1 个，递上一张 10 块钱的票子，店主吓了一跳，由于面值太大没有

---

* 受访人：赤水河流域习水籍商业人士；在习酒厂长大，父母在习酒厂工作，已退休。

把包子卖给我。老板收了钱，将10块钱还给了我妈妈，我妈妈就知道这个事情了。那时候买一份馄饨只要5毛钱。当时我大概有4岁的样子，那时候在读幼儿园。

幼儿园在哪个位置？

幼儿园在水井后面那幢楼的后面。建筑面积大概只有300平方米。现在有很多人我已经不记得了，我记得当时我在中班，那时候有小班和中班，后面又开设了大班。当时有没有收费，我也得记不得。记忆犹新的是每天有2颗糖，现在想着那时候也是幸福的，每天放学后有2颗糖。农村一年四季吃不上糖。小学在河沙坝二郎庙那里，有3—5间简易的房子。我是一年级进去的，读到三年级就搬了上来。在一二年级的时候刚开始几天有人送，上了几天就没有人送了，当时安全意识没有现在这么重视，职工子弟都是结伴而行，沿着坡往下靠着河边走，走最近的路。

那时候，您下课一般玩些什么？

最开心的事情就是有钱买零食吃。有一个卖麻辣鸡的老头儿，他卖的麻辣鸡味道很好，母鸡头是2毛钱一个，公鸡头是3毛钱一个，母鸡爪是1毛钱一个，公鸡爪是2毛钱一个，那时候麻辣鸡是我最想吃的。我每天的零花钱是2—3毛钱。

那时候有校园欺凌吗？

有的。我们在幼儿园上学时，发糖的规矩是小班的孩子都有，小班的孩子发了糖当时只能吃一颗，另外一颗要留着交给一个同学，每天放学要按照他规定的时间走，不然会被收拾。这是典型的校园欺凌，那个时代就有。放学后我们要去学校下面的那条溪流玩堆河沙的游戏，我们每天都要玩，不玩就会被收拾。我上一年级的时候还不到6岁。当时报不了名，报名要用右手绕过头顶摸左耳朵，或者用左手绕过头顶摸右耳朵，我摸不到。后来那个欺凌我们的孩子的母亲看我和他家孩子年龄差距不大，就让我一起去报名，我用手重新绕过头顶，往后脑方向移了一点，成了。之后就搬到子校读小学了。

搬到子校后上学后，有什么印象比较深的事？

酒厂子校修好后，下面的很多住宿楼还没有修好。工地原先是一处坟墓，当时有一个同学将露出的棺材挖开，将头骨放在5栋宿舍的楼下，招呼人过去看。到子校后的印象是学校很宽、很宽，学校有运动的场所，而且来了很多新老师。很痛苦的事情是每周放学后要打扫卫生，教室和操场都要打扫。以前是一周上6天的课，还要自己带工具，劳动量不小。老师将打扫卫生作为惩罚的手段，我记得我们班教室我一个人打扫了一个月，因为当时经常迟到和操行分不够。那时候根据各个指标来扣操行分，我也不是很清楚自己哪方面被扣了分，到月底的时候就有评比。好玩的事情也很多，学校组织春游的活动是最让人开心的事情了。小的时候我喜欢去车间玩，小学后就不太爱去了。习酒宾馆旁边有一个水池，那里的水有7米左右深，我们有时会去那里游泳，但我们更喜欢去河边游泳。当时游泳也是有人淹死了的，我当时是被人救了上来。那时相当于不会游自认为沉不下去就以为可以游了。那时我把包装用的塑料泡沫块用织毛衣的毛线系在身上就去冲浪，结果浪打光了泡沫，把线也打断了，我被浪往下游冲了200米，被人抓住后，在四川那边的岸上歇了半天，最后只能硬着头皮重新游回来。后面就没有私自下河游泳了，随着年龄增大，体力好了游的距离也远了。小时候，子校有课外兴趣班，我参加的是武术班。当时学的是套路，以欣赏为目的。有一个项目是散打。还有一个项目是练习刀法，学了3个月，那个刀是一块铁片，没有杀伤力，明晃晃的，还是有点吓人。到初中的时候学习成绩就不能挽回了，因为存在偏科。听得懂的课，还是愿意学，不过底子实在太差了。

我还喜欢下棋，从小就会，家里有象棋，和亲朋好友们下。当时酒厂这边还会请高手来下棋。当时第一次接触到了盲棋，请来的那哥们，可以同时和几个人下，那时候觉得很高端。骑自行车和打篮球都玩过，那时候我玩的体育项目涉及面很广，除了前面说的那些，还玩过乒乓球、铁环等。那时候不喜欢看武侠小说，初中的时候看过几本讲历史的，关于武侠的小说不是很喜欢。

1995年从酒厂子校毕业后，就去习水一中读高中，1998年高中毕业，三年高中后，补习一年，考到了北京，学的是商品花卉，学了两年。从乡下到大城市，那种优越感瞬间就没了。感觉接触到的世界和自己平时的世界是不一样的，我们当时读高中没有麦当劳和肯德基这样的概念。

你第一次喝鲜牛奶是什么时候，还记得吗？

我进了大学才第一次喝上鲜牛奶。以前都是喝冲泡的奶粉，吃到的食物，罐头就已经算是高档的了。去了北京就感觉城市很大，以前觉得从一个地方到另一个地方，坐车下车，就是一上一下，去了北京才知道有公交站，上上下下，站与站之间离得还很远。我从火车站坐大巴车去学校，拿着一本像书一样的地图，大城市的地图是一张比较大的纸。从车站到学校没有想到会离得这么远。

您是一个人去北京读书的吗？

是的。那时候有邮政了，可以把东西寄过去，我自认为搬得动，搬到寝室后，累得睡了几个小时，那时候没有电话，一路问着走到的。当时县城里面用的都是数字寻呼机，到了北京用的都是中文寻呼机。那时候生活费每月 500 元，在北京，生活比较独立的学生是没有问题的，但是如果不会计划，就非常恼火。有一个同学，买了一个中文寻呼机，花光了一个学期的生活费，后期只能吃馒头和腐乳，3 毛钱一个馒头，5 块钱一瓶腐乳。

感觉学到东西了吗？

没有，学到的东西感觉都是一种冷门的知识。

现在看来有没有价值？

有价值，当时那种环境和成长阶段应该学习更多应用型的知识，那时候其实走偏了。

有没有想留在北京工作？

没有，去了北京以后对人生是没有规划的，从某种意义上这是教育的缺陷。我 2001 年毕业后，那时候手机没有普及，找工作又很迷茫，我学的专业比较偏，是全国新开的专业，全国懂这方面的人组成了一个协会，这个协会刚成立没多久，协会里急需培养这方面的学生，当时全国都很难找到懂这方面的人。我的第一份工作是在酒店里面，因为花店就设在酒店里，花店在为酒店做服务，酒店上班的时间是早上 8 点，下班是下午 6 点，我们的工作很特别，需要到晚上 7 点多才下班，上班的地点和住宿的地方要坐一个半小时的车，交通不方便。晚上 9 点多才到家，用半个小时做饭，10 点上床睡觉，第二天早上 5 点起床，7 点半到酒店。这样的工作状态持续了一个多月。当时皮肤养得很白，因为见不到太阳和月亮。一个月后工作性质变了，被调到小区管绿化工作，在那里也待了一个多月，之后就回来了。

当时怎么会决定回来？

觉得生存不下去了，吃不了那个苦。

离开的时候，管理者有没有挽留？

没有，自己决定了，然后告知他们要走。我是 2002 年元旦左右回来的，后面自己开了花店；后来再转行，做了互联网与建筑行业。

小时候，习酒厂的医疗条件和交通条件都不是很方便，记忆是很清晰的，当初回家过年，从习酒厂出发的景况类似于春运，我 6—7 岁的时候习酒厂的规模是很大的。当时运输的工具主要是货车，到过年的时候，所有货车集中起来定点、定路线、定班次、定人员，几点发车是有规定的，有一次还出现了交通事故，有一个人受伤了。那个年代不太讲安全问题，因为物质改善了现在才讲安全问题。那时候如果不采用这种模式，到过年的时候是买不到票的，那时候买票还需要凭关系，以前没有排队的概念，所有人都把钱往窗口递，习酒厂是因为有车，才采取这样的方式。

赤水河大桥要通了，现在习酒镇的交通变化很大。

当时那个路面不好，基本上都是石子路，有一次我从习水骑自行车下来，新轮胎都报废了，车胎爆了。当时生病了也是一件很痛苦的事情，酒厂那时候没有医院，只能去赤水河大桥下的岔河滩看病，全靠人背着病人走。那边当时很繁华，有水路和陆路，赶集也是去那边，酒厂这里——黄金坪，连卖菜的都没有。单程到岔河滩需要半小时。说到这里，我想起两件趣事，我和同学在北京动物园那里上天桥，北京天桥上的乞丐是很多的，我同学准备拿着最后的一块钱钢镚儿坐车，在玩的时候钢镚儿掉到地上，蹦到了乞丐的碗里，出现了尴尬的局面——后面他没有拿，我们只好走路回去。在贵阳的时候，我们住在一起，有一次下班我们身上只有 2 块坐公交车回家的钱，出办公室门的时候，朋友开玩笑把 2 块钱拿走了，我们上车没钱，被公交车司机撵下车，最后从喷水池走回油榨街。

我去北京读书之前去过一次北京，那次是去做手术。

我当时小，那种病在县城很少碰到，那时候习酒厂陈老板（陈星国总经理）安排人联系北京的一家医院，联系到医院后发现，我的病只需要做一个小手术，不用开胸。当时习酒厂的经营状态不好，经费上没有给我提供帮助，但那是个救命的信息，我很感激。

37 地有甘蔗*

我是习酒厂本地人，当时修建习酒厂房占了我家的土地。习酒厂购买的是罗清明老人家的酒坊，我家就在罗清明家隔壁，我现在脑子里还有小时候罗清明给工人讲故事、摆龙门阵的场景。老厂长陈星国入厂工作的时候，最先就是住在我家里。

从我记事起，对习酒镇的印象就是一个很偏僻的小山沟，我们家就在老水井旁边。周围都是田，那时候种甘蔗。从小家庭负担比较重，我觉得自己懂事比较早，那时候在金星小学上学。当时，不是现在这样的厂房。我家附近有一间工厂，小时候我爱跑到里面去玩，那时候还有一个磺厂。磺厂旁边才是酒厂，酒厂酿的是红高粱酒，当时就觉得那个酒糟的气味很香，有时候会进去偷一点酒糟来吃。后面建工厂慢慢就扩大了。那时候田里的甘蔗都是背到河边，用船来运，砖头也是背到河边用船运。涨水的时候，大人小孩都要去河边捡柴，柴火被河水冲下来，晾在河边，印象中我都去捡过几次。我也背过甘蔗和砖。当时的砖几分钱一块。一捆甘蔗有上百斤，甘蔗是生产队种的，当时会把甘蔗从我们二郎滩运到下游不远的淋滩制成红糖，那里的红糖很出名。小时候的生活虽然累点，但还是比较快乐。我们去背煤，会去捡二火碳（烧窑之后没有烧尽的煤炭），背一次煤，要在外面待一天才能回家。那时候没有读到什么书，放学后就去搬笋子、

---

* 受访人：习酒厂退休人员，习酒厂当地人，女。

搬野地瓜等回家去吃，没有电视看。

有没有到对面四川去玩？

当时我们这边连打米机都没有，只能碾米，碾米只能找有水碓的地方。在二郎滩天益号①那边也可以机器打米，反正这样的地方都很远。只有亲戚家办酒的时候才会去河岸，平时很少去，因为当时渡船需要花费1角钱。当时没有电视，大家都是抬着凳子到厂区去看电影。我家做过生意，卖过豆花、烤酒、炒瓜子。我怕羞，在外边卖得少，一般都是我妹妹去，我在家里做事情。

当时这边人多吗？

很少，水井下边的一排房屋都已经修好了，包装车间对面的宿舍楼也修好了。我家的老房在水井旁边，现在的科研楼那个位置。后来厂里占了我家的土地，另外指定分给了我们新的土地。我从小在这里长大，同时也看着酒厂不断的发展。我1981年初中毕业，家里人让我继续读，我想着家庭条件不好，负担重，就没有读书了，自己也不想读了。后面在工地上为工人煮饭，煮了2个月，那时候半夜就要起床挑水做饭。一个人不晓得偷偷地哭了几场，想着既然是自己选择的路，怎么也要走下去。1983年的1月1日，廖相培老厂长找到我爸爸，说是让我做零工，明天来上班。我最后去上班的时间是8月1日。

我每早上要很早起来，将家里的水缸挑满才去上班，还不能迟到。那时候的工资还不是按照名单来领，是按照计件来领工资，开一个清单然后去找财务人员。那时候使劲加班的情况下，工资也才五六十块钱。我觉得我的觉悟算高的，有次财务人员将工资算错了，给了我200多元，我都拿着钱还回去了。我在车间表现也还不错，慢慢地就混出来了。上班确实特别苦，特别累，但是那时候只要有班加就觉得是好事。做零工的时候，我的工作主要是洗瓶子。到1984年6月份，因为习酒厂占用我家土地后才转正成为正式工的。当时去了包装车间，从事洗瓶子的工作，需要经过很多

① 赤水河二郎滩老盐号。

的流程，涮瓶子、放酒、换装、瓶盖好、贴花、贴标、裹纸、装箱、入库。每个流程都要熟悉，而且都是人工操作。那时候用管子放酒、装酒，熟练的工人可以多放一些管子（装瓶），不熟练的刚开始可以放1—2个管子，我能够同时放几个管子。前段工序要辛苦一点，我一般都在前面干。1986年转合同制，我很顺利的转到了合同制员工，当时让我当组长，我觉得自己有工资拿就可以了，没有想过当组长。后面因为工作表现比较好，我被调到审计部做统计，因为我的字写得不好，考虑到要常做黑板报就不想去做。后面再让我做统计的工作，后来又被分到了酒库做总保管。那个工作特别累，别人觉得很轻松——那时候保管员的清单做得很差，每天的入库都需要重新审核，很多错误，我的算盘就是在那时候学的，用算盘做乘除法运算，上了3位数我就弄不清楚了。

不管我在哪个部门，别人对我的评价都还算是挺好的。酒厂有一年安排先进员工出去旅游，让我去，可是我因为要参加最好的朋友的婚礼，就没有去成。生完小孩后，经过一些周折，我被调去包装车间当班长。后来计划生育，我想顺其自然，如果不准生，怀上孩子后就去引产，可是还没有到妇检的时候，孩子就出生了。当时请了15天的病假，没有请产假，请了15天的假就去上班了。后来，我的班长就被免职了。

后来挺坎坷的，酒厂生意不景气，我辞职了自己开店，生意不好。后来又回到酒厂，参加制曲。当时是去新的厂区带新人，刚开始要工作14个小时，最少都要12个小时。新工人又哭又闹，大家对工作不熟悉，还要去做思想工作，担心她们起不了床，还要早早地起来喊她们去上班。回去的那一年太辛苦，现在想起来都头闷，太累了。但是在那一帮人中，后来大家是最有感情、最有凝聚力的。通过一年的时间，把队伍带出来了。我们产品的质量好，生产车间都争着用我们的曲药，哪怕是自己车间派车去拉。算是这个工作中的一个成绩。当时做工作，没有什么自私的念头，我发现有什么好的经验，就会和领导、同事们沟通。整整干了两年，2010年，又把我分到大地厂区，又是新投产的产区。新投产的产区工作起来是最累的，无论什么都要重新来，无论什么都要重新组织，最多的时候我管理过238号人，直到2014

年退休。

本来是 2012 年退休的，据说是技术人才还没有培养出来，我延迟退休了几年。我几十年都把身心放在了习酒厂，用“呕心沥血”形容都不为过，只是说看贡献的大小。

我小时候没有出过远门，知道的第一条公路是从回龙到大湾这边，我读初中的时候走的还是的小路，根本谈不上交通，都是靠人力来背运货物，上了初中都是走路回家。1989 年每天有两趟车去习水，要从岩寨那边绕，走迟了就没有车子坐了。当时临江这边都是走路过来，根本想不到今天的高速公路，更不用说今天的赤水河高速公路大桥。我年轻的时候是旅游结婚，因为交通不方便。当时是从酒厂这边坐车去的习水，再去的重庆，待了一周就回来了。

现在退休了，想法很简单，平安就行了。

没有给孩子留下很大的家产，只要我身体健康，就是给他们最大的财产了。在经济条件允许和身体健康的前提下，我也会去自己想去的地方看一下。其他就没什么想法了，想多了我也办不到。

我是一个很平凡的习酒厂工人。

38　进厂1988*

我1988年进的厂。

当时习酒厂为了发展酱香型白酒，面向社会招工。

当时招人不是很好招，而且招进来的人有些还调皮捣蛋，后面招的是退伍兵，招了200人，当时报名的人数很少。

是因为大家不愿意来？

想来的人有些条件达不到，我是高中毕业后第二年在补习的时候过来的。第一次来酒厂看到车间——当时只有老厂房和大地那边的几间车间，当时七车间还没有投产，因为七车间的窖池有质量问题，那边在1992年的时候也投产了几个车间。那时候这条路还是石子路。

当时是因为什么下定决心进厂？

受到家庭条件和环境的影响，当时我可以选择继续上学和进厂，那时候分了一个名额给我们家，我爸爸通知了我，那时候习酒还属于回龙区。名额是公开分配的。当时进来应该感谢姓王的一位同事，他说眼光放长远点，分在酱香型产区是好的，当时酱香型产区可能面临停产。那个时候浓香型白酒的销售比酱香型白酒要好很多。那个时候的习酒，是浓香型白酒养酱香型白酒，那时候酱香型白酒只有老习酒等几款产品。当时在酱香型白酒这块搞还是选对了，当时酱香型白酒这块没有多少人才，我高中毕业

---

* 受访人：习酒厂在职工作人员，从事包装管理工作。

进来在当时也算优秀的。我只做了一个生产季度就出来了，当时烤不出酒，我们还要倒贴工资。1989 年我到办公室来做统计秘书，做工艺标准和工艺操作规程，做这个是因为工艺和工序操作有问题——不是工人的问题。

这个钱补回来吗？

这个不存在倒补回去，因为每年的生产每年结算，1989 年基本达到出酒率。当时大多讲操作要领，操作规程也有，但是没有模板，是按照一条、两条这么来写，写好交给当时的曾总（曾前德），当时我和他是单线联系，写好直接给他。1990 年的时候陈星国、廖相培等直接光着脚到现场操作。酱香型白酒这块，我也参加了全国的“两讲四必”活动。1991 年开始搞 QC，1993 年参加了在毕节举行的贵州 QC，我是发布者。那时候在 QC 这块做得最好，很多车间都有我的 QC 课题。质量体系建设是习酒发展的大事情。1988 年国家对白酒产业进行了调整，白酒产业处于下滑状态。1988 年受到金融危机的影响，粮食发放控量了，但对习酒的影响应该不是很大，习酒的老板有魄力。酒厂起起落落的时候我都是在的。酒厂的业绩在 1992 年开始下滑，1993 年我们开始搞方圆质量体系认证，开始抓质量。我在酒厂的第一件事情就是把质量抓得特别严，我们进厂的员工要进行 3 天的质量管理培训，特邀的老师都是本科生，像上课一样。第二件事情就是申请国际的方圆质量体系认证，我们是全国唯一一次性通过的酒厂，然后又在 1993 年获得了全国五一劳动奖章。酱香型白酒随着国家宏观调控开始下滑，把 1992 年和 2008 年对比的话，2008 年的政策放在 1992 年习酒不会是现在这个样子，估计已经突飞猛进了。接下来的大事情是习酒 1998 年被茅台兼并，兼并后不让习酒公司进行酱香型白酒生产，酱香型白酒受到了影响。习酒的生产是比较规范的，包括茅台都来我们这边学习。有时，车间会烤不出酒来，因为存在技术上的问题。我们二车间刚投产时第一年没有统计，第二年两次酒烤不出来，都叫我去的。烤酒首先要对窖池的环境有所了解，之后就是对投水量的把握，把酸度、水量、温度、湿度、气候等结合起来考虑。生产部的指标拿到车间，有些会让人很反感，难以操作。烤酒要经过 7 个轮次，只有 5 个轮次取酒，每个轮次取的酒是有限的，好的酒是在 3、4、5 轮次取的，加进去的原辅料在头 2 个轮次就已经排掉了。

习酒厂至少经历过两次巨大的波动，您是怎么渡过难关的？

1993 年年底，生产区还在投产，那时候我是副主任，一直干到 1995 年。那年酒全部烤完后，没有工作任务，就值班，后面又调我去包装车间。那边制酒的班长，也分在这边来搞。习酒销售不景气，大家都没有钱。1996 年，我家里摆过摊，就在习酒厂旁边的街上，也没什么生意。

您进酒厂前是在习水读高中，还记得第一年考试多少分吗？

当时差 5 分，第二年才去复读的，这个事情是改变人生走向的。我上初中的时候，考上了师范学校，管教育的人说我人矮了没去成。当时中、高考会有身体的体检，比如身高这一项。问题是有的人比我矮他们都去了，后来弄清楚了，是因为我的名额被卖了。我之后重新考上了一中。我当时读的是文科，那时候没有公布名次，考上了直接下发通知书。初中时考上师范都是村里或者乡里通知的。那时候通信也不是很方便，酒厂那时候已经有电话了。学习这块也算是经历了 2 次曲折，高考差 5 分是因为理化没有考好。那时候整个县的教育水平也差一点。读书那时候，住的地方都没有，租房子都要找熟人，有宿舍但是条件太差，都是木板钉的床。

当时进酒厂犹豫过吗？

没有犹豫，那时候家庭条件不好。

进厂后有安排住宿吗？

一开始没有，结婚后的双职工就有了。那时候酒厂的住宿条件就很好了，是套房和单元房。

交通这块有什么感受？

当时去习水要从岩寨这边绕，一天能赶上一班车就不简单了。小时候来酒厂背过糟子，来回要两三个小时，读书的时候背过煤，那时候学校要求勤工俭学，我们把煤运到食堂，没有工资。农忙季节还要帮农民种小麦什么的。当时在习水读高中要走到回龙，坐班车，那时候班车很少，从回龙到习水得 1.3 元，但是我大多数时候都是走路，要走 4 个小时以上。那时候基本上是一个月回家一次，有时候下了课，没有车就只有走路回来。有一次放学晚了还要背着书和东西走，从大湾那边过来。最恼火的一次是在冬天下雪的时候走，那时候的交通很让人恼火，印象最深的是当时喜欢看书，看到“要致富先修路”这个说法觉得很认同。那个时候年轻，睡不醒，但是每次都要起很早，要不然要迟到，因为要去上早自习。三年的高中生活还是比较艰辛的。像 4—5 月那段时间只能吃青菜，整个社会的条件都很差。初中生活也艰辛，晚上经常饿醒。

有没有去考驾照呢？

没有，一是视力的问题，二是机械类的工作自己不喜欢，三是因为工作原因，要喝酒，爱喝酒，所以不想去学。我这边离上班的地方很近，走路就能到，买辆车放着没必要，要是借给别人开，安全问题也很大。

赤水河大桥马上开通了，去看过吗？

没有。江习古高速公路也还没走过。

现在新的习酒包装园区投入后规模更大了，需要改善交通条件。

听说那个包装园区要修 3 年，我到时候还没有退休，只要这边的质量和安全没有问题，我应该会过去，特别是安全管理方面。企业是用制度来解决质量和安全保障问题的。厂区同外边联系，之前只有岩寨这一条路，后面习酒厂老总有远见，修了到遵义这边的这条，然后将临江这条路修进来，被茅台兼并后两河口这边的道路也修通了，赤水河大桥开通，现在的交通就比较方便了。现在河那边（四川）也在修“美酒河”大桥（习酒厂与郎酒厂的跨河连接大桥），这样通往厂区的道路就更便捷了。交通发展对当地的影响特别大，人来人往都方便了。以后到四川古蔺吃饭，可能要比到习水吃饭更方便一点。

习酒厂到四川古蔺县城需要多少时间？

最多也就半个小时，从古蔺太平过来也就半小时，也验证了“要致富先修路”这句话，这个是最直观的感受。

39 领战1935*

这条高速公路（江习古高速）所有的广告都是由我们负责。

习酒公司想设计什么类型的广告，只要在我们的经营权范围之内，都需要跟我们沟通，然后我们跟江习古公司汇报，报告内容包括广告设计是否影响交通、是否存在安全隐患以及第三方涉及的安全责任等。

广告等方面造成的事故，您是主要的责任人？

嗯，所以第三方想在我管理的范围内做广告，必须经过我们的同意。

那您从事高速公路上的广告业务，是才开始的吗？

跟江习古公司是第一次合作，但是之前跟别的地方合作过。

我看到高速公路上有的广告写的是"领战1935"酱酒。

那是我自己注册的酒商标，我想自己尝试去做一下。准备做一个系列，可能推5款。后面就用高中低来分价格了，名称都是统一的，不那么麻烦。当初也跟习酒谈过产品定制，但是后面政策变了，我就没做成，找了别的生产商。1935年，毛泽东在青杠坡战役中亲自上阵指挥，所以想到"领战"。把它做成一个系列，我准备在中秋节以后上市。

我只是当成用一种玩的心态去做。

习水人在赤水河边做酒生意，这个应该是很多人的想法。

我也做了一款老茶——"鳛之缘"古树茶。茶已经做出来了，我自己做

---

* 受访人：江习古高速公路广告承包商，习水籍商业人士。

了专卖店，已经装修完成，正在摆货。我们现在喝的这个茶，就是其中一款。我的店里面现在打有这么一个广告——“每一叶茶青都来自习水的大山深处”，我用这个做广告词。

您对习水古茶树有信心。

只要不追求暴利、不掺假，我相信没有问题。“鳛之缘”注册成功了，我们一共提交了 10 个商标，有 5 个商标注册成功。我们还注册了“习鹰”，但是老鹰茶的商标没有注册成功。

您涉及的产业多。

不做总统就做广告人。我书读得很少，我先说清楚。但是我喜欢跟读书很多的人、有思想的人聊天。有一位老家的朋友是博士生导师，从大学里边出来，一直没有停下来读书，一直都在职。我去贵阳，只要他没上班，基本上就有我的副驾驶位置。他跟别人讲课，没有几千块钱是不去的。我特别喜欢跟他交流。书读得特别多的人，处理一些简单的事情，会考虑半个小时。我能理解，他们走到那一步很不容易，他做每一个决定，把事情的细节都考虑进去了，一件小事可能要 30 多分钟才能解决，但是对于我们而言，可能一两分钟就解决了。但是和某些人交流，他们不理解这个事情，就会有一些不好的评价，但我能理解。

学者式思维，一个事情会想出很多问题。

我从事这个行业 20 多年了，文化水平还是太低了。我刚开始去从广州做这个，帮助福建老板做事。那时候人们的选择差不多都是进工厂，我不喜欢那种生活，不喜欢坐着拿工资，不管怎么轻松，拿多少钱都不习惯，我喜欢做一些有挑战性的工作。别人拿不下的业务，我就喜欢去挑战一下。我从事的第一个行业就是往这个方向发展，第一个老板对我的影响很大。当时我在公司坐了 3 个月的办公室，最后一年都在跑业务。那是福建人开的东方广告公司。

那您是如何从业务员、销售员变成了文化广告公司的老板？

我们在那边虽然是一个销售员，但是回来以后就不一样了。本地的广告人，很多东西都不了解，连名词都不了解，铝塑板、吊顶啊，都不懂，很多人也没有这个意识。我之前帮助一家医院做装修，打格子后，用铝塑板来吊顶，有人说，怎么地板都放到顶上去了。我是 1997 年去的广州，2000 年回的习水，在广州待了 3 年。我回来后，就开始从事广告行业。我家族就是专门做装修工程的。我们这种人，和专门做设计的人不一样。要想事业成功，一定要有胆子，要敢干。

嗯，也得有目标。敢干的背后，体现的是你想成为什么样的人，或者你不想成为什么样的人。

梦想要有，能不能成，后边再说。

您的方向是选择对了？

但是走得太慢了。

怎么说？

基础条件还是有影响。但是拿县域广告业务来说，还算是可以的。对于品牌、字号、名称，我是很重视的。做广告要有品牌的保护意识，即对知识产权的保护，毕竟品牌也是一种创新。比如“鳛之缘”的产品，药材、牛肉干系列等，未来可能涉及的方向，都写在注册营业范围内了。之所以提前注册商标，因为我是广告人，可以提前打广告。真正地做农业，没得一定的基础，就不要做这个，做一个产品一定要带着情结做，不要光是依靠金钱。

您当时是怎么想到要拿这个广告业务？

因为我吃过亏了，仁赤高速公路通车的时候，我亏了 50 万元左右，那时候的钱比现在值钱一些。大概 5 年前，我在仁赤高速公路旁边做了很多的广告位，找关系做了一些广告，但是没有经过正常的手续，后来都给我拆除掉了，找县领导打招呼都没有用。建设费、土地征用费等大概花了 50 万元。我意识到，还是要走正规程序。离高速公路 30 米或 50 米以内，哪怕高交没有征地，也要经过他们同意。

江习古公司发布招投标后，您志在必得。

必须拿到，去竞谈，还交了费用的。招投标也需要费用。

您为什么会对这段路这么有信心？

做广告的人，也是可以赌的。

外行人说是赌，内行人是用实力判断。

嗯，我干了这么多年，手里面还是有一定的客户资源的，不然也不敢这么下决定。这是“海上丝绸之路”的南下通道，赤水河大桥通车后，这里是重庆往云南方向的必经之路。

一个高炮广告牌的费用大概是20万元？

这个得看路段，我们这里多数是10万元左右，还达不到20万元。另外，也是因为手里面有这个资源才敢做这个，我们也是这方面的设计师。广告的制作和广告的发布，我们合在一起，比单一的广告的制作或者发布有优势。当时重庆、贵州都有广告公司跟我竞争，但是后来考虑到我们在维护的时候比较方便，打一个电话就到，综合安全、资源、维护等方面因素最终选择了我们公司。这条高速公路广告的内容主要是酒、房地产、农产品，还有政府计划做的一些广告。赌，是外边人的说法，最多就是资金被占用了，自己需要先拿一笔钱进去，现金流要进去。

怎么评价习酒做文化、做品牌的举措？

我们在给习酒设计广告，这是必须要做的事情，用文化、内涵来支撑品牌，要做大做强，必须要有支撑。现在主要就是想朝“君品习酒”方向发展，首先是定位的问题，需要文化来支撑。

怎么理解定位的问题？

习酒现在高端白酒在做，低端白酒也在做，低端白酒10—20元都可以买一瓶，高端白酒1399元才能买一瓶，这个跨度太大了。茅台做得好，是文化支撑起来的，他们着重打造高端白酒。现在习酒高端白酒低端白酒都是有的，想要吸引现在的消费者，就需要向高端白酒发展。我们有一个协会，是专门讨论习酒的发展的，包括现在我要做的酒，他们都要帮我讨论、研究市场。习酒品牌的挖掘，现阶段低端白酒完全不做也不行，可以像茅台一样，由另外的子公司来销售习酒低端白酒。但是习酒要慢慢脱离开低端白酒市场，不能一下子就脱离低端白酒市场。这是产品数量的精减。习酒的战略基地、文化基地、旅游观光，都应该吸引更多人进入，树立更多的、更好的印象，还有要做足地方的文化元素。

我是周家（地名）人。原来习酒厂的陈星国老总也是从我们周家出去的。你看企业的各种元素，好多是他那个时候奠定的，加入茅台以后，根本没有干这些事情，阳雀岩观景台还是陈老总当年干的样子，只是做了一个包装，这一年才有人去保护它。20 多年前习酒就卖到了其他地区，那时候“西北万里行”，习酒去了西藏，“千里赤水河行”，都取得了很多的成就。现在广告投入后，让习酒的销售更好，都有人开始收藏习酒了。还有一个，习酒不要一味追求销量，可以向茅台学习，可以把酒做成一种奢侈品，这个很重要。我们是看着习酒成长起来的，那时候还开玩笑，如果陈老总没出事的话，我们可能都在习酒工作。我父母跟陈老总认识，习酒厂对我们那边的人有特别的优惠。但是进去的，都要去底层上班，烤酒、学习技术，然后考到别的岗位的时候，才知道习酒的不容易，才会珍惜。他的那种思维是很多人不敢去尝试，不敢做的。他的设想——百里酒城——大家说是吹牛，现在慢慢变成现实了，现在做到了。

您怎么跟外地人介绍习酒？

首先是喝习酒。习酒就是我拿得出的牌子，是拿得出手的。那边的人都是喝川酒，外省的人都是以喝浓香型白酒为主，而我们这边是以喝酱香型白酒为主。习酒喝起来首先是健康的，它是纯粮食烤出来的，喝了口不干、头不痛，是养生饮品。其次它的工艺对人的身体有好处。

赤水河大桥马上要通车了，您有什么动作？

我跟他们都有很大的动作，他们要做赤水河大桥的习酒纪念酒，还要做习酒的文化景观。我们在匝道口做习酒企业文化的宣传，包括设计这些都在进行，而且有些方案已经出来了，这边也认可我的方案，也去考察了几次。他们策划请习酒所有的经销商到这边做一个通车的见证，我答应了给他们免费做 10 个广告牌子，做通车的历史见证。负责这块工作的习酒领导很务实，他从事很多年经销工作，是一个很有经验的人，包括一些设计，他都交给我们完成。他们也喜欢美院的设计。其实很多本地元素，我们更为了解，所以我们自己也想去竞争。

大桥开通您送习酒 10 个高炮广告，几十万的价值，各大媒体都进入，这个“动作”是有点大。

习酒做得最好的是习酒 1988，我们设计的话就是把习酒 1988 抽象化。最根本的原因，包括习酒宾馆的轮廓，都是按照习酒 1988 的样子做的，实际这些就是融入企业的文化和元素。以后阳雀岩观景台的展品，如果全都做成一样的，就没有新鲜感了，到时候我们就要突破这些东西，给别人看到不一样的东西。习酒收费站旁边有一座桥叫“凤凰桥”，我就想在上边设计一个融习酒与习水文化元素的造型景观，我自己都画有草图。

我们也希望习酒好！习酒好，我们就好。

40　各有交道*

我现在身兼两个职位，一个是这个店的小老板，另一个是村民组的组长。

习酒镇大湾村有13个村民组。我们组有近70户人家。我是1998年从贵阳回来的，当时计划生育管得严。那时在贵阳工地上做包工头，一天能挣40多元，其他人一天10多元，回来以后看到有人跑摩的。我也开始跑摩的。然后看到有个地方卖煤气，那时候都是用背篼背，后面交通方便了，老板叫我帮他送气，送一瓶是3元的运费，但是一天就只有几瓶，那时候用煤气的比较少，反正有客人就赚钱，那时候还有BP机，然后就一直干到现在。但是那时候没有卖桶装水的，到2002年以后才有卖的，后来桶装水才比较好卖。当时水厂的领导建立了一个品牌，领导比较喜欢我，就叫我过去帮他。因为这事，别人还有一些不满意。那时跑一次就给一次的钱，我是两边兼顾。每天能卖出去40—50桶水，2元钱一桶，每天都能卖出去那么多。每天要送的桶装水也有20多桶，那时候一天能挣40多元也很厉害。2003年我修房子的人工工资也才13元一天，那时候的几十元，相当于现在的几百元。

进入水电班最开始用的是小灵通。那个8057198的电话号码我到现在都记得，而且那时候哪个用户在哪个单位，住哪个单元我都记得清清楚

---

* 受访人：习酒厂生活区煤气、桶装水经营店主，习酒镇人。

楚。现在不行了，很多人都搬走了，或者把房子转让出去了。不过那时送水的人也少，差不多都是我在跑，不像现在送水的人多了。

习酒镇送气，只有一位老板？

不是，还有一家，另外一家自己也办有手续的，有经销权的有两家。

我的业务是负责配送。举个例子，我在他那儿拉气过来是 100 元，他自己送也是 100 元，但是我自己拉出去卖多少是我自己的事情。现在的煤气，我们这儿卖 105 元。以前是赚 3 元，现在是 5 元，最多是 10 元。

我看到镇上在铺煤气管道？

目前从两河口到两河口小区已经铺上了煤气管道，那边已经在用了，房子交付的时候就在弄，最近两年有钱的人搬过去了，煤气管道才开始用，因为开一个户要 2000—3000 元，那边的煤气管道主要针对的是 201 酒厂和习酒厂，比如大地的气也是去年弄的。

这会影响到您的生意？

目前的影响不大，3—5 年没有影响，那时候看到在修煤气管道的时候，有老板叫我跟着他修装煤气罐的房子。其实煤气罐是不允许大量堆积在人比较密集的地方的，我就说我没得问题，但是他要多考虑一下，后来出了一些情况，最后我就打消了这个念头。现在这个老板的生意不错，对面四川二郎镇来拉的人特别多，而且是几个三轮车过来拉。我现在一天能送 10 多个煤气罐，水一般是 30 多桶。一桶水可以赚不少多少钱，有时候一次出去就有几桶。这个量，一个人的生意，还算不错，基本上还是能跑过来的。但是还是累啊，手上都有干茧。我把水拉过去还要帮顾客卸下来，不像有的同行在那里站着看，帮别人也是帮我自己，早点弄完好去别的地方。

您从跑摩的到现自己开门面做生意，是因为方向选对了吗？

那时候摩托车实际也没跑多久，接着就来弄这方面的事情。我在老家村头开了一家小商店，那时候在酒席上看到抽烟的人很多，我就想着自己也弄一个店来卖。现在，店里面一周可以赚几百元，这段时间的烟更值钱了，特别是磨砂，120 元一条，我们可以赚 10 多元。在老家媳妇种了一点儿地，喂一头猪，平时做一些小工，比守摊子更好，商店只有在星期天跟孩子回来的时候才开。那时候我还是老家办酒席的“提调官”[①]，给邻居的烟都要便宜一些。当时我自己也有一辆三轮车，送货什么的，都很方便。

您讲的因为计划生育管得严而从贵阳回来是怎么回事？

我有6个孩子，1个男孩，5个女孩，有3个已经成家了。老六读的中职，毕业后在遵义打工，老四还没定，老大、老二在广西，都有两个孩子了，老三在岩寨，也有两个孩子，老五读的幼师学校，原来在子弟学校当幼师（实习），但是感觉有点累，我就想办法把她弄到了大湾幼儿园。老五是毕节师范幼儿高等师范学院毕业的，毕业后，有点想让她进习酒厂，万一不行还是进幼儿园。考老师肯定要费力一些，考酒厂压力小点，但是现在大专都恼火（困难）。

计划生育，吃了不少的苦。

还是值得，老家有人对我感慨，说我不容易——走南闯北躲计划生育。

原来计划生育，现在鼓励生育，您当时有没有因为计划生育和人发生冲突？

这倒没有。但是因为超生，上我家拉猪拉牛、上房顶蹬瓦这些都有。

为了躲计划生育，您去过哪些地方？

安顺、都匀、贵阳、仁怀。

不管走到哪里，夫人都是大肚子，怎么躲？

我们是去亲戚家，去他们没人住的房子里面躲着，而且也不敢露面。

你们听到管计划生育的人来查的消息就躲起来，那孩子出生以后会哭，怎么办？

所以我们住的地方都只有1—2家人，而且还要跟他们搞好关系，也确实感谢他们的帮助。

您坚持，后来成了。

---

① 农村红白喜事的管事人，主持人，说客。

我是 1999 年后回来的，2000 年就到了习酒厂，经历了酒厂的一起一落。2004 年，习酒厂“闪”（跌）了一下，其他时间都是平稳上升的。当时习酒厂有能源设备管道，可以生产水，我在里边装水，能赚很多钱。当时习酒厂车间要用水，茅台 201 车厂、岔河滩、煤场的饮用水都是在这边装，都没有封口，因为习酒厂有这种条件，很多地方都来这儿拉水。这个生意太好了，最后习酒厂把我踢出来了。那时候在习酒公司一个月可以赚 5000 元左右，但是我出来以后，一年我就赚了 9 万多元，但是现在不行了。

那时候就盯上了饮用水生意。

我出来以后就找了一个厂家自己干，一年我就赚了几万元。很多年前，好多生意都是暴利啊，但是现在网上的价格都是透明的了，没以前那么好赚钱了。现在交通越来越好，做生意也方便。路好了，很多地方我也都在跑了，比如大地、临江等。赤水河大桥脚下，我也会送煤气、水，只是运费要贵点。目前的收入在我们这个地方算是一般好吧，还是比较稳定的。

以后您会怎么安排，毕竟年龄大了送不动？

我也在考虑这个事情，我的亲戚们一个都不来接手。我首先考虑我的邻居，但是也要有一个合适的人选，能吃苦耐劳。这个生意虽然比不上赚大钱的人，但是解决一般家庭的支出都还可以，这个工作接触的人还是挺多的，也是一种机会。我有时候有些麻烦事情，就是客户帮忙解决的。我跟各行各业都有交道。我在酒厂做这个生意，与酒厂的兴衰关系太大了。习酒厂兴旺我就兴旺，我总是希望习酒厂兴旺。

41 人要坚强*

我 1993 就开始跑三轮摩托车了。

为什么会选择这个工作？

因为没有工作，要找一碗饭吃的嘛。我在二郎滩桥附近开过饭馆，在二郎滩桥头过去一点，那里有一大栋房子，我在里面工作过，就是做点小生意。老实说，我老公不在了。1998 年，我住在四川二郎老街。1993 年的时候就搬过来了，当时二郎滩桥建设，就搬下来了，下来没有事情做，就做了一点儿小生意。我在二郎滩桥那儿修了自己的房子。后来就没有开馆子，把它租给别人。1993 年开始有三轮车，我跑的是 125 型号的三轮车，那个时候全部手续办好花了 15000 多元。那个时候的钱，有点多。

你怎么会想到这项工作？很少看到女性从事这一行。

没有职业，要找个事情做，做生意也是自己想到的。餐饮也在做，前几个月才没做。只不过我是一会儿做，一会儿没做。那时候考驾照的基本上都是男的。我是属于那种没有职业（工作）的人，需要找份工作做，几个孩子都需要用钱，特别是老公走了以后，担子都压在我身上。那时候跑一趟 2—3 元，每天都能挣几十元，还算是可以的，因为那时候跑三轮车的人少。开始的时候，有些人坐我的车怕别人笑话，总感觉不方便。

老公是生病突然走的？

---

* 受访人：习酒厂区三轮摩托车载客经营女司机。

嗯嗯，是的。然后我自己就要把娃娃养大，不容易啊。但是还是要扛的，没得办法啊，遇到事情还是要向前走。两个娃娃现在都成家了，姑娘在贵阳，儿子和儿媳妇在习酒厂。

那您还那么年轻，看起来 40 多岁，精神面貌这么好，还可以开摩托车。

谢谢你的夸奖，我都 50 多岁了。摩托车倒是还可以开，精神也还行，一天都想着积极的事情，精神就还行。

坚强生活不容易。

人需要坚强哦，天天去想坏的，不行。

您以前经历过什么？

我经历的苦难太多了，我受的打击太大。我老公在的时候，我的依赖思想很严重，什么事情都是他做的。

您这么漂亮，他肯定啥子事情都抢着干。

哈哈，我这么丑。随便什么，屋里屋外都是他在弄，就是他在外边上班，回来都要煮饭给我吃。我学摩托车的时候，他都叫我想跑的时候跑一下，饭菜都是他做，衣服裤子都是他帮我洗。他走了后，这些事情都是自己干了。

他走的时候，你们结婚 10 多年，您享受了 10 多年的好日子。

我们是 24 岁结婚，30 多岁家庭突然发生变故，没有办法，那以后什么都是自己扛，娃娃还需要读书。当时老公是习酒厂的员工，发生变故后习酒厂叫我进厂，也是给了我选择。但是那时候没人带孩子，习酒厂也不景气，我自己跑三轮车的工资还是能够维持生活的，孩子的爷爷奶奶离得远，外公外婆那时候也不方便，有了自己的孙子。那时候开摩托车也是没有办法，因为必须带孩子，接送孩子也方便。车子跑了一段时间，干累了后也换了一个别的生意，但是必须要找事情做。

到现在，您个人都没成家？

现在成家比较复杂，如果不成家，后面还是需要人照顾；如果成家，能解决一些问题，但是又会产生一些问题。组合的家庭，都是自己顾自己的，自己有自己的子女。现在的孩子都是自己过自己的，也能够养活自己了。老公走后我经历过一段婚姻，发现组建新的家庭还是有些问题。只是都到这把年纪了，大家能过下去就过下去了。

我遇到过一个老太太，背了 40 多年的背篼，年青时 90 斤的身体，背近 180 斤的货物。

那时候我也做过，在一九九几年背粮过河，在那边上船，2—3 角钱一次，要维持生计，没有办法，还好，这里有两个酒厂。

对面的赤水河大桥，您上去过吗？

还没有去过，还没有客人去那边。

这个工作准备做多久？

能做多久就做多久。现在我要带孙子，儿子儿媳妇两个人又在上班，我肯定要帮他们啊。现在就希望两个酒厂的生意好，我的生意就好。现在三轮车跑的人也少了，现在私家车都多了。三轮车在这儿快 30 年了，再过两年应该都不允许跑了。

为什么不允许跑？

安全问题。

女性跑三轮车可能有点危险？

不哦，女性不存在的，实际我们女性开车比男性还要稳点哦。

您跑的过程当中，有人欺负你不？

欺负还是有。

言语欺负，还是不给钱？

都有，只是很少遇到。有一些人确实没素质，下车就跑了。但是遇到一些老人，确实需要的，我会给他们免费，我都愿意送。大坡有一个捡垃圾的老人家，我就经常免费拉他。

那您跟这边的人都熟悉了哈，接下来您的车子肯定也是要跑的，孙子也是要带的。那还有其他的念想没？

都这个年纪了，没有什么想法了。

比如出去转转？

出去，肯定想出去的。

想去哪里？

没有目标。

孩子有意愿让您出去吗？

意愿还是有的，但是他们自己都忙不过来，我们家的孩子不像你们想得这么好。

还有老人需要赡养吗？

我还有一个老妈，快90岁了，我自己的妈，我经常挂念她，现在有兄弟照顾。我经常想着她，菜都是买回去的，现在这个社会饿不到了。

当初您照顾自己的孩子长大了，现在孩子长大了又有孩子了，又需要您的照顾。

对。我们这个年代的人就是要带几代人，想到都感觉累。

现在一天您能跑多少钱？

跑不到多少钱，我跑一天就50多元钱，但是其他专门跑的就有100多元钱。我就是顺带跑车，因为还要接送幼儿园的小孙子。跑车是我的副业，接送孩子、煮饭才是我的工作。

我刚才看到年轻人也选择跑三轮车，他们是为什么选择这个行业？

我们街上待业的人太多了，求生活，肯定要找一个事情做。这条路修好了，在路上跑，也算是找生活。

42 滩头来船*

赤水河的水质，近年来有变化。

和 20 世纪 80 年代那时比，肯定没有之前好，但是近些年政府开始注重环保工作还有垃圾处理这些，对水质还是有些好处。城乡垃圾现在收集后统一处理，以前这水看上去都很脏。水位我觉得没有增，枯水位没有像现在这么低，估计还是沿赤水河从茅台厂下来的酒厂太多了，用水量大。这边只能夏天跑几个月，现在几乎没有跑这边了，还有煤炭行业衰落了，国家有煤炭进口，江浙一带有新的能源代替。我们儿时经常在这里游泳，水很清澈。茅台厂他们把污水处理得就很好，看上去确实很干净，到下游地区处理得不干净。现在的水质已经不像我们小时候那样了，那时候河水的浑，不是泥浆的那种浑，而是泥土的那种浑。就是那种红色的石头和那种泥沙的浑，以前河水又清亮又干净，现在上游有了污水处理厂要好一点，所以泥这些会少一点，以前河边都不敢去踩，一踩就是那种类似出汗的泥。现在这个煤场是每天都要清场的，有一个污水池用来处理废水。习酒厂也注重环保。我在习酒车间干了 11 年，我是 1987 年进去的。那时候我在厂里面有很多的记录（工作笔记），那时候省里面的领导来厂里视察，我都做过记录，我大姑爷有个战友是部队里的，我是以他的名额进去的，之前也找过陈总（陈星国），后面就在车间干了十几年。

---

* 受访人：赤水河大桥下岔角矿区煤船经营老板，曾在习酒厂工作。

您为什么从习酒厂出来？

1998年年底茅台厂来接管后，第二年开始裁员，那时候车间下岗员工只保留班长，组长不保留，我们班留下了两个人，一个是转业军人，还有一个是有关系。当时我不应该退养老保险的，我们那时候养老保险只需要交4块钱。后面我干到了1999年，习酒厂说没有退养老保险的可以留下来，如果现在还在习酒厂，那就有30多年了，孩子也能得到安排（习酒工人有进厂名额）。孩子读书不争气，只拿到了毕业证，没有拿到学位证，现在在镇上的司法部门当工勤人员，永远不会转正，因为需要考试。

从酒厂出来后就在做跑船的事情？

没有，1999年下岗后我买了一辆三轮车，当时赤水地区第一批三轮车是从柳州拉过来的，我媳妇四娘的干儿子买了辆三轮车没干几年，后面赤水设市取缔三轮车后，就1900多元卖给了我，我从船上拉过来的。我记得当时在酒厂车间每月400多元的工资没有拿到几个月，在1992—1994年酒厂不景气的时候只有100多块钱一个月。三轮车跑了一两年后，2001年我开始搞水泥厂，一直干到2006年，没有挣到钱，后来又搞招待所。那时候水泥厂和酒厂一样都有招待所，我当时请了厨师，工钱是700块钱一个月，我到手也就几百块钱，干了几年我就没有干了，后面在2009年买了一条船。

1987年那时候有船，但都比较小，最大不超过60吨。这儿的码头是2004年修的，我在2009年买船花了40多万元，本钱才赚回来。有一次洪水太大，在滚滩那边就沉了，船腰上还落下了很大的眼，当时买了1000多元的泵去抽都来不及，然后就沉了。之后，我又去买了一条船，在太平古镇和土城古镇拉运石子和石粉，现在很多村支书都知道我这个人，很多民意调查都会选择我。虽然家里有几亩地，但都已经退耕还林没有种植了，现在我们那边80%以上都已经在习水买了房，老家有事情才回来，现在常住的就只有20多户。

当时买这条船，是朋友介绍，还是您看上这个行业了？

那时跑船运费很好，2009年从太平渡运到合江，可以拉200多吨，来回一趟除开运费和油费可以赚 1 万多元。我们装货是根据水位来装，不像马路上的车装好就可以跑，要等到上游支流水电站放水或者涨水，根据水位来装货。我那条船没有跑几趟，我记得就跑了 2 趟运费比较高的，2011 年过后运费就开始下降了。

是因为公路的问题吗？

不是，主要是因为我们国家的煤炭从蒙古国进口，还有一些是从秦皇岛用火车运到码头，然后用船运到江浙一带，我们的煤炭主要是运往江浙一带，20 世纪 80 年代都是用 50 多吨的小船运到合江，然后装在大船上运到江浙一带去，之后运费就一直提不起来了。

后面就没有再上升过了吗？

没有上升，一直是稳着的。我买条船一年只能赚 2 万—3 万元，有驾照（船舶驾驶证）可以赚 4 万—5 万元，一年船老板和工人的工资算上就有 10 万元左右，今年到目前为止只赚了 1 万—2 万元。我请了一个师傅专门在干，从土城拉石子和石粉，现在效益不好，以前好的时候有 300—400 条船在跑，现在只有 100 多条了，很多船都卖到长江口那边去了。

这个数量的减少第一是因为市场上不需要这么多的运力了，第二是现在交通很发达。

是的，自从旅游公路和高速公路通了，很多大车都在拉石子石粉。而且我们这种受到水源的限制，也就只有春天那几个月能跑。之前有 20 多条船，卖了几条，现在估计还有 18 条左右，而且剩下的只有一半在跑，另一半都是停着的，有些船是在嘉陵江上面跑。

这座桥（赤水河大桥）您上去过吗？

我们这边有些人上去过，我没有去过。

这座桥修好后对您有什么好处吗？

这座桥修好后对我们的生意来说可能没有好处，赤水河大桥通车后煤场可能会被关掉，到时候可能会影响我们的生计，好像说是在高速公路下面不能有煤炭这样的污染企业。

我没有听说过这个消息，但是桥的选址需要考虑地质情况。

目前我们这边有 20 多辆车都只依赖着这个煤场，把煤拉到温水（南盘江）、土城那边去卖，每吨煤可以赚 100 多元，一车只能装 4—5 吨，大概一星期跑一趟，摊到每天只有 70—80 元，一个月能跑 5—6 趟。这个煤场只能我们来拉，其他车进不来，这个是和政府协商过的，"以场带队"的形式，我们将土地给他们，只能我们在这里干。

以前这个厂是给赤水县的，现在划给习水了。

是的，现在税费都是习水这边在收，当时这边属于赤水，酒厂属于仁怀。当时赶集都在这边，我记得拍摄《山之子·海之梦》的时候都在这边老街上取景，当时我也在厂里，很重视厂里企业文化这些事情。当时我孩子都想考习酒厂，我给他说需要了解习酒的发展历史，我当时也给他讲习酒的文化。

当时您是住在酒厂，还是这边街上呢？

当时我在酒厂是有宿舍的，有时候上中班下雨我就没有回来，当时住在 9 栋。

您是敢拼敢闯的人，回头想一下，这几十年您有什么经验呢？

经历倒谈不上，就是当时太老实了，没有找一些亲戚帮忙。陈总还是好的，有一年酒厂有几百个合同工，我们进去的时候不是居民户口，农村户口只能做几年合同工。当时陈总对我们这些合同工很好，酒厂困难的时候也没想过甩下这些合同工，最多的时候有 1000 多个合同工。

那时候企业业绩下滑，你们上完班后做什么呢？

那时候娱乐项目还是很多的，主要是打羽毛球和篮球，我们下了班还有篮球比赛，陈总也很重视。1992 年我们请赵忠祥他们来，我们有免费票，外边人需要买票，数量很少，我还给我姐花 100 多元买了一张，当时一个月的工资都只有 100 多元。每年重要的事情我都会做记录，那个时候厂区的绿化也搞得很好，现在大坡厂区的树是我们当时连续种了好多年的。我家里也种了一棵榕树，从酒厂拿的树苗，现在长得很大了，有人说值几万块钱。那时候经常开展质量培训课，那时候曾前德、钟方达给我们上过几次课。当时有一个理念是"以质量求生存"。

离开酒厂对您来说是件遗憾的事情吗？

肯定的，不离开的话孩子的就业问题就能够解决，我没干了后面进去的那些人将子女的问题都解决了。我家老大在上海交大上学，我当时给了他1万多元，后来就没有给过他钱了，都是靠奖学金和家教解决钱的问题。他现在在上海，2014年结的婚，在一家外资企业上班。他当时学的是园林，担心不好找工作，我提醒他回贵阳就好了。老二读书不行，在重庆江津读的技校，最后通过朋友的关系，在郎酒包装车间那边干了几年，现在就在习水，因为是女儿，成家后，我就没有管她了。老三不争气，现在还在农村，我现在也在修房子，依托郎酒厂和习酒厂在这边做生意，在这边也住习惯了，我觉得这边气候干燥点好，风土人情都是熟悉的。

接下来的几年有什么安排？

没有什么安排，希望这个煤厂（岔角滩煤厂）能够多存活几年。我以前还背过煤，背了一年，两口子只赚了2000多元，但在背煤的这群人中也算厉害的。

去年跑了3趟煤就没跑了，现在想跑。以前采媒是通过炮采，现在是通过采煤机，现在这个地方煤源很好，二郎火电站和习水电厂用的都是这里的煤，政府也很重视。炮采能分出煤的好坏，但是安全系数低。现在安全要求不像以前，现在是很花钱的，现在的安全系数高很多。

靠山吃山，靠水吃水，您是一位典型。

是的。有时候我也给政府说，现在靠山不能吃饱饭，怎么带领村民致富，是否要引进新的产业？这个地方已经难得有这个煤厂和酒厂，但是还要发展。我记得当时我们在酒厂的时候，四川那边来了好多人，带富了一方，当时做菜生意的全天都有，一个地方企业发展后，可以带动周边的地方，那时候酒厂很热闹。

这个地方是有点偏，好多外省人肯定不知道，说贵阳都可能不知道，知道遵义的会多一点，因为遵义会议，还有土城的红色旅游，当时大人说红军从二郎滩过了几天几夜，当时的本地人以为是土匪，不敢去接待。

考虑做河上的旅游项目吗？

这个地方的水位低，河滩太险了，要搞的话，利润估计不高，风险太大。前两天有条船就陷进去了没有出来，在这条河上跑船有一个不成文的规矩，就是看到别的船有什么问题都会拉，还会互相提醒水流的情况。

这是个传统吗？

应该是，这里跑船的心眼儿都很好。当时船装好后会等到涨水才发船。其间，小孩儿游泳掉入水中的很多，很多人下去救，很多这样的情况，孩子都认船员（把他们救上岸的人）为干爹，这个传统还是很好的。以前，有几个船上来拉煤，都是人力来拉，我妈见到他们来了，就开始给他们做点水豆花（豆腐），他们靠岸后，住在我们家，还会给点钱我们。那时候的饭馆很小，牛羊肉都是多少钱一碗，不像现在价格高。那时候他们来就要住上几天，一共几十个人，等着当地人背煤上船，一背篓一背篓的上。

当时生活也很累，但是人好像都很亲切。

43　事成有因*

我昨晚要得有点晚。

昨天打牌到凌晨两点钟，今早五点半，还和往常一样去游泳。今天中午又安排了吃饭，但是身体有些扛不住，我就没去。你们老家那边的、在外面做事情的人我差不多都认识，他们很喜欢参与我们的各项运动哦。

我公司的事情，有总经理专门管理，我算是投资人，大的方面我才管，我在家乡做了一些小事情。我 18 岁就去北京了，干了 12 年才回来。那个年代好创业，我小时候很苦，父亲去世得早，为了生活才出去拼搏。赤水河大桥通车，算是一个大事，因为通车过程中，有这样一个盛典，习水自行车车会会参与。骑自行车，我主要是以锻炼为目的，这是自发组织的项目，而且习水也算是红色旅游胜地，当年有革命先烈奋斗过的地方，就是在全国说到红军和革命，都会热情澎湃的。我骑自行车，主要是为了锻炼，也是在弘扬长征精神。四渡赤水发生在我们赤水，也是我们的宝贵财富，是我们的骄傲，有什么活动，政府都会通知我们去开会。

全民健身，也是最近习主席号召的热点，所以我们也要有这么一个节目，但是别人的用意或者是为了体现什么文化，我就不清楚了。在赤水河大桥通车的时候，也会有自行车在前面开路这么一个活动。

自行车协会在习水还是有一定影响力的，所以有什么活动，自行车协

---

* 受访人：赤水河流域习水籍商人。

会都会参加，让活动更热闹，也倡导全民健身。现在自行车协会有 200 多个人，而且我们也在申报游泳协会。以前一般的活动，自行车多少数量不定，是根据活动的大小来定的。组织这些活动我们是必然要参加的，现在的书本上有介绍“鳛国故里”的文章，都会在书本的底角印一个自行车的样子。赤水河大桥通车这次活动会安排 10—20 人，就是在前面开道，这个活动是由江习古公司联系，具体的安排和内容是由他们确定的。这条路开通了，对我们习水经济的影响也很重要，所以我们也会大力支持。按照他们的要求做就行了。协会的成员都来自习水各行各业。现在这种协会越来越大，这方面的人会越来越多。健身和锻炼身体、减肥这方面有很多很多的关系。我们在习水以后会拓展运动范围，引起社会各界的关注。引起领导的重视，对于我们来讲，也是一种鼓舞。我们除了搞自行车，还有户外这一块。很多比赛我们都参加了，有些习水县以外的比赛我们都会参加。

您事业有成，能介绍一下您的经历吗，让年轻人学习一下？

至于我自己，您过誉了！

那我就简单说一下，就当“吹牛”了。我从小生长在农村，由于条件的逼迫，自己一个人出去闯，我也是考上学校，然后安排工作，自己失败了就总结经验和教训。在北京待了 11 年，然后和北京的朋友回来一起做事。我在北京也是很有号召力的，做过砖厂，包过工程建筑，开过食品厂，通过关系，自己也承包了奥运会其中一个产品的修建，当然打牌也输了一些钱，但是在这一生也算是一种体验。那时候挣了一百来万元，但是没有干正事，也算是第一桶金。回来后跟朋友搞煤矿，他给我 20 万元的年薪。在业务上从村到省，我帮这个朋友办妥些事，他走的时候赚了一大笔钱，走的时候为了感谢我，给了我一笔钱，有了这笔钱我才开始创业。我近年搞了一个旅游公司，投资了 2000 多万元；现在又搞了天然气，节能环保，国家也提倡。我自己也去听过别人的课，在清华等学校；也搞过旅游公司，其他国家搞旅游的目的就是体验乡村文化等方面，不会看高楼大厦，我们这边比较符合这个理念，所以才去搞了个旅游公司，现在生意还行。

袁世盟、袁锦道都是我们的祖先，袁锦道是清代的企业家。三岔河确实有许多的故事，有许多值得我们宣传的东西。袁锦道曾经开过 48 家厂，如造纸厂等工厂，是我们这边一个了不起的人物。我们的祖先袁世盟是南宋边疆叛乱的时候带兵到了这里，有些故事可能是真的，也可能是假的。

袁姓对黔北、习水都做出过很大的贡献。

对于习水，应该哪个姓氏都做出了贡献啊。我们知道的都有很多关于习水的故事，比如和習姓、鳛国之类的有关。

您 18 岁的时候就考虑出去，但是当时人们想的都是进入习酒厂，您没有考虑这个吗？

没有。我的朋友影响着我，每个人的想法、考虑的方面不一样，有些人追求稳定，我和他们的想法不一样，虽然习酒厂离家近。我当时在北京还是有影响力的，在那边我相当于领头人，有时候公安部门去上边办事，会通过我了解些情况。有些兄弟伙犯了事情，警察又要找他，政府的事情又不可能不理，这种事情就比较棘手了。在我的手里面，我都会恰当的处理，但是为难得很，在外面也不容易。

对于农村年轻人的发展，您有什么建议？

对于商界的话，我也不敢定位，我自己认为，旅游这一块年轻人可以尝试，这块在习水发展得还不充足，不管是在外面创业的人，还是别的人都有机会，特别是江习古高速公路通路后，交通便利了，上来避暑的人更多了，比如习水仙源那边的收入就很乐观，很多重庆人都在那里避暑，而且国家政策都在向这方面倾斜，方向还是很好的，但是也不容易。

很多大企业进军农产品方向也是无功而返，个人岂不更难？

所以说很复杂，现在年轻人要真正在农村做出一些成绩还是挺复杂的，但是如果家里面有一些好的房子，可以做一些乡村旅游接待方面的事情，但是做大做强就难了。如果想在农作物这方面做出一些成绩，如果做好了，确实可以，如果在外面学了一些技术回家乡发展，还是挺不错的。现在创业，需要把技术和文化结合起来。

您走的道路，不可复制。

对，对。文化非常重要的，要肯下功夫，就像在我们公司，上班都需要文化的，领导检查工作，准备汇报材料也需要文化啊，而且自己做了什么事情，也需要笔记和资料，就算是打工，也需要文化，跟以前那个时代不一样。

在我们的那个年代，既需要运气，也需要胆量。

要有一些实力，别人才会相信你。

任何机会都是给有准备的人。

44　习水 Logo*

习酒厂送我去读的大学。

我以前在习水学习美术，后来高考失利，就进入习酒公司。我是一个地地道道的老习酒人。习酒厂有段时间效益不是很好，我也就离开了习酒厂。加上自身很喜欢艺术这块，我就自主创业，建立自己的品牌。我 1991 年进入习酒厂，大概 1998 年正式离开。习酒厂在 1995、1996、1997 这三年经济就开始下滑。我是 1994 年开始没有上班的。大学毕业后要生活，就在习水开始从事艺术这块。

您在 1991 年进厂后，当时习酒公司选送一批同事进修，有工学院、师范学院，您是其中之一？

我就是当时选送的，我进修的是贵州师范大学。去工学院进修是学习技术，在师范学院主要是学习艺术。当时习酒厂不景气，没有这么多大学生愿意来，公司就自己培养大学生。我就很幸运，属于这批大学生之一。当时需要签一份 10 年的合同，进修完后要回习酒厂工作。当时公司不景气，进修回来后没有参加工作，就自动解约了。我是 1991 年去进修的，读了两年，脱产两年，相当于从公司拿钱去读书。习酒厂给我们发放的工资大概是 150 元一个月，在当时的经济条件下已经是很高的收入了。习酒厂投入大量资金培训我们这批进修大学生。当时去师范大学学美术的有三

---

* 受访人：赤水河流域习水籍艺术人士，曾在习酒厂工作。

个，现在大家发展得都很好。可以说“镀金”回来后，大家都成才啦。

习酒厂改变了您的人生？

对，可以这么说。记得有一次习酒厂找我做一个关于习酒的 CD 外盒设计，当时找了很多人做，都不是很满意，最后找到我，结果满意了，就和我谈关于报酬的事。我很高兴习酒厂找到我，是对我的一种信任，同时我对习酒厂也充满一种感恩的情怀，所以我当时就下定决心一定要做好。在一开始制作设计的时候，我就说过不收费，免费设计。

情怀难得。

我现在做的这一切，包括这些习酒包装设计方案，即使不给报酬我也是很愿意为习酒公司服务的。因为这些都是我应该做的，一个人要懂得感恩，我很感谢习酒公司当时给我提供一个如此好的机会。将来习酒公司需要我，我都愿意无偿服务，同时习酒公司能找到我，是我的荣幸，也是对我的肯定。

我进入贵州师范大学，起初的时候学的科目较多，主要是为了提升自身素质，后来主攻油彩、水彩、素描之类的美术学，所学的专业对我后来的事业起到了很大的帮助。现在县政府以及宣传部的很多广告、标语都是我设计制作的，近期在做赤水河大桥旁边的习酒景观设计。

有没有申请知识产权保护？

不用申请，都是我自己设计的，源文件储存在我电脑里，现在广告印刷升级了，没有我的源文件是印刷不了的。

您那个时代学习美术主要依托的学习工具是纸和笔之类的，现在设计广告都是电脑操作，您是如何学习并操作这么好的？

是的，我们那时候都是用纸画，电脑是我出来工作后自学的。

您付出了大量的时间与心血。

是这样。之前我生了场大病，很庆幸后期恢复得比较好，现在你才能看见一个精神面貌较好的我，感觉就像脱胎换骨一样。两年前我画水彩画时，我朋友曾经说过，我只能画水彩画，画不了油彩画，这句话激励了我。当时我想，现在有大量的时间，为什么就不能尝试画油彩画呢？于是我很勤奋的练习，终于皇天不负苦心人。后来画的油彩画也得到了大家的认同，包括在《遵义日报》上也有发表。习水的绿洲红城的 Logo 都是我设计的，还有习水宾馆的一些画也是我画的。平时自己无聊的话就去爬山，锻炼身体，其余时间很少出来。

您能讲讲这个县标设计的来历吗？

绿洲红城要设计县标，当时我设计了大概 3000 个标志，付出了很大的精力，我自己都已经迷茫了不知道该怎么去设计才能更好地诠释标志所要传达的意蕴。在我困惑烦恼的时候就随手拉了一笔，这一笔让我有了灵感。但是当时政府对知识产权意识不够，被人盗取设计进行模仿，后来经过双方协商，政府决定出资进行购买，具体多少金额我也不是很清楚，购买后就申请了知识产权保护。

当时政府是以 2000 元的价格从您这里购买的？

对，因为买过去后缺乏管理，导致后面的侵权事件。现在这个标志把绿洲红城的意义诠释得很好。我是在 2005 年设计的，现在已经是习水人民根深蒂固的习水标志。

有时候县里面有活动，领导都会来找我，问一下宣传设计的意见等，其实我自己也喜欢这些。我是习水人，如果我自己不参与这些，这是一种不负责任的态度，一般我都会积极地参加。

45 走路上班*

我老家在赤水河边，属同民镇。

从我老家到习酒厂现在的公路是 7 公里路，原来有 9 公里，我走小路去上过班，我们进厂的时候修好了大桥，但是我们走路的时候没有修。以前我们必须要从滩上转过来，遇到不好的天气，还要绕行，有船的话可以搭船，没有船的话就要去里面转。

走路的故事就多了。

当时的交通条件不好，车子又少。当时还没有客车，就算有，也是从同民到土城的，没有到习水的车，到习酒厂就更没有了。我是退伍军人，所以有机会进入习酒厂，不然都没有机会。所以在这儿碰见的每个人都是缘分，假如我不去当兵，而且我是农村的，在政府部门也没有关系，那就没有一点机会进入习酒厂。农村的孩子当时只有三条路，要不当兵，要不就读书厉害，或者做生意，但是做生意也需要资本，做生意没有人带，也不好搞。

我是在西藏服役，1982 年下半年进去，算 1983 年的兵，1985 年回来的。回来耍了半年，那时候在政府也算有一个熟人，他是一个知青，在我们生产队，他特别辛苦，每次从我们那里回家都要背一些东西回去救济家里头。1981 年土地下放，他当时没回去，就在大队，后来在乡镇府上班，

---

* 受访人：习酒厂员工。

慢慢混成一个公务员。他那时候下乡，就只能走路。他当知青的时候，在我们家住，我们把他当成一家人，一起吃饭，冬天一起烤火，关系特别好。他等我当兵回来后，当时特意给我留了一个军人安置名额。

进了酒厂后，有一段时间我受伤了。当时习酒申报国家二级企业，不能有安全事故出现，不能死人。“死人也要医活”，这个就是当时酒厂的意见。当时的情况是，我们要放假，车间发了 100 元钱，100 元钱对于农村来说是很多的，几个月的生活费都够了，心里面高兴得很。下班的时候，我当时在打扫车间里的冰缸[①]水，几乎所有地方都打扫了，就只有一点没打扫，我准备去接点水冲一下，但是运气有点差，从上面滑到了下面，但是皮一点儿都没划破，属于内出血，当时去职工医院检查没止住血，送到县医院，没有检查出来哪里有问题，因为医疗技术不够纯熟，设备不够先进，医生也没有考虑到是肾脏哪里出了问题，后来我直接昏过去了。当时县医院一个打扫卫生的人，打扫过厕所的拖把也不清洗一下就拖地，那味道太臭，能动的人都走了，换了个位置，但是我动不了，就只有被臭，现在我都记得那个味道。病情越来越严重，我又太瘦了，我突然醒悟到，不能这样，一个厂里面的人叫我直接到遵义去，但是那时候已经严重失血了。

鬼门关走过一次。

对。从冰缸水那么高的地方摔下来，把肾摔伤了，当时县里的医院没检查出来，当时没有现在这种医疗条件。一个医生伸手摸了一下我的肝脏部位，我就晕过去了。小便出血，疼得像刀刮一样。去遵义的时候，我的亲戚直接去找陈星国厂长。刚开始派了一辆旧的救护车，由于晚上下了一点雨，所以在新寨爬一个坡的时候，爬了半天上不去，亲戚又回去找厂长。于是直接派新的救护车连夜赶往遵义。另一个亲戚先提前去帮忙办手续，去了以后不用挂号，直接进入抢救室，医生给我洗膀胱的时候，血都已经冻成一条一条的，紧紧地一大捧，太吓人了。如果当时继续留在习水

---

① 制酒冷凝器。

治疗，我的命就不在了。

当时老家乡邻都羡慕我在大企业上班，但是我不是高傲的人，还是出来了，幸好媳妇做庄稼厉害，当时生活真的太艰辛了。当时 1 6 元一个班（天），我属于肯干的，还代班（代替别人上班），一个月有几十元，后来工资上涨，一个月有 100 多元。习酒厂效益好的时候，我刚好住院了，而且把钱都用了。命是捡回来了。去遵义做手术，没钱了，然后给公司打电话，当时打电话都不方便，公司领导说不要管钱的事情，只管医，该怎么医就怎么医，该用什么药就用什么药，只准医活，不准医死，用完来结账。医完到现在，我都不知道当时我用了多少钱。当时是 1991 年，这笔费用应该不少。因为我自己都知道，我的主治医生用我的名义开了一些药，我叫他少开一些，我回去习酒厂不好交待。

习酒厂对员工有照顾。

当时的习酒老总也是农村出身的，对工人是相当的好，而且我们领导也来看望过我。当时习水的医院没有那个条件，没有检查出来，不然都不会那么严重的。我的病情好转后，又回去上了两年班，因为我受伤的缘故，对我有点照顾，把我的家人都接过来了。当时我还拉了一袋大米，好几十斤，放在客车顶上，体力不行，扛不上去，别人帮我放上去的。那时的客车，货是放在车顶上的。那时候坐车从习水到酒厂是 3 元钱，路线是习水—桑木—回龙—酒厂。各个乡镇到习酒厂上班的员工都是坐班车，如果比规定的时间迟了一些，就没有车子，只能自己走路。我在酒厂上班，那时候厂里面福利待遇好，统一放假，每个月 24—25 号放假，每个月 1—2 号收假，收放假的时候是东风牌卡车接送到各个乡镇。接送了 1 年后，有一回出事情了，温水一辆拉煤的车和习酒厂拉客的货车撞了，在马临车站附近，把其中一个人的手轧断了，还好没出人命。从那以后，就取消车子接送了，我们来上班都是先坐车到土城，再坐车到酒厂。我们从同民到习酒厂，最少需要 3 个小时，而且还是走得快的。那次我带孩子来的时候，就要一整天，半路有个什么店的，娃儿饿了，就要歇下来给他们买东西吃，太阳太大不能走，太累了也不能走。

以前没有想到现在的交通能有这么方便，现在都四通八达了。

没想到这些，而且修那么快。修对面四川那条路的时候，修了几年才通车，从四川对面过河到习酒厂要绕路，收 2 块钱，而且长安面包车要装满才发车，一般都是坐十几个人。那时候我不会骑摩托车。我生病回来的时候就想学着骑，那时候就想的，但是家人不允许，担心我的身体。当时是酒厂不景气的时候，我准备买一辆摩托车跑摩的。后来还是会骑了，接送孙子上下学也方便。后来驾照也有了。走路很难，习水有公交车，但是习酒厂没得（没有）。现在江习古高速公路开通了，赤水河大桥也要通行了。这些，谁都没想到会发展得这么好。

那时候我们从太平到这边，中午的时候，过河要从河沙坝走，烫脚。那时候也没得桥，有时候下雨我都要回家，太迟了晚上都到不了，有时候晚上 12 点下雨回家，只能顶着雨走。半路有亲戚问，为啥一身都打湿了？我说一直顶着雨走，啷个不打湿吗（怎能不打湿）。亲戚叫我吃饭，我都没时间吃，想赶着回家。从酒厂到家里面一身都是湿的，但是就想回家看看，想看看孩子，还有家里面的庄稼。

您一个人？

是两个人，一个人不敢走。走路上班的时候，遇到临江河涨水，我们还要去桑木或者回龙绕一圈才能到酒厂，太远了，花费时间太多了。从土城坐船上岔角滩要 5—6 个小时，中途没得东西吃。到厂里头，还得自己煮饭菜，可以节约一些钱。哪像现在的娃儿哦，在屋里头等外卖。

还有四年，我就要退休了。我要是有机会退，退了就出去耍一下。对于娃娃的发展，他们有机会就自己创造。现在的生意不好做。我离开酒厂那段时间，曾经想跟亲戚一起做生意，叫他带我，但是感觉他不愿意，所以我只能到处打工。我去过广东、浙江、福建等地打工，做石材的加工。没有做活儿很重的事情，也在码头上卸过货，当时挣了一些钱，因为那边有几个熟人，特别关照我。那几年，我长期在外边，在外边有事情做就做，能赚一点儿就算一点儿，毕竟身体不太好。2006 年回来，回来又在习酒厂上班，在外边上班虽然挣了点钱，但是回到家就没剩多少钱。从今天这个角度来看，回家上班是正确的。后来习酒的发展还是可以的，虽然我身体有点问题，但是2007年每个月都可以拿400多元的工资，还是可以的。我回来的时候，厂里面还有一个摊子，不知道赚钱没有。当时还是想做生意，想去习水打菜卖（批发菜），但是媳妇不允许。如果那时候做了，现在经济条件就好多了。那是在1995年。那时候在这儿做点小生意的，房子都买得起了，这也算是一个机会。我媳妇说去习水没得房子住，干什么都不方便。当然，现在房子也买得起了，她也一起来习水住了。

从同民农村到酒厂，再到习水安家，也是不容易的。我现在已经满足了，够了。现在我自身的能力我也知道，随便做什么，如果遇到对的人，就会有很好的发展，做生意也是。总之，遇到贵人，就会简单多了。

回过头看，习酒解决了我们这个地方的许多问题，如果习水还有2—3家这样的企业，习水各个方面的发展肯定不一样，一年都会有更多的财政收入，更好地为人民服务，促进经济发展。

习酒工人的工资一线员工的应该多一点，他们确实很累，如果一线的工人不做，那这个公司谁都不会有经济来源了，而且一线的工人很累，但是工资不多。这些都是偶尔说一下的抱怨，也是正常的。基本状态，我是满意的。自己有收入，孩子的工作也解决了。我也看到有些习酒职工的孩子，没有在酒厂上班，在习水一天天乱逛，没有做正事，没有多大意思，还不如在习酒厂找一些事情做。

工作就要踏实，不管做什么事情，就是要踏实。

您的这种观念是在部队里面养成的做事风格吗？

这是一个习惯，在部队也是这样。在西藏的冬天，洗完一件衣服后还要快点扯平整，不然会被冻住，风一吹就冻住了。只要该我做的事情，我一定做到位，特别的踏实。

您这一代习酒人和年轻一代的习酒人，有什么区别没有？

我们那时候是单个作业，现在应该是群体作业，因为我现在没有到车间里面去，不太了解。现在的话有些年轻人喜欢偷懒，人多了就容易偷懒嘛。现在有些大学生到这儿来，会觉得特别累。不管是以前还是现在，人多了就会有一两个要偷懒，这需要自己注意一些，需要改善。我除了当兵，以及在外打工那几年，其余时间都在习酒厂。习酒变化也挺大，自从张德芹老总来了以后，发展确实很快，陈老板（陈星国）如果有这个条件，习酒的发展会快几年。

对于陈老板走那条路，您怎么看？

他不得不走，这个事情比较复杂。

比如在我曾祖父那个时候，因为卖鸦片，家里很富，但是后面到我爷爷那一代，就亏钱了。

那您知道亏钱的原因吗？

不知道。可能是没得那些福气哦！

您是在河边长大的？遇到涨水的时候怕么？

嗯嗯，肯定啊。

现在下河钓鱼吗？

没有。小时候会去钓。

现在都老了，一晃就是几十年了。

46 浓香酱香*

从阳雀岩观景台到二郎滩有一座桥，二郎滩跟阳雀岩观景台存在许多的关系，当年酱香型白酒进入四川，浓香型白酒进入贵州，这是一座通商之桥，也是对贵州和四川之间旅游最大的互利互惠的桥梁，多年以来这座桥——二郎滩大桥起到的作用很大。川南、黔北之路，也是酱香型白酒与浓香型白酒的较量之路，也是酱香型白酒与浓香型白酒的鼻祖之路，同时这也是横跨赤水河的第一座大桥，也是酱香型白酒与浓香型白酒之间的纽带，是“友谊之桥”。这是个人的见解。

还有旅游，整个川南、黔北的旅游，都来赞美我们的“美酒河”，从“神采飞扬中国郎”到“君子之品”。“美酒河”流过的，都是酱香、浓香型白酒的香味。“神采飞扬”是郎酒的宣传语。

您反复提到的浓香型白酒，是指泸州老窖？

郎酒不是以浓香型白酒发家的吗？

郎酒主要生产酱香型白酒。

哦，我搞错了，赤水河的水生产浓香型白酒和酱香型白酒。

习酒厂是最早能同时规模化生产酱香型白酒和浓香型白酒的大型酒厂。

挺好的。

---

* 受访人：赤水河流域习水籍商业人士。

您刚才说这座桥是“友谊之桥”。

嗯，从阳雀岩观景台到二郎滩的那座桥。相互相望那么多年，能够得到国家政策的支持，使两地联系起来，对川南、黔北经济的快速发展有极大的帮助。

阳雀岩观景台与二郎滩相望，你得在川南找个地方。

天宝洞。我去过这个地方。阳雀岩边—天宝洞口，对望千年。你去天宝洞没？

去过。

习酒、郎酒，两大酱香型白酒，后来习酒荣膺第十八届全国质量奖，而且上市了高端酒，君品习酒超越青花郎。这些我在微信朋友圈看过。

您看习酒的宣传、品牌、定位，你觉得哪些地方可以更好？

我怕是不敢品论的。

作为一个普通消费者，对习酒有什么希望和寄托？

首先从生产、酿造的背景来看，我们的习酒是无污染的产品，从投料到出品都是原生态的，以后要往青山绿水方向靠，也要往鳛国方向靠，往習将军方向靠，让大家追捧，作为饮品、接待品好酒，往茅台方向靠。我觉得怎么去靠近茅台是一个营销体系和策划的问题，不能太低调，也不能冒昧，作为習将军的故乡，鳛国故里等故事的挖掘都是不够的，还有習姓、習姓源流地的研究，红军曾经用当地的酒来消毒、疗伤等历史。赤水河是一片原生态土地，一个无污染的鱼类基因库。

那您以后会搞一些酱香型白酒的收藏投资么？

目前不具备这种条件。

以后呢？

也不会吧，这种饮品会随着时间的流逝消失，目前不具备这种条件，作为饮品，会被喝掉，消耗掉。我收藏的最珍贵的酒是習将军品牌的罐装酒，还是一个特许品牌，当时价格接近 2 万元，但是现在没有了，这是我收藏的最有价值的酒，最稀有的，名字好像叫“习酒酒神”。

习将军品牌的经销商老总您熟悉吗？

完全不熟悉。

他以前是习酒厂的一位老总。

现在回习水，喝得更多的是习酒，一般情况都是两个人喝一瓶酒，但是四个人喝酒反而要醉。

您什么时候开始喝酒？

7岁，那时候表哥跟我喝酒，喝了那种大碗装的半碗酒，开玩笑。真正开始喝是高中，大学酒量更好。

怎么会有收藏习酒的爱好？

我是习酒饮品的追捧者。

怎么说？

像云南的大重九香烟，寓意就是我们好交流，如果是在摆烟的时候相互递烟，大家都懂这个意思。

酒有很多？

你在不断地发掘我的思想啊。选择一种酒是一种情怀，在“美酒河”有很多酱香型白酒品牌，新时代创造我们的新高度，“习文化”也是一种文化，是值得我们纪念的。

您往这条路走，是怎么想的？

这一直是我的情怀。中国的新时代，习酒的酒文化，都是值得讨论的。

饮酒人多喜欢收藏。

有好酒都要收藏一下。对于酒的收藏，年份、品种的展示，在朋友圈里面都是荣耀和乐趣，但是跟习酒厂的员工相比，这种感觉肯定会少很多，他们手上的酒多。

47 自由自在*

在习酒镇黄金坪开个旅馆，纯粹是意料之外的事情。

之前把店铺租出去给人做餐饮，被他们弄得太脏了，我就收回来，改装成宾馆，没有想到，生意还不错。新的习酒宾馆修好，习酒大楼搬迁，郎酒的宾馆今年年底或者明年年初开始使用，这附近的旅馆生意就有点难做了。来到这边的人，绝大部分都是与习酒公司有业务往来的，这些人可能有 70% 都对习酒公司有业务需求。经销商不在习酒宾馆接待，经销商的接待一般在土城或者习水，但是一来就 50—60 个，习酒的经销商太多，习酒宾馆接待不下。等以后新的习酒宾馆修建好了，习酒客人应该都会拉过去。这些经销商，有卖酒、卖粮食的，他们住在这儿是比较方便的，比较近，而且可能连续住几天。像现在习酒公司在修厂房，工人住公房，但是技术人员、领导，只能在这儿住，习酒宾馆接待不了那么多人。比如中建四局（习酒建筑施工合作方）等人员，住在习酒宾馆比较麻烦，所以更愿意住在这儿。

我的房子是 2001 年修建，2002 年搬入的。

您这房子大，修建时花费不少？

2001 年那时候能花费多少钱？那时候工人 20 元一天，工程我们是包出去了的，他们包出去给工人 18 元一天。包括修好后，装修一套来住，总

---

* 受访人：习酒厂区宾馆、超市经营商业人士。

共花费 30 万元左右。自己当时应该有 20 多万元，然后又借了一些钱。

那时候我开了一家超市，就是做这个发家的，最开始就是在职工医院附近卖一些副食品，1995—2001 年，手里多多少少有一些积累。那时候是白手起家的，店铺也不是我的，父亲给了一些钱就开了超市。在习酒厂上班的时候，因为计划生育超生被酒厂开除。后来开始跑货车，因为不会经营，亏损了，为了止损，就把车子卖了。还好剩下一点钱，但是不知道干吗。后来试着去买点东西卖，当时还有一个令人深刻的印象，去泸州拿货的时候，买的是大支冷酸灵牙膏，开的是大支订单的价格，但是发的货是小支的冷酸灵牙膏。虽然是小支冷酸灵牙膏，但是我卖的是大支冷酸灵的价格。因为这个事我还被本队的人笑话、埋怨，他们说是为了照顾我生意才到我这里买东西，我却这样对他们，低价货卖高价钱。也难怪别人埋怨，自己对这一行都搞不清楚，对产品也不了解，误打误撞就去做了。

习酒厂红火的那几年，外边的人都来这儿做生意，比如合江、泸州等地方的人，本地人还没有做生意的。那个年代，就是一个纸箱子，随便装一些东西，都能够卖出去，而且差价很大。进入零售、批发这个行业也是因为运气，那时候行情还行，改革开放给我们带来一些便利，习酒镇有通往习水县的马路，但是那时候没有到遵义市的马路，而且也没有茅习路，哪像今天的高速公路，现今的江习古高速公路通车了，赤水河大桥也修好了，这个地方是越来越方便了。以前从遵义到习水，开车都需要一天，而且路不好，如果遇到堵车，就需要更久的时间。来回遵义的时候，有时货车里还要挤一两个顺路的朋友。每次上货，都要请搬运工，弄不好的话，还会和工人打上一架。那时候货物奇缺，我们有什么货物，别人就买什么，顾客都没得选择，根本就没得超市这种概念，而且我们把副食店做成了批发市场，很多人都在我们这儿拿货，回龙、沙滩、临江，对面四川的太平、复陶等地方的商店都是这么做的。

最近几年的生意就难做了，而且我们已经做这个生意几十年，都没得机会改头换面了。就算要换，也不知道该干什么。最主要的原因还是受到电商的影响，因为电商行业门槛低，竞争多。其实在电商之前，这个行业就已经出现问题，现在交通的发展，农村人口老年化严重，以及年轻人思想观念的转变，农村人都往城市搬迁，所以此地的商品需求减少。人们出行的时候不一定能带齐所有需要的东西，这能促进当地的消费。而且那时候我们在习水进啤酒，喝完后，还要把酒瓶拿回去，跟现在比差距就大了。电商最主要的影响是摧毁这个行业，但是不能全面摧毁。对于某些生活的急需品、生活必需品还是在实体店购买比较方便。有些产品是可以抛开价格讨论的，是电商不能代替的。比如现在一栋房子有几十户，相当于农村的一个队，在这样的地方开一个便利店是可以的。中国人口基数大，所以这个行业是不能被电商剿灭的。而且现在人们的就业压力大，每年的高校毕业生，以及高考落榜的都有几百万人，另外还存在没有参加高考的，以及初中学历及以下的学生等，这些人的就业问题怎么解决？现在国务院都开始支持夜经济，我的理解就是为了支持就业问题，拉动需求，刺激经济的发展。随着中美贸易的影响，可以看出贸易战对中国经济的影响很大，对中国进出口经济的影响，现在的物价都呈现通货膨胀的形式了，而且还会多次进行谈判。

习酒发展迅猛，是一个“可怕”的正能量。成功也不是偶然的，第一，茅台对习酒的发展，有一定的作用，酱香型白酒市场在快速增长；第二，我对习酒的发展速度感到可怕，太快了，五粮液、泸州老窖等都在增长，但是增长没有习酒快，而且五粮液存在把子公司的收入计入总公司。习酒的快速发展也表现在各个市场的增加、出现，洋河是正增长，但是泸州老窖等严格地说是负增长，市场的抢占，彼增此减，一个公司销量的增加会打压一些小的酒厂，这些都是社会的趋势。

大家对习酒的评价怎么样？

我不喝酒，但是大家对习酒的口碑是肯定的，因为“披着”茅台品牌的不仅有习酒公司，还有汉酱酒、茅台王子酒、茅台醇、贵州醇、茅台迎宾酒等，但是只有习酒公司有这么红火，证明习酒的质量、根基、品质都值得肯定。

一个企业会为自己的品质买单的。

接触郎酒没？

我对郎酒还是有一些了解的。我是郎酒的经销商，干了好几年，但是现在没有做。习酒在习水在这个地方太强势了，郎酒不好进入市场，没有容身之地。

强势？

地方“保护政策”。习酒的发展壮大，真正的解决了地方的财政收入问题，影响几万人的收入，习酒公司有几千个员工都是习水人，都与习酒有关系，所以不好销售，而且习酒的质量不可置疑，因为这个是我们习水人自己享受。

在贵州习水县城卖郎酒，和在四川古蔺县城卖习酒，情况是一样的吗？

有点不一样。目前习酒在古蔺比郎酒在习水的销售压力要小一些，因为他们有中低端市场的习酒可以销售，郎酒的价格稍微高一些，放弃了一些低端市场，如果郎酒与习酒的价格一样，那么习酒在古蔺的压力就比较大了。但是在习水，就只有习酒一个品牌，就只有一个企业，所以人们都支持保护习酒，是民心所得。但是品质不行的话，也会被淘汰。20 世纪 90 年代初，2000 年以前，在习水喝郎酒的人特别多，那时候郎酒品质好，物美价廉。只要品质做到极致，消费者就会选择。

郎酒市场是怎么发生变化的？

郎酒主动放弃低端市场，进入中高端市场。一句话，200 元以下的酒不生产。

您怎么看？

从长远来看，战略是对的。个人观点，白酒经历这次疯狂调整，可能进入灭顶之灾，而且时间不会来得太迟。一是白酒的消费群体主要集中在岁数比较大的“50 后”至“80 后”，“90 后”基本上不喝酒，除了商务需求。这个是不争的事实。二是我看到过官方数据，白酒每年的销量在小梯度的不断下降。三是白酒消费群体的缺失。四是从 1970 年以后由于计划生育的影响，中国的人口可以说呈现出断崖式下滑，就后面这两个因素来说对白酒市场的影响也是巨大的。五是以后白酒应该是“面子货”，新的消费群体还没有出来。不是说茅台好喝，比起其他酒，茅台名气已经很大了，不能一直在低端市场发展，所以习酒会出 1399 元的高端君品习酒。说实在话，这样做 10 年之内可能都不会出现好的业绩，但是如果不走出这一步，以后在酒类高端市场都挂不上号。放弃低端市场就是撬开高端市场的第一步，这只是出于战略的考虑。虽然如此，商业社会吗，商品和信息都极大饱和，风险和机遇总是存在。事业的发展，个人也好，企业也好，看水平，看眼光，看机会，等一切都稳妥了，哪里还有你进场的机会。

对于郎酒的广告您怎么看？

郎酒肯定借助茅台的名气了，但是为什么茅台集团不讨伐郎酒，只有茅台镇的其他小酒厂之间才有争议？因为从行业的角度讲，所有生产酱香型白酒的大型酒厂都想把白酒行业做大，大家都想把酱香型白酒这个市场做大，因为酱香型白酒市场在全国占市场份额较小。

习酒企业文化如何做好品牌宣传？

这个我不太了解，也不好探讨。我不在习酒公司，如何做好这个，应该由专业的人去考虑。我们肯定希望习酒越来越好。

您目前想做什么？

赡养父母，抚养子女，目前子女都大了。自己养老的话，依靠这店，也能生存。如果说其他的，目前做哪个行业都困难，都赚不到什么钱，现在没有新鲜的事物让我去做，也没有什么事情想去做了，自由自在就行了。想什么事都不管，去四处游玩。

48　挖煤下井*

您大学毕业后，怎么想到回习水发展？

在外面也不好发展，加上家里面老人的思想，因为就我一个，想让我陪在他们身边。

独生子女在外面的也很多。

我读书的时候也没有什么主见，家里让回来就回来了。毕业时，找姐姐一个在茅台公司工作的同事，帮助安排我去习酒做销售，事情都办成了，让我先去山东。后面家里，还是让我别去了。当时领导让我先去山东，那时候习酒在山东和贵州的销售是比较好的，前一天领导给我打电话让我收拾东西去贵阳找他，想了一晚上，最后我没有去。

这个事情，您遗憾吗？

现在想着还是有点。但我是 2009 年毕业的，2011 年在这边考了安监局的煤矿安检员，家里也让在这边上班。

在这个岗位上工作了多长时间呢？

三年多。

后面怎么又换岗位了？

当时考的煤矿安检员是合同工，后来重新考上事业编老师。

当老师是父母的想法，还是您的想法。

---

* 受访人：赤水河流域习水县教育从业人士。

那时候想的是考上了再说。

考上后是自己选，还是统一分配？

自己选，但都是在乡镇。

为什么会选择在同民镇这个地方？

只有那里是离家近一些的地方了。

那里很热。

和习酒镇差不多。

去的时候适应吗？

有一点不适应。

后悔吗？

有一点，后面慢慢地调整适应就习惯了，去了肯定要认真干，不然对不起学生。

去那里的时候成家了吗？

成家了，2012 年成家的，毕业后 3 年就成家了。

有没有去其他地方学习或进修呢？

基本上没有。

您到同民的第一印象是什么？

那地方太落后了。

去的时候，有没有考虑什么时候回县城？

没有。

在安监局工作要注意什么问题？

在安监局这边上班要承担安全方面的风险，有时候晚上出现问题还会下井去看。

下井有没有印象深刻的事情？

第一次下去很害怕，200 多米深的井，伸手不见五指，突然听到机械声，感觉要塌了似的。遇到条件不好的地方，要走上几个小时。

挖好的煤是他们背出来的吗？

煤是通过传送带运出来的。人可以坐机车，但是只能坐一小段，其他地方全是走，有时候那种陡坡不能站人只能爬着走。

单边最远走多少小时？

2 个多小时，来回需要 4—5 个小时。

吃东西怎么办？

早上吃过饭后，中午再出来吃。工人是早上进去，中午送馒头进去，晚饭再出来吃。

馒头是用传送带送，还是人送？

人送。传送带只能送煤，只出不进。在那种挖煤的地方用炸药把煤层炸开，煤从溜槽里出来放在煤仓库里，然后用传送带送出来。

溜槽是机械操作还是人工操作。

人工操作，就是一块铁皮，将煤放上去滑下来。

工人挖掘的时候，使用钉锤敲吗？

最开始的时候是用炸药炸，后面是机械挖掘，那是很危险的事情，要躲在安全的地方，等瓦斯气体散发后才进去。

瓦斯是通过什么散发？

通过送风系统散发。有 2 个井口，一个是主井口，山顶上还有个抽风口，风循环地从主井口进去，从抽风口出来。

里面有那种小型送风的装置，相当于 U 形。

矿带是在 U 形底吗？

在山坡上，采煤之前要先解决通风的问题。

怎么操作？

那是单独的一条道，工人拿着风机进去，遇到障碍会出来，解决了通风问题后才开始采煤，那些工人扛着 300 斤的液压柱上去，我都很心疼他们，几十度的陡坡，有时候要扛 800 米。

他们的薪资待遇？

最少的都有 1 万多元一个月，每天 8 小时，三班倒，里面不存在白天黑夜，什么都看不到。里面很多人都得了尘肺病，但是没有办法，必须要挣钱。我下去检查的时候眼睛都是黑的，更别说工人了，鼻子和眼镜上都是煤灰，眼镜上的煤灰洗都洗不干净。

工人都来自哪里？

煤场附近的居多。

他们一般在里面工作多少年？

一般 40 多岁就不做了，里面都是重体力活，所以煤矿里都是男性，没有女性。

您总共下过多少次井？

每个月要求下 15 次，偷懒的话也要下 10 次左右，以前进去的时候管理没有那么严，现在有时候半夜都要下去，下去上来了还要开会。

你们是去检查什么呢？

主要是安全，看有没有违章和违规。

违章违规有哪些表现？

太多了，比如看有没有偷采和安全隐患。每个采面都要报给县里监管。只在井上面，是不知道地下开采到哪儿了的，而且偷采的面，很多煤老板不会按照国家的相关制度来建立开采手续，因为要保证利润，但是这样很容易出现安全事故，会死很多人。

偷采是怎么定位的？

通过看。煤从哪里运出来，是有痕迹的。

巷道可以定位到采面？

对。

这种情况多吗？

有。我们以前都遇到过，在里面偷采，采出来就是纯利润。县里都是一周或者一个月来一次。

这种情况发现后，罚款重吗？

不好给您说，只要不出安全事故就还好。那边风险太大了，我去的第一个月就死了一个人，那时候我从遵义考试回来，公司就打电话给我说煤厂死人了。

当时您怕吗？

不太怕，当时有人和我一起去的，在那里弄了几天。

当时看到一个生命消逝有什么感慨吗？

觉得有点可怕，好端端的一个人进去就没有了。

对您现在的心态有影响吗？

有一点。

在教师行业，有过像您一样经历的人不多，下到井里面每天身体都是黑的，有时候还会遇到塌方。

很多说不清的东西，现在要求比以前严格。还有一次在良村，半夜煤厂矿长打电话让我去，我就知道又出事了，当时的情况是上面掉了一块石头，工人当场就死了，我把衣服换好后进去，随时都有可能死在里边。

这帮工人的心理压力是很大的。

是。

和他们聊过吗？

聊得少。他们上完班出来，换好衣服就回家了。

这几年煤矿的发展怎么样呢？

不行。2012 年煤炭行业就不景气了，国家在整治，市场需求又小，煤太便宜了，煤厂也没有资金的投入，最后将自己拖死了。

习水以前最富的是煤老板，经过 2012 年之后，现在恢复过来了吗？

没有，多是负债累累。

这个对您的影响大不？

我们还没进安监局的时候，听说是 3000 多元一个月，而且还有补助。后面进去的时候只有 1500 多元一个月，这点工资完全不够生活，我们走的时候涨到了 3000 多元一个月。

那您做了老师是不是要好一点？

刚开始也就 2000 多元一个月，现在有 4000 多元一个月，加上住房公积金一个月 5000 元还不到。要是在习酒公司，收入就要好很多了。班组长都有 1 万多元一个月。2012 年的时候，习酒公司辞职的也很多。

之前读书没有想过干这个事情？

没有想过。

同学里面有从事煤矿工作的吗?

没有。

同时进安监局的同事还有在里面的吗?

都还在，有几个考上编制了。

您觉得这两个职业相比较怎么样?

从自身安全的角度来讲我们风险要小一点，他们随时都是紧绷着的。我之前有 2 个同事在煤厂出了事，检察院调查了一个多月，其实也不关他们的事，最终不了了之了。

您从事教育多少年了?

今年满五年了，马上第六年。

有什么感慨呢?

上课很累，学生的父母在外打工，留下来的都是留守儿童，叫他们自己学是不可能的，家人丢下一句话让老师管，家人管不住。

您是班主任吗?

是。

课程多吗?

一般，就是其他的事情太多了，本身离家远，也不是很方便。

一般小学的语文老师会有些什么工作呢?

普通老师在我们学校每周 17 节课，还要整资料，其他事情可以不管。

您们学校现在有多少位老师?

11 位，有 6 个班，老师数量不够，而且老师还要做资料、管图书、做表格。

不出意外，教学工作还是会继续吗?

应该是。

还会考虑考其他地方吗?

不会了，都已经这个年纪了。

还有机会考县里其他岗位?

应该有，应该只能考选调之类的岗位了。

可以从教育转行政这边吗？

很难，必须要有关系。

对未来的规划？

现在最想的是回县城去，因为孩子还小，需要人照顾，我妈虽然退休了，但也管不了，我爸还要上班，各方面他们已经跟不上了。看看学校，或者教育局的部门能不能进去。

想从事行政工作吗？

能的话最好。

您喜不喜欢？

嗯。

习酒那边修了一座大桥，您知道吗？

知道。

上去看过没？

没上去过，在下面看过。

有什么感受？

现在科技发达了，交通修得很便利，以前去古蔺要绕好远，那时候去古蔺得1小时20分钟，这条路修好后就更近了，从古蔺回习水，赤水河大桥通车了，就更方便了。

最早接触习酒是哪一年？

2011年。

最早知道习酒是在什么时候？

从小就知道了。应该是读小学，7岁的时候，我常去我三爸家玩，去酒厂玩，看二郎滩对面的观音庙。看到下面修路，塌方了，滚石头下来，印象特别深刻。小时候喜欢玩，酒厂有芭蕉可以摘，那还是20世纪90年代的时候。

最近一次去习酒厂是什么时候？

很久了，后来都没有去习酒厂玩了。

参观过习酒的车间吗？

没有，有机会想去看看。我知道他们在车间太累了，以前有机会我没有去。之前我有 2 个玩得好的朋友在车间里边上班，他们手上的茧起了一层又一层，后面考到其他单位去了，一个考上了政府办，另一个考上了综合执法局。

干哪一行都很辛苦。

我玩得好的朋友，现在还有在车间的，他们早上 4 点就要起床。

对于习酒有什么看法？

这个还没想过，因为我平时接触习酒比较少。

知道“习酒 123 干”吗？

知道。

喝过没？

没有，因为我不怎么喝酒。

怎么给别人讲习酒的事呢？

基本上没有讲过，大家都知道。

最早喝习酒是什么时候呢？

不记得，记不住。因为我读大学前是很少喝酒的，读大学时喝的也不是习酒。

最近一次喝习酒是什么时候？

没有喝过习酒。

父母喝酒不？

他们不喝酒，我也没喝。和朋友聚会，他们喝酒，我都不喝。

喝了怕醉，还是难受呢？

难受，基本上没有沾酒了。

那您怎么给朋友讲习酒呢？

来了就招待他们喝。

49 贵州温州*

我是标准的"习二代"，父母都在习酒厂。

今年运气不错，考上了温州大学的硕士研究生，这次是考研"二战"考上的。我对温州的情况不了解，但是舅舅说温州商人聪明。过去生活学习，也没有什么担心的。我从小在酒厂长大，小学、初中分别在习酒镇小学、习酒镇初中上的，在习水一中上的高中。我小时候在酒厂读的幼儿园。我是比较典型的习酒人，一是父母都在习酒厂上班，二是我在习酒厂长大，三是我父母也是本地方的人。

您外出的时候，怎么介绍习水或者习酒？

一般都说我们那儿的特产就是酒，而且有很多有名的酒。至于酒文化、酒城这些，我还没系统想过怎么介绍。

您是习酒人，您的同学们都问您一些什么问题？

他们好像都没问过。

您主动介绍过习酒吗？

都是很简单的介绍。

您简单的介绍，希望他们记住什么内容？

可以来习酒厂耍。

今天您向前走了一大步——读硕士，如果让您重新介绍自己的家乡的

---

* 受访人：赤水河流域习水籍硕士研究生，习酒镇人，女。

成果，您会怎么介绍？

我得想想，您这个问题是有点好。

对酒厂印象深刻的事情有哪些？

之前酒厂的车间规模小，现在规模扩大了。身边越来越多的人进酒厂了，酒厂给员工发的福利越来越好，会举行各种活动。我妈就参加了酒厂组织的合唱比赛，没有得名次。好像是说签抽得不太好，也存在一些失误。很遗憾我没有看到，时间太紧凑，没机会。比赛完后妈妈有点失落，预计可以进决赛的，但是预赛都没进。现在回家，她每天还要放一些他们合唱的歌来听。

这几年老家修了高速公路，习水变化大一些，酒厂也修了几条。酒厂规模变大，习水的县城变化也大，有时候都不知道怎么走。我小时候从酒厂去外面，都是坐客车班车，读大学的时候，是爸妈送我去的，第一次是坐客车，以后就是坐飞机、高铁，差不多都是从贵阳坐飞机。新修的赤水河大桥我没上去看过，只是在河边的沙坝上看过。我在家的时候一般会陪外公去走路，在河边的旅游公路上走，这条路车少，凉快。我常年在外读书，对家乡的某些地方还不够了解。我爸妈和我谈论工作上的事情不多，但是也有，一般都是出酒多不多之类的。我爸在车间里制酒，还管理窖池。我爸上班的地方我去看过，但是是小的时候，现在没去过。

有什么印象？

有啊，窖坑很多，一个挨着一个，也很大，我喜欢在凉堂上踢糟子。甑子也很大。小时候觉得生产的工具都很大。我妈妈的工作以前在制曲车间，我去看过，那时候在向阳生产区。

什么印象？

热。都是曲药和草，灰尘太大。

妈妈平时也很少和我聊她的工作。有时候会请同事来家里打麻将，也会经常和她们聚在一起做别的。

您读完书会回来工作吗？

我暂时没有考虑这个问题，我的专业还没有确定，先确定方向，工作的第二选择才是酒厂。

对于习酒，您有什么期待?

希望就按照现在的发展势头走，习酒变得更强，成为世界上的知名品牌，成为行业的领导者。

这对于您有什么意义?

这是我的家乡啊！走出去都会有光（面子）的。

您对父母的期待是什么?

父亲做了很多年，也得了一些优秀奖品。习酒公司是爸妈全部收入的全部来源，非常感谢习酒公司。

您说您父亲本来有机会去更好的岗位（被提拔），但是他不去，您是怎么认为的?

我觉得还行吧，他现在的工作自由，他也没觉得枯燥，而且年龄大了，工作稳定也是很好的。

这次读书谁送您去?

我妈妈送我去。其实我已经这么大了，可以自己去。

您去读书，家里安排了一大家亲戚朋友都在一起吃饭，算是给您送行吗?

算是吧，那天也是我爸爸的生日。

他们对您说些什么没有?

就祝贺我，让我好好读书，现在读硕士，以后成为院士之类的话。

现在读书，您怎么想的?

好好地学习，不让自己后悔。

以前是为了考试，现在是为了更好地提升自己的能力。

50 船儿出发*

我的大学录取通知书已经到了。

今天带在身边没？

没有。

考上大学是人生中一件重要的事情。

大学还是挺锻炼人的。我在土城读到三年级，后来转到了习水。

为什么转校？

因为家里人来习水做生意。

小时候对土城有什么记忆？

就一个“古”字，现在虽然带动了当地的经济和就业，但是过度开发了，没有以前的味道。以前一到夏天，大家都会下河，生活得更随意和简单，现在商业化了，没有那种味道。以前天气热，每天都有人去游泳，河流离我们很亲近，开发后河流离我们远了，因为现在禁止下河游泳了。修土城的时候，在河道里挖了很多沙后，河道挖深了，就没有以前那么安全了。

我在土城也没有待多久，只有那条河流给我的记忆比较深。刚来习水的时候，交通没有那么方便，那时候没有高速公路。从土城过来要 1 个小时，现在很多土城人都在习水买房了，因为交通便利，大家更愿意来习水

---

* 受访人：赤水河流域习水籍在读大学生，女。

安居。来习水后一直读到了高中。初中在习水区中，高中在绿洲中学，高三是在习水五中复读的。我参加的是艺考，那时候，我在绿洲中学校广播站，对这方面有点喜欢。高一的时候校广播站招人，刚开始我只是想试一下，后来就进去了，进去之后发现学长学姐有人走这方面，觉得很好奇，就想考播音主持，当时在学校接触得也多。

第一年没有考上，怎么想？

想的是，别人都能考上，为什么我不能考上呢。

原因呢？

自己没有努力，有点贪玩了，周围学艺术的人很多，有些人半年都没来上课，但是考上了，自己心里很不甘心。该学的时候我还是学。我从小学习不是很好，基础不牢靠，高三的时候想努力，但是和人家比还是落后很多。

那这一年中这个问题得到修正了吗？

这一年更明白自己想要的是什么，就是为了考上大学，我是复读生，只想把现在的事情做好，对于我最重要的是好好学习，弥补上一年的遗憾。

为什么一定要考上大学呢？

像我们这样的家庭只能靠自己。

您现在的生活不好吗？

因为还年轻，更应该去想其他的可能，而不是拘泥于现在。

5 年后您想象的世界是什么样子？

还没有想这些。

您想要改变什么样的命运？

自己将自己做好，有更多选择性。大家都说知识改变命运，确实是这样的，如果家庭不好的更是。

如果今年没考上，您怎么安排您下一年的生活？

这没有想过，因为这么想能做什么？虽然也可以做，但是每人做的不一样。

在我们身边，很多人高中毕业后就去工作了。一定要读大学，这是您自己的领悟，还是家里人的引导？

有自己的领悟，也有家里人的引导，大了会自己去思考，也会受身边接触的人的影响。

身边谁是影响您形成这样认识的人？

我幺叔高考那年爷爷去世了，家里人不同意他上大学，如果幺叔当时不坚持上大学，就在老家，他那个圈子不可能过成现在这个样子。

这件事您父母怎么看？

他们也觉得女孩应该自立一点，还有，身边的人都想我读大学，今年习水文科状元就是我们寝室的，我寝室另外一个女生考了 615 分。跟我玩得很好的一个同学在上海读大学，他跟我说大学很好，虽然他读的大学不是很好。身边的人让我觉得自己应该努力，身边的人也会给我动力，现在好好学习也是很重要的，要想进步，只能不断地丰富自己。

您选的专业是学前教育，和您之前的想法有区别吗？

我还是比较满意教师这个职业的，我也愿意去做。外公跟我说幼教是责任很大的一件事情，父母将孩子托付给老师，老师需要有更多的耐心，更应该将事情做好。在我的成长过程中，外公对我的教导很重要，每年过年外公都会给我们上思想教育课。

外公之前是做什么的？

之前在信用社上班，一边开小店一边上班，养我妈她们七姊妹，不能说大富大贵，但是把家里照顾得很好。

对大学有什么期待？

不断地充实自己吧，现阶段我认为自己很缺乏读书的习惯，在大学要多看书。

想看些什么样的书？

都在看，如说话、访谈类等，我看得比较杂，网上推荐了很多书单。

这两天有在看书吗？

有，在看谈话技巧一类的书，现在很多书讲的都是一些与人交谈之类的内容。但是看书看过后会忘记，当处在一个与书中描述相似的场景的时候还是会想到其中的内容。生活是一个不断受教育和不断遗忘的过程。

大学毕业后准备从事幼教行业还是会转行？

也不一定，我觉得现在的思想以后可能会改变。前两天宿舍讨论进大学要不要参加社团，参加学生会？室友都不想参加，她们学生会的处事方式不太喜欢，想体验不同的大学生活。

您对赤水河还有些什么印象？

船。我外公经常从淋滩坐船到土城，那时候路很烂，车开不进去，后来才修了旅游公路。

您小时候来回坐了很多趟？

对，当时船还是蛮多的，有拉客的、拉煤的、渔船。一般是赶集的时候才坐船，早上 6 点就要去坐，中午才回来。

您是在外公家长大的？

是的。当时我外公那里不是第一站，到我外公那里大概是早上 6 点，我们会早一点去等船，8 点钟到土城，然后 12 点又回来。

一天有几趟？

一天没有几趟，赶场的时候有一趟，土城是农历三六九（凡是遇到三、六、九的日子）赶场，其他时间要看船夫自己的意愿。

您在这边是因为小时候受计划生育政策影响，躲在外公家，没有在父母身边长大，和外公去土城赶场会去父母家吗？

那时候会去，不过和他们没有什么感觉。

现在呢？

现在还好。幼时的经历会对自己有很大的影响，来外公这里的时候已经有自己的思想了。

在成长中很多东西不可替代，比如感情。

我对外公外婆的感情就很深。

从淋滩这个地方，有没有再沿河而上？

没有了。

您最早知道习酒是在什么时候？

高中。高中有来自习酒镇的同学。

习酒镇来的同学有什么特别之处？

口音特别。

喝过习酒没？

没有。我不喝白酒，会喝一点啤酒。

过年的时候也没有喝过吗？

没有。我很喜欢闻白酒的味道，特别是酒糟，我觉得很香。

您在哪儿闻得到酒糟味呢？

土城。土城老街有酿酒的，过去的时候可以闻到。

同学向您问习水、习酒、赤水河，您怎么介绍？

四渡赤水、土城就这些；我觉得习水没有什么特别的，可能因为我在这里的缘故，习酒是“君子之品，东方习酒”。

您到过习酒厂吗？

没有。希望有机会去看一下，还有旁边正在修的赤水河大桥。

四年后希望自己是一个什么样的人？

感觉有点远了。不过，之前见你和现在见你，我觉得，自己还是有了成长。

51 樱花梦*

您成绩这么好，是今年的习水文科状元，有什么经验？

上课认真，我上课没有睡过觉。

怎么做到这一点？

因为晚上睡得早，我每天最晚 12 点就睡了，早上 6 点起床，中午会睡半小时午觉，趴着睡觉我睡不着，只能躺着睡。

很多人都想认真学习，但是有些人做不到。

要坚持还是不容易。

您是什么时候明白这些的呢？

从小到大，妈妈就说养成良好的习惯比较好，虽然我也爱玩游戏。

妈妈的习惯比较好吗？

我妈妈喜欢看书，看见她看书我也喜欢上了看书。

这么多科目中，哪一科是你学得最好的？

最轻松的应该是英语，因为我接触得比较早，很早就去上了兴趣班，对英语兴趣比较浓。

您是几年级开始学英语的？

学校是三年级开班，但是我一二年级就开始接触了。让孩子先学拼音再学英语是最好的，但是可以适当接触一些英文的歌曲、看一下电影培养一点

---

* 受访人：习水县 2019 年高考文科状元，就读于武汉大学。

兴趣。父母对孩子的影响还是很大的。不光是家庭条件方面，还有父母的言行举止和思想都会影响孩子。

高中阶段有比较遗憾的事情吗？

有。高一的时候参加了文化周的演出，高二的时候没有参加，这是一个遗憾。当时还是想着以学习为重，如果再重来我会选择演出，因为时间上还是可以安排的。当时怕耽误学习，其实排练那点时间用来学习也学不到很多东西，斟酌付出和回报应该去参加一下，这样可以培养同学的感情，我认为做任何事情都不能单独的发展，只有抱团才是最好的选择。不过这个问题有点复杂。有时候也要鼓励人享受孤独，这样可以学会冷静思考，天天在群体之中，有可能成为乌合之众。

听说你高中的时候爸爸专门从贵阳调到这边来陪着你读书？

对。习水一中离县城还是有点远。

最早知道习酒是什么时候？

小学的时候。

因为什么知道的呢？

我爸爸喝习酒，他比较喜欢喝习酒 1988。

您尝过习酒吗？

尝过一次。

习酒厂最早是什么时候听说的？

上小学的时候有一个父母都在习酒厂工作的同学。

关于习酒和习酒厂有些什么印象？

我去过习酒厂一次，但那时候很小，只记得有很浓的酒香味。

身边有没有人跟您讲关于习酒的事情？

有，地理老师和政治老师也会讲，政治老师说习酒财政占据了习水很大一部分，地理老师说习酒以前是很大的一个厂，现在也很大，这几年大家接触得多可能也是因为宣传做得到位，还有在饭桌上喝习酒的人也很多，我感觉在我们这里饭桌上喝习酒的人比喝茅台的多。

为什么选择去武汉大学读中文专业？

因为我喜欢文学。有朋友建议我去读香港中文大学，我没有去。

武大有首《樱花梦》的歌曲很好听，听过没?

没有。

写诗吗?

偶尔也会写一点。高中的时候没有手机，学累了就动手写点，我感觉都有点拿不出手。

这是我之前写的一首诗。

遇见了你

混着稻香园的烟气
你扑扇着翅膀
飞进了我的心里

今天　我遇见了你
在公园的林荫里
拾一叶葱绿
小河静静地淌
你藏在小蘑菇里

今天我又遇见了你
藏在欢笑与眼泪里
我将你写进诗里
送入我的梦境
我知道　我终于遇见了你

今天　我遇见了你
漫无目的的焦虑
和着你铿锵有力的声音
我推开你的门
你却走进我心底

2018 年 11 月 28 日 于五模（模拟考试）后

关于习酒，有什么印象？

目前在进行扩建（四处是工地）。

对赤水河有些什么印象？

赤水河边有九香虫，还有就是以前有运煤的船，现在很少了。我妈妈就是土城的，小时候就在河边长大的。对赤水河的印象还有红色旅游胜地、酒文化。

怎么向人介绍酒文化？

目前只了解习酒，在遵义博物馆也有关于酒文化的介绍，但是写得不是很详细。

什么时候去上学？

明天。从茅台机场坐飞机过去。

今天早上是几点起床？

6 点多，起来收拾东西。

起来之后做什么呢？

平时会和爸爸去上山背泉水，他去贵阳了，我就自己去。今天早上没有去背水，在收拾去武汉要用的东西，还有就是打扫一下卫生，不能我走了，让我妈收拾。我在的时候，我妈会说我。

毕业后想在哪儿工作？

还没确定，我爸希望我在贵阳。

大概率会回贵州吗？

还不清楚，因为只有我一个，父母也不希望我走太远。这还得看以后的方向。

祝贺您！大学生活愉快！

感谢您今天请我吃饭，还品尝习酒。

今天我们的运气好，我没有想到在我上大学的头一天，还能来到习酒厂上边的山崖上看日落、看赤水河大桥、看习酒厂景观。来的时候一路阴云，赶到的时候，晚霞出来，真美。

52 清华大学*

穆：这两年我们习水的教育，应该说还是比较成功的，今年我娃儿走（考上）了清华（习水县理科状元）。

王：他们那个班，大学都走得好，北航都有 4 个。那天他们那个班主任刘老师还说："哇，我们班的娃儿有点奇葩，把全国好多娃儿都挤下来了。"你想一个班级就走 4 个北航，北航在贵州没有几个招生名额。今年那个班是习水有史以来，包括那天习水五中黄校长都说习水建校以来，他们这个班级是考得最好的。

你们是本地人吗？

穆：我们是温水的。从温水镇典足坝搬到这里来的，我们穆姓在桐梓有个穆家祠堂，远一点的有从河南那边迁过来的。我们穆姓在这一带比较多，近一点的就是桐梓这边的穆家祠堂（家族凑了几百万来修的）那一带，再近一点的就是温水这边的典足坝。丁山坝这边姓穆的还是比较多。

王：我们最早是湖北孝感乡那边搬过来的，老家还是在东溪下边，我现在在条台中学上班。条台中学是九年制学校，有幼儿园、小学、初中。本来之前我们寨坝是个镇，很早以前把泥坝分出去过后，就分为条台公社、两路公社，但是现在建镇过后，我们条台这儿就变成了一个村。我们寨坝这个地方，有人开发，但是它主要开发高速公路这一块，条台这一块

---

* 受访人：习水县 2019 年理科状元父（穆）母（王）。

他没开发，为什么不开发？因为丁山坝是一个粮田基地、农田保护区，它就不能开发，所以说只能搞农业。下面这个坝子就叫丁山坝吗，那下面那块坝确实很不错，种的粮食可以。在贵州山区很少有这种平坝子，尤其是在黔北，那边就绥阳那里有几块坝子，然后就是这边这块坝子。那个地方感觉还是很舒服的，那个地方适合居住，它不像别的地方让你觉得这是个山沟沟，丁山坝这个地方你走到那里的时候你感觉还可以，尤其是现在脱贫攻坚把路全部打通了，随便走到哪里都比较方便，它是适合居住的地方。

条台教育在习水非常有名气。

王：我们条台，说老实话出去很多人。这两年应该说都很不错，前年习水县的第一、二名，是我们条台出去的，一直在我们条台从小学读到初中出去的，去年的全县第三名，也是在我们条台从小学读到初中出去的。

这里的基础教育为什么会这么好？

王：它是一种文化嘛，我们这里靠近重庆，本身也有文化底蕴的。在 1987、1988 年那个时候我们这个地方的教育比较落后，但是我们这里离丁山很近，丁山藏英台那个时候兴办了一所学校，我们贵州这些娃儿家里比较穷，但是又特别想读书，特别是像我们这一代的人就想读书，但是要读书家里面没钱没得办法，于是就找一根棍子，有些家里会木工的做一张桌子拿着去，就可以在那里读书，像现在 50 岁左右的人，90% 甚至 95% 的人都是在藏英台读过书的。

您是说入学过的人，还是这个年龄基本上都是入学了的？

王：就是现在工作的这一部分人，包括现在寨坝中学的这些领导，很多都是在藏英台读书考出去的人，当时家里面特变穷，但是有这种意识想考出去，条台的教学那个时候还没达到现在的水平。当时想读书又读不起的，后来没得办法，家里面有些会木工的，就做一张桌子抬着去，当时那种房子也是很简陋的，那种木房子，你抬一根棒棒，就相当于你出根棒棒，出张桌子，你就可以在里面读书。当时有一位郭老师，一九八几年的时候在那边教书，现在 50 岁左右的人大多数是他教出来的，那会儿他很负责的，那个年代也算是一个名牌老师，他教出来很多人，只要是 50 岁左右、工作的、条台出去的人基本上都在他手里念过书。后面到 1989、1990 年的时候学生的英语普遍比较差，有个易老师很会教英语，来了过后，这个地方的教育慢慢地就兴起来了。

20 世纪 90 年代条台出去不少人，包括习水现在的 24 个乡镇，每一个乡镇都有人，习水的每一个县局都有条台的人，比如现在教育局的一位副局长就是丁山坝的，并且也在这里读过书，后来回这里工作，然后考公务员，现在是教育局的副局长。这真的是一种文化，对大家的一种影响。第一得益于这里靠近重庆，有好的学校、好的老师影响这帮人。第二得益于这里来了关键性的老师，加上这里出来的人也在这里教书，他们能体会到以前自己读书时候的那种艰辛，所以他们在这里教书很认真。

我哥哥在这里教书，我出来了，我的侄儿出来了，我的侄孙也出来了，一连串都出来了。都是通过读书这个渠道，然后就离开了原来农村的这种身份。我们那个队，都是一家一家出来的，像我们那个队有一户姓俞的人家，他们家有四个孩子，四个孩子都出来工作了，这个在农村是很了不起的事情。

我们那个队还有一户姓钟的人家，十个孩子，大的那几个已经老了，老五以后的孩子全都工作了。我们那个队几乎都是一家一家的全部工作了。我们那个年代的人出来找工作很难，有一个工作（铁饭碗）就很光荣了，俞家有个孩子是老干局的局长，现在好像退休了，他最先考上大学的，然后紧接着，我们那个队出来很多人。

穆：等于在这个地方，读书成风、学习成风，这种风气还是很不错的。

王：2003 年，当时有一个班级有 56 个人，现在出来工作的有 48 个，是我们学校一个老师教的。同学们有的在迪拜，有的在赤水，在迪拜那个最厉害、最有钱。

在我们爷爷那一辈的时候还没解放吗，他们背东西从东溪过来就要经过这里，这下面有一条石板路，很宽的一条路。现在已经没有石板路了，就从这条公路一直下去，有一道长岗，这道长岗就是原来那条路。

我们这边有条河，路上有很多背杵杵的洞洞，可想而知，以前有好多人背盐①。以前热闹得很，我小时候看见这些大洞洞还不懂，就去问外公。我记得那时候这里的人拿木材板子和木头棒棒去东溪卖，我小时候家里的主要经济来源就是卖木材。

小时候，你们吃菜，是咸还是淡？

王：我们家是这样，我是我们家最小的，我大哥今年 64 岁（已去世），我大哥大我 20 多岁，我爸爸是一个牛马太医（兽医），小时候我们家在农村来说是特别好的，我们家是村里第一个买电视的，在当时的农村来说，是很有钱的家庭了。

习酒那边，说的是“好过二郎滩，四面都是山；天天背盐巴，顿顿汤菜淡”，以前的人吃不起盐巴。

王：我小时候就记得我们家没有吃过苞谷饭，都是大白米饭。我爷爷在这一带是很出名的人，他去世的时候，人们摆的祭祀牌子从寨坝一直到重庆。爷爷去世后这里的农户遇到牲口生病就立一个爷爷的牌子，希望通过这种方式保佑他的牲口快好，很迷信，但是过一段时间牲口往往真的好了。还有给爷爷立像的，还有人去烧香。那时候一头猪对一家人来说很重要，就是一个家庭一年最主要的收入。所以说爷爷去世后，他的很多徒弟，大年初一就来我们家拜年，其实主要就是去给爷爷上坟。

您为什么考出去后，又回来工作？

王：那时候考到了遵义，中专，后面转行过来的。毕业后在泥坝工作一年，然后就回到了这个地方。我就觉得条台这个地方还可以，出去很多人才，虽然是个村。二〇〇几年的时候，我们这里考上了一个浙大的学生。我的孩子也是在这里读的书，在这里读幼儿班，小学是我教的（五六

① 贵州背盐有四条路，其中有一条就是这里的綦岸，在綦江把盐转下来后背到桐梓，习水那边是在赤水河转，土城那里是沿着赤水河运到二郎滩，起岸，然后背到茅台和习酒的中间地带。另外一条就是乌江那边的线路，中华人民共和国成立后贵州修了公路，有了汽车，改成汽运后，才没有背盐。

年级)，读完初中才去习水五中读的高中。

目前条台这里有多少学生？

王：中小学加起来有 567 位。

教师呢？

王：28 位。

您家孩子这次的考试成绩对您来说是意料之中？

王：我孩子是一个比较憨厚老实的人，这个成绩不是太好，平时不止考这点分。理综不是很理想，因为今年改卷方式不一样，包括老师和校长都这样说。

如果他再考好点有什么选择？

穆：没有什么选择，因为学校和专业是符合他的选择的。

你们家长和孩子之间在教育上是怎么达成共识的？

穆：我和孩子妈妈在管教上从来都是一致的，不会像别的家庭一样一个教育一个护着。即使是家长错了，也要坚持和他妈妈一致，事后再对孩子进行心理疏导，必须先让孩子听话。以前读书，他不听他妈妈的话，我扎实打过一顿。

现在已经考上理想的学校了，是什么专业？

穆：专业是机械航空与动力，方向是精密仪器（调剂的)。

您送他去报名是什么感觉？

穆：我之前去过一次，清华自主招生考试的时候。

自主招生考试是推荐过去的吗？

穆：是推荐的，在自身条件满足的情况下学校推荐去考，需要清华北大的专家审核推荐资料过后才能考试。奥赛竞赛的时候有一个省一等奖，三个省二等奖，四科竞赛都得了奖。

送他去读书，这么远，当时分开的时候心里是什么想法？

穆：有点舍不得，毕竟这么远。孩子也有点舍不得。包括现在他和他妈妈都是微信视频，都是不打电话的，还是有点思乡。

对他未来的发展有什么样的期待呢？

穆：我很放心，从小学到高中只要他想干的事情他就能干、晓得去干。这个性格像我。我在帮人的时候就会说明我能帮就帮，不能帮就帮不了。他在学习上承诺后，就一定干得到。

有没有去过习酒厂？

穆：去过。

您最早听说习酒厂是什么时候？

穆：读初中小学那会儿就知道习酒了，因为那会儿习酒很出名的，那个时候习酒厂还叫红卫酒厂。我们这边也有人在那边上班。习酒和我们有关系。真正的习国文化还是在丁山坝河那里，因为考古专家来过很多次，后坝有个皇城，苍头坝有很多古老的坟。

这里是习水河的源头嘛，在这里，我们这里有个习源村。

53　菁菁校园*

习酒厂职工子弟学校在20世纪八九十年代，即使在全县来说硬件设施都是领先的，教育抓得好。

我是1983年考进习水师范的，1986年进酒厂，当时我在桑木镇，1983年语文考的全县第一，预选、正考都是全县第一，那时候高考有预选和正考，预考是在本区考，正考是在县里考。我是首届定向生，定向分配在官店。当时有个政策，有10%的名额可以优先分配。读书的时候我还是比较努力的。我很了解官店，比较偏僻，我定向的官店最偏僻的公社叫双龙，去了官店还要走25公里路，那地方我不想去。当时能读上习水师范还是不容易的，那时候条件虽然简陋，但学生都是很优秀的，当时整个桑木镇就考上了3个学生。1986年我们班有4个优秀毕业生，我属于其中之一，当时正好是1985年习酒厂子校兴办需要老师，那里想招到本科生和专科生很难，所以提出中师生的优秀毕业生也可以，我满足这个条件。优秀毕业生考试要名列前茅，并且要经过综合评定，优秀毕业生可以选择定向的地点，我是自己选的。当时我可以选择官店和桑木两个地方。那时候习水酒厂子校招人，我坐车去考察了一趟。当时，我上届的钟方达、陈应荣、简长青几位学长都在酒厂里面。

几位习酒老总是您的上一届学长？

---

* 受访人：习水五中教师，曾在习酒厂职工子弟学校任教多年。

是的。还有现在的习酒企业文化部部长，他比我高 2 届。去了之后陈应荣给我介绍子校，待遇比外面好，安排住宿还可以带一个人进厂，我觉得可以。我后面将进厂的名额给了我的侄女，我去看了之后觉得不错，习酒公司干得热火朝天的。大家都觉得那地方是干事的，而且那个体制也可以，企业火的时候工资会高。我的老师对我很好，包括小学的班主任都很敬业，初中也遇到一个退伍的老师，在习水师范的时候也有一个，我觉得这些老师都是我人生中的贵人。我有一位老师的孩子，考进了清华，目前在美国硅谷工作。那位老师也鼓励我去习酒厂子校，那时候老师也说习酒厂老总是干实事出名了的，我就去了。去了是教二年级，跟着学生升级往上教。我们去了 2 个老师，另外一位是袁老师，她是教另外一个班的，那时候一个班 40 人，袁老师去了之后教一年级。习酒厂子校的张校长很优秀，他的办学理念是任人唯贤，真有点像周公吐哺的感觉。我们去了之后，就很想干事情，不停地找学生谈话家访，那时候不像现在可以打电话、发微信，我们是到每个学生的家里去了解家庭情况，了解孩子性格的优缺点，到现在我都在采用这种方法。

家长和老师达成一定的共识，更有利于孩子的成长。

对，可以有针对性的帮助、指导孩子。如有些孩子自尊心强，对这类孩子的教育点到为止就行了。

人生中第一份工作是珍贵的，工作的引路人也是珍贵的。您来到习酒厂子校，然后又离开习酒厂子校，这段在习酒厂工作的经历有哪些事情让您印象深刻？

当时我觉得习酒厂陈星国老总很有魄力，对教育相当重视，将酒厂最好的一块地用来建学校。

为什么说那是最好的一块地呢？

那块地在厂区的最上方，而且最平整，一般情况下是要建办公大楼的，有“一览众山小”的感觉。另外，习酒厂提出的一系列对教师重视的政策，包括安排住房、待遇等，在当时是很吸引人的。当时全国的教育由于拨乱反正经济才刚刚起步，国家对于教育的投入不足，导致硬件设施落后，待遇也谈不上，灵活性不如企业，企业在合法的前提下更有活力。当时陈老总在全国第二个教师节给老师开座谈会，给每人都发有纪念品，给每人都进了一杯酒，我那时才 19 岁，那时让新来的老师发言，我感到很紧张。

您还记得当时发言的内容吗？

大概谈的是习酒是充满希望的企业，来到学校有很好的领导和团队，我们刚刚工作的年轻人来到这么好的平台，愿意尽心尽力的干好本职工作，讲得比较简短。

印象深刻。

是的，后来我就开始教二年级，很想干好工作，除了教语文，我还负责教音乐、体育等，抄了很多的歌曲在墙上贴着，还有各种户外活动。那时候感觉这些学生像自己的弟弟妹妹一样，想将他们带出来。那时候习酒厂子校有三张名片：广播体操、清洁卫生、黑板报。张开刚校长提出对学生“全面发展，各有特长”的理念我觉得提得很好，当时弄了几个大字是由穆国兴题写的。现在回过头来看当时陈老总对教育真的是很重视，习酒厂子校这么好的位置和待遇，还有好的学校领导。

几个印象：一是大投入，二是好政策，三是好领导。

对，而且陈老总还给予领导自主办学的空间。我们去的时候，有位苏老师被调到寨坝去了，他当时会弹钢琴。张校长亲自开车去把他接过来，可以看出当时张校长不仅重视主科，更重视学生的全面培养，今天来看是培养学生的艺术修养，在当时已经把教育提高到很高的位置来看了。

这对学生影响很大。

当时提出的培养体制是“德智体美劳”全面培养，20 世纪 80 年代就已经提出了，习总书记在去年的教育工作会议上的讲话，在阐释党的教育方针时重提“德智体美劳”全面培养。

这事我有印象。习酒厂子校以前是评“三好学生”，后来是评“五好学生”。

当时也有一些媒体在谈，但是主要领导和主要媒体没有谈“美劳”，对“劳”的重视还是习总书记去年重要讲话中提到才纳入的。

1988年，习酒厂子校要选10个老师出去旅游，论资历，他们比我高；论年龄，他们比我大。我是10个老师中的一个，我在习酒厂子校工作了两年，是其中唯一没有结婚的老师。带着我们去北京、天津等地，当时真的是大开眼界。我去酒厂没有关系和亲戚，去了之后认真的干好工作可以得到领导的肯定，我觉得自己受到了尊重。1990年回来后也教过初一，1992年到1993年教了一年的初一。后来我去了教育学院脱产学习，拿了文凭。当时是必须要工作4年，才有考的资格。当时我和另外一位同事去遵义，都考上了，但是他被提拔到了学校团委，就没有去读。然后就我去了。以前就觉得，师范都是初中毕业去读的学校，学历还是低了点，去读大学后，整个视野变得开阔了，朋友质量也进一步提升，对世界的认知和事情的处理有很大的不同了。

我对教育还是有点喜欢，从1986年干到现在已经有30多年了。我觉得我们那个团队很好，对学生是全面发展，各展特长，对老师提出在创造时间的同时创造感情，我觉得提得很好。我们1996年考得比较好，考上16个。1993年有一件事对我的影响很大，魏书生在安顺讲学，习酒厂子校派我和另外一位同事去听教学，以前只是在教材上了解过这个老师。亲自听了后，被震撼了，魏书生从四个角度谈了怎么当校长、怎么当语文老师、怎么当班主任以及中国的教育改革发展。以前觉得都在干，思想没有引领。那个时候信息闭塞，大家都是埋着头做，突然从整个行业的教学层面讲一些全新的信息，是一种思想的引领。魏书生不是科班出身，不是经验派，他是一个初中生，写了几十次申请当老师。他对中国教育的思想改革起了引领的作用，他提出应该把人的潜能发挥出来，尊重学生的个性，挖掘学生的潜能，提倡科学明主，提出人人有事干，事事有人管，语文教育方面让学生自主学习。我回来向张校长汇报了以后，我做班主任就用那种模式，比如我让学生出手抄报，让学生每天演讲、写板报，板报这块是我后来才开始着手的。我提出板报要规范化，所以那时候习酒的板报出得很好，遵义市板报出得也很好，但都是摘抄的文章，而习酒公司的板报都是习酒厂子校学生的文章。我工作时，我觉得张校长是我的引路人，只要给他提建议他就会采纳。当时魏书生老师的四个专题恰好是我那时候面对的四项大工作，而且他的讲学是站着讲，不打草稿，不喝茶，很了不起，谈话的方式也易于接受。他当时提到我们教师的工资还很低，现在国家还处在发展阶段，今后人均工资能达到2000元，现在来看教师的工资都是当时谈的4—5倍了。后来我给我们子校的张开刚校长谈过后，张校长专门安排了开会，让我向全校老师讲魏书生讲学的会议精神和谈到的关键点，如量化打分，量化过后会用制度来衡量，以后我当班主任也一直坚持这些原则。张校长在1996年下学期开学后写了外学魏书生，内则向我学的报告，当时我觉得校长把我抬得太高了。后来从1996年开始到2005年，学生中考的成绩一直都很好，最开始是中师生要包分配，习水考到遵义的学生，习酒厂子校占据了三分之二，这就是“全面发展，各有特长”带来的结果。我们拼文化拼不过其他学校，音乐、体育方面的特长生当时很缺，一样包分配，我们就走的这块。2002年，这届中师、中专生不包分配了，大家就没有看好，于是转向高学历，那时候我们开始转向重点高中。2002年那届是习酒厂子校历史上考得最好的，那届我是班主任，全县第二名、第四名、第七名、第八名都是我们学校的。当时全县600分以上的有36人，习酒厂子校占了6人。那时候习水五中初中部600分的一个没有，当时的喜报整个东皇镇只有10个，那届习酒厂子校考得很好，有的去了遵义四中。

我的体会，干教育需要领导的支持和好的合作团队，后来习水五中李校长这边需要两个封闭式的语文老师，让我去，其实我在这边还要轻松一点，当时习酒厂子校准备让我当办公室主任，但是我还是想在一线教书，后面就离开了习酒厂子校。2008年全县前九名都出自习水五中，我没有当班主任，但我给重点班上课，当时也很辛苦，一个班有80多人，学生全部住在学校，我陪学生同睡，第二天陪他们吃饭，晚自习也守着他们，我俗称“三陪”，同学习、同住宿、同吃饭。那段时间很辛苦，在习酒厂子校也辛苦，但是已经适应了那边的环境，感觉要好些。后来我2011年当班主任的那一届学生考得也不错。后来这边办高中部，我想到自身的发展和孩子也要上高中，我就来到高中部，接着当班主任，2014 年的时候还有三本院校，我班上二本分数线以上的都有 22 个。我的体会是还是要全身心地投入，要有方法和爱心，还有就是要耐得住寂寞。

您会在教育这条战线上退休？

是。我一生最大的追求是受到魏书生的启发，做一个思想界的班主任，学者型的语文老师，但是，一直都还在这条路上。

这么多年，有没有特别大的遗憾？

有。20 世纪 90 年代的时候年轻气盛，对调皮学生的方法还是太简单粗暴，那时候有位父母都在水泥厂工作的同学，很调皮，我批评过他，没有让他继续在班上读了，现在来看还是应该去感化他。随着年龄大一点之后，特别是有孩子以后，对学生更懂得包容了，在学生面前不只像一个老师，更像一个父亲了。我感到庆幸的是我从小学教到了高中，初中教了 20 年，高中教了 9 年。以前有个教育家叫陶行知，主张知识要成系统，我也给校长提到应该让老师把学生从初中教到高中，形成中学的一整套系统，一是对知识的延续性、系统性有一定的把握，二是对学生的生理和心理的变化有一定的了解。

习酒厂从事销售、管理的员工也会到一线去锻炼，和您的想法有些相同之处。

我的孩子现在也去习酒公司了，去年在贵州天马传媒。今年 8 月 1 日已经开始上班。今年习酒公司要招 300 多个大学生，他以前都没有去习酒公司的念头，在招聘的时候发现其中有 100 个岗位是销售，他就想去做销售，我就让他去试一下，结果考上了。目前在包装车间。

您从事教育面临的最大挑战是什么？

现在国家考试改革在贵州还没有落地，选择人才的方式太单一了，以至于我们高中教育还是不敢放开，必须围绕高考来干，真正放开了干教育是在初中部和习酒厂子校的时候。那时候说学生的负担重需要减负，但我们学校没有受到影响，那时候针对的是大中城市的学生。我认为性格的形成，是在小学，思想的形成，在初中是一个很大的拐点，人的兴趣和潜能的挖掘应该在小学和初中。张校长提出美术、音乐、演讲培养了一大批人，那时候每年有运动会、英语角、书法比赛、作文比赛，还有办校报等活动。真正的教育还是要尊重学生的个性发展。

遵义的高考是“3+X”模式，但是学生其他的特长发展不了。当前教育的评价看的是，一本二本走多少，而特长生少。在那些大城市多一点，因为家长的重视，有经济基础和培养机构。像你的孩子以后就可能接触这些。还有现在我们也很困惑，现实生活中教育给老师的约束多了，老师不敢放手去干，常有学生打老师的现象，老师处在夹缝中，稍不注意就违规了，高校要好一点，我们做基础教育的会面临这些问题，年轻的老师还不敢惩罚学生，那时在习酒厂子校我们都有惩罚的措施。现在来看社会进步了，我们的确不能惩罚学生，但是连批评都不敢了，这让人怎么想呢？

当时习酒厂子校教育上有意识，企业有资源，想让大家见多识广，酒厂在礼堂邀请到时代明星，社会名流，让大家开了眼界。

一个企业可以连接世界，给人思想的冲击很大。

习酒老总的思维都是很超前的。修百里酒城，修黄郎公路。以前从习水县城到习酒厂要坐一两个小时的车，当时是从桑木、回龙这边转，它有两条线，还有一条是从岩寨那边转，当时我们班主任送我和另外一位老师到酒厂去报道，花了不少时间。现在高速公路通了就方便了。赤水河大桥修建的时候，我看过它的设计方案，要将它建成一座美景桥，除了交通功能外还可以参观，是“美酒河”上面重要的风景。

赤水河大桥那个地方很漂亮，我那时候，还带了学生去现今桥下的地方春游、野炊。

54 校事了了*

习酒厂最早属回龙区。

20 世纪 80 年代，我在回龙当教师。当时必须是师范专业毕业的学生，或者是以前的名牌教师才能当老师。

习酒厂的好多老总都当过老师。

在 1986 年以前的职校或者高中毕业，由政府招录成为乡村教师，他们是不需要这些资质的。民办教师和公办教师有区别。刚进来的教师国家会给予一部分待遇上的补助，当时公办学校门槛相对要高一点，国家支持民办学校也是为了补充当时的教学机构的缺少与不足。十年的“文化大革命”，在这期间师范学院停学了，在这十年之前，才有真正的师范生。这十年里，就会产生大量的民办教师。到 1977 年邓小平提出了恢复高考制度，才增加了培养师范专业人才的力量。

当时的民办教师是怎么转正的？

通过考试，考试合格拿到相关任职证书就可以转正。一些优秀的教师在任职期间参加考试就能获得证书；有部分教师是参加培训班之类的，通过培训获得相关证书。后来有些教师就选择继续从事民办教师职业，通过政府给学校的考核标准进行选拔，政府每年都会给学校几个转正名额，所以名额是有限的。如果没能转正，政府考虑到教师的工龄和在任职期间的

---

* 受访人：习水县教育督学；原习酒镇教育工作负责人，在习酒厂职工子弟学校从教多年。

贡献，放宽了政策，根据他们的工龄和贡献直接转正，有一批教师是在夜校就读，再回来学校任职，相当于一个学术的过渡，如果不符合任职条件，就会被淘汰。

有教师自动离开了吗？

肯定有，因为当时的待遇不高。民办教师是一个值得讨论与研究的话题，是一个社会遗留问题，具有历史性，可以开办一个专题研究活动。以前民办教师进行上访的多，现在不给民办教师缴纳养老保险了，他们担心退休后没有依托。我们那个年代成为一名教师，其实更多的是为了解决工作问题，虽然说“教师是人类灵魂的工程师”，事实上只是一个职业需求。另外，那时民办教师很大一部分人受“文化大革命”的影响，缺乏系统的教师培训。

大概什么时候这样的情况才得到改善？

1977 年恢复高考，大量青年人通过高考重新就读，而且那时高考会有很多的大龄人士。恢复高考后会让你选择读大专还是中专，高考由此分为两套试卷，不同的选择是不同的试卷。在我们那个年代大专分为专科和本科，中专就是师范院校。

考上大专和师范的学生多吗？

当时整个习水县考上大专和师范的一共只有 100 个人左右，比现在考大学的升学率低得多。不过那一批学生都是很优秀的，有真材实料，出来教学后的教学水平相当高。我们那一代人都很珍惜，很努力。

后来师资质量如何？

大概在 2000 年的时候，高中就没有师范专业了，大专才有师范专业，成为一个分水岭。那个时候师范院校进行扩招，比如说铜仁师院、毕节师院、安顺师院、遵义师院。这些师院的扩招导致师范学校涌入大量的学生，同时也反映出了在生源上出现的很多问题。

这类学生毕业后拥有教学资格吗？

他们也有教师资格证，但他们考取这个证书就是为了有教师资格。现在几个师院出来的好多大学生，说难听点，有时候从他们写的请假条，都能看见几个错别字。

他们是怎么进入师范学校的？

比如说当时理科的本科线是350多分，他们可能不足300分，也会被师范院校录取。客观讲，这批人是那代人里面成绩较差的学生，他们毕业后就进入教师行业。

优秀的人去哪里了？

优秀的人就会被省城的各大学校请去任职。

学校会不会对这些招进来的老师重新进行培训？

当时学校也是花了精力与心思，还是想把这批人培养出来，增加师资力量，我举一个例子你就知道，当年从这些师院毕业进入习酒厂学校任职的大概有7个，但是真正能培养出来的，成为一名优秀教师的只有1个。

与你们那代人比较，在教育质量上悬殊较大吗？

我们那代人，可能7个中，就只有1个培养不出来，现在这比例就完全相反。

现在的教育质量、教育水平、教育手段、教育技术相比以前都有了很大的提高，为什么培育出来的人却不及你们那代人？

从接受知识程度来讲大家都一样。我们那个年代从事教师行业的都是学生里的佼佼者，而现在从事这个行业的，可以说是学生里不是最优秀的了。好像教育行业在大学生职业选择里相当于是排在靠后了，优秀的人才选择去大城市，或是其他职业。现在较好的贵州师范大学、遵义师范学院的学生，毕业后都是先考虑其他工作，如果实在找不到工作，才会考虑教师这个行业。

大家对教师这个行业，为什么不再敬重和向往？

我看了一本关于教师的书，上面就说到要尊师重道，应该把教师和家庭联系起来，像重视家一样的向往和爱这个行业。

您在师范学校毕业后在回龙待了几年？

从1982年到1991年，大概9年的时间。

后来你是为什么来到了习酒厂子校？

当时习酒厂条件较好，很多朋友都去了，加上习酒厂子校的校长邀请我，本校的领导也推荐我去，还有就是那时候自身的经济条件不是很好，所以就选择来这边任教。来之前，回龙小学有安排我去管理岗位。我喜欢教师这个行业，并且喜欢教书，但是对管理这方面没有一点兴趣，当时我的想法就是成为教师行业里的名师。在习酒厂子校教了两年书后，就得到学校的肯定，让我去教最好的班级。当时进入习酒厂子弟学校任教的老师都有一个试教的过程，酒厂的领导就说了，我什么时候去都可以，不需要试教。说明当时的领导也是把我当作人才来看了。那个时候的任职流程是比较严格的，需要在本校工作几年，还要上报县委书记，教育局，才能正式成为一名教师。

审批流程严格，您担心吗？

担心肯定是存在的，要在学校工作七年，然后上报，七年时间太长，不能保证其中会不会有什么变故。

进入习酒厂子校后，经济收入有没有明显的变化？

进入习酒厂子校后，条件的确是好了很多。以前过得很清贫，记得没进入习酒厂子校的时候，宿舍就只有几块木板拼凑的木床，更不敢奢求有电子产品。进习酒厂子校工作后，我就借钱买了一台电视机，当时一台电视机要 2000 多元，我之所以敢借钱买这么贵的电视机，是因为当时习酒厂子校的待遇的确好，除了每月要发不低的工资外，到年底还有一笔不少的年终奖。

您的住宿问题是习酒厂解决的吗？

当时习酒厂给我们分配房子了，在 11 栋。11 栋当时住的都是习酒厂中层以上的领导，当时习酒厂也把我们子校的老师看作中层领导，和中层领导享受同样的待遇。

习酒厂对教育非常重视。

从习酒厂各方面的制度来看，习酒厂是真正地想办教育，想把教育办好。比如说从工薪制度来看，如果你有职称，工资就有所补助。可以说，习酒厂把优秀的教师看作“宝”，从情感上、人格上、待遇上，都予以尊重以及提供最好的条件。习酒厂在不断发展，中层的管理者在不断壮大，需要提高自身素质，习酒厂就更加重视教育。随着习酒厂的发展，人也越来越多，在分配房子时也有所调整。像子校的老师分配房子就要根据是否成家来进行分配，未婚的就分配房子，解决住宿问题。

习酒厂子校，在什么时候交由地方政府管理？

大概是在 2003 年。

您能详细讲讲这个过程吗？

这个说来话有点长。在 1998 年的时候国家有大的政策，鼓励企业办教育，在 2003 年的时候政策才逐渐完善，这个时候习酒厂的效益就一般了，不是很好，子校的老师就靠酒厂的效益生活，所以那个时候就有很多人离开，当时就只有我和两个年龄较大的老师在。当时我是学校主任，如果我们再走了，子校可能真的就办不下去了。校长就赶快整理了相关资料，提交给政府，让政府帮助子校。政府是很愿意支持与帮助的。在政府的支持下由原来的两个班级增加到四个班级，所以政府也确实是重视了。当时酒厂是习水最大的企业，国家、县政府、当地的居委会都愿意提供帮助。

在习水只有习酒一家企业办学校吗？

对，只有习酒一家企业办学校。

政府接手管理学校后，待遇这些有没有变化？

在企业的时候主要是看职称，交给政府后，薪资制度有所不一样，不同的职称薪资标准不一样，同时还要看你的工龄，根据工龄工资有所变动。

总体来说，工资待遇是更好了吗？

根据总的收入来说，工资其实是下降了。企业的薪酬制度要活跃点，有很多福利。

退休老师工资怎么样？

退休老师工资和没退休之前是一样的，所以针对这一点来说，由政府管理对老师是最好的归属。

会不会有老师还是希望由企业管理学校？

如果是企业办学校，就退休工资来说是完全不一样的。企业办学校始终存在很大的风险，现在我们也无法估计如果是企业办学校最终会怎么样。地方管理学校后，有退休金的保障，解决了教师的后顾之忧，在一定程度上推动了教育的发展。

如果是企业办学校退休金大概是多少？

要低很多，起码要比地方管理的学校退休金少 2000—3000 元。

学校由企业移交给政府的过程中，您付出了很多？

我在这个过程中可以说是一个执行者，校长是领导者。当时所提供的资料基本上都是在我手中完成的。

学校移交给地方后工作量是增加了吗？

移交给政府后，工作量要比之前多得多，工作内容也变得更杂，除了完成教育方面的工作，还要与政府进行各种工作对接。

移交地方后，在教育管理方面有没有什么局限？

教育的自主权没有之前企业办学校的时候大，地方管理后，就不是单纯的办教育，涉及方方面面的东西。在我的职业生涯中，经历了国家几次大的政策改动——民办教学的改革、企业办学校、移交给当地政府。学校移交地方后，把教工站进行了合并，合并后我们没有什么变化，我还是学校的主任，班级人员也增多了。一年后，我被调到镇中学，就任校长，后来政府将镇中学、镇小学、子校、教工站四个教育单位进行合并，重新整治改革。当时政府要求整治的时候刚好我是校长，需要从人、物、机构各方面重新调整搭配。把四个单位的老师重新调配，教工站的属于管理层，镇中学、子校、镇小学这三个机构主要分为两部分——中学和小学，镇小学的教师基本上就没变化，镇中学和子校的教师就根据他们的教育水平进行分配。

您从一位教学工作者转变为教育管理者？

以前工作的时候上面都有一个领导，现在把这么大的事情交给我做，真的是第一次，基本上都是自己做主决定，有更多的自主权，在大的问题上需要向上面申请是否同意，上面同意后，就自己领导进行操作。

学校制度改革，您作为领导者有什么感触？

从民办学校，到企业办学校，再移交地方这一系列的过程中，给教育如何办下去提供很大的经验。当时子校的生源不是很好，因为学生多数为习酒厂职工子女，再加上有很多师院院校把优秀生源挖走了。但是子校也取得了很大的成就，为习水提供了一大批优秀的艺术人才，比如说现在习水各个乡镇的体育、艺术类教师或者从事相关行业的，有三分之二都是子校毕业的。

在生源不好的情况下，习酒厂子校如何取得如此大的成功？

我从地方学校到企业学校，又从企业学校到地方学校这三个教育阶段，从教育的模式来说，子校的教育模式是最好的教育方式。从管理理念或者培养程度来说，都是很先进的，现在的乡村教育都赶不上。

从管理的角度说，学校对教师的情感塑造做得很好。当时有一位老师来到子校，学校让这位老师自己规划教学。老师自己做出了贡献，将学校打造好了，是不愿意离开的，对学校有很深的感情，当初子校由企业移交地方的时候，大家在一起吃饭，道别的时候大家是真的舍不得。

移交地方的时候，领导有所变动，制度及下面的人员有没有什么变动？

管理理念不一样，导致有部分教师就抱着消磨时间的心态来教学，有的教师被调离了，或者自己另择他业。

在教学上有什么不同？

当时国家提倡全面发展，开设了音、智、体、美这几门课程，但是地方学校并不重视，要么被其他文化课占用，要么就是没有重视这几门课程。子校就不一样，很重视学生的全面发展，根据自己的特长选择学习。

现在的教育问题您怎么看？

国家提倡全面教育，事实上现在家庭、社会都只看分数，看成绩。我一个侄儿在习水金州小学读三年级，每天作业多得要做到晚上 11 点左右才能完成，这就是习水最好的小学的教育现状。做不完的作业，根本没有时间去培养和发展孩子的兴趣及德智体美。

您什么时候知道习酒厂的？

我很小的时候就开始在习酒厂背酒糟，大概是六岁的时候。但是一直没进去过，直到1973年进入酒厂，看到里面的生产过程。在老水井一带，烤酒的时候工人就穿一件背心，一条裤衩，满头大汗，几乎每个人都是汗流浃背，那个时候看到就觉得真的是很辛苦，没有要到这个地方烤酒的向往。

酒厂后来发展好了，您是怎么了解到的？

当时是有子校的教导主任，后来也是习酒厂的一位老总，带领学生到回龙参加初中篮球的预选考试，吃饭的时候，教导主任有一个讲话，发言，给回龙的学生讲解习酒厂的文化和变化，以及子校的变化，他讲得特别好，认真宣传了习酒。当时我听到都感到震撼，有很大触动。

您从学生的身上感受到什么不一样吗？

看到子校的学生打篮球时，我就感受到，从他们身上看到阳光、自信，好像比我们回龙的学生更加精神。

在进子校之前喝过习酒没？

喝过。我自己买习酒喝是在1983年的时候，大概是3块钱一瓶，买了4瓶，12块钱，当时带到绥阳县，为了看望大舅。那个时候是在供销社买的。在这之前有一次回龙供应的酒，是习水大曲，那是我第一次喝。我以前不会喝白酒，第一次喝的时候就觉得喉咙火辣辣了。后来周围很多人都喝习酒，都说习酒的酒质很好，就开始买习酒喝。我买到绥阳的酒，是我和大舅的儿子一起喝的，他说这个酒感觉很舒服。

那时候的交通，你有什么深刻印象？

交通相当闭塞。当时从酒厂回家，都是走路，回家至少要走一个半小时。酒厂有公务车，但是要酒厂的人才能坐，有一次他们竟然让我坐了。以前都是走路，所以那个时候能坐上酒厂的车感觉很荣幸。当时我还没在酒厂工作，我和另外一位同事去习水教育局办手续，当时从县城下酒厂。但是酒厂的车还是接纳了我们，让我们搭酒厂的公务车，感觉很有归属感。

那个时候酒厂已经是水泥路了吗?

对，习酒厂区已经是水泥路了，从回龙下去就是泥巴路。相对比的话，感觉就完全不一样，档次就出来啦。

习酒厂当时的环境及设施怎么样?

酒厂条件很好。那个时候回龙就只有一间茅房，是师生共用的旱厕，洗澡都是在水井门口，拿桶提了水冲。不像酒厂，有单独的卫生间，生活的档次提高了。

交通的发展是缓慢的。

1996 年，从子校到遵义都是从桐梓绕过去，有一次我送学生到遵义考试，回来的时候听说两河口大桥可以过人，但还没通车。从遵义回习水，客车可以把人送到两河口，人可以从桥上通过。

两河口大桥通车前后，习酒那几年发展不是很好，通车后对酒厂有一定影响。那时候习酒厂还在思考该如何发展，该走一条什么样的路，记得那时候工资都发不起了，每月只发一半的工资，大家看不到习酒厂的未来。那个时候大家都人心惶惶，习酒厂的领导就组织中层干部开了一次会议，子校的管理者都参加，在会议上，习酒厂的领导很深情地发表讲话，让大家看到习酒的未来，看到酒厂的希望。

我在遵义读了三年书，桐梓这条路走烦了，路很烂，很糟糕，一天只能走一边，不能来回。两河口大桥通车后，我真的很高兴。我对酒厂的交通真的有很大感触。茅习公路通车后，就真的觉得便利很多。后来的遵赤高速公路，现在的江习古高速公路，交通便利后，给生活带来了很多惊喜。

通过两河口大桥那天，我的印象很深刻。人从两河口大桥上走过，发现习酒厂子弟学校到遵义好近，以前从来没有这么近过。风景也特别好，山上稻谷金黄，满眼都是阳光。

55 回龙在望*

红军在二郎滩搭浮桥渡赤水河的时候请了一些当地人帮忙，帮红军搭浮桥的那些人家的子女还在，有个娃儿还在我那个班。

当时红军渡河走两条线，这是我当孩子的时候听父母讲的，红军从24道“之”字拐①，将敌人打下去，敌人跑到瓮坪烂田里陷进去出不来；有一路从瓮坪到周家这个方向这样往下走，有一路就是走回龙、李子沟、向阳，朝桐梓方向走。从杨化水走出去的老红军，有吴曙光团长，他后来当上了红军干部，是昆明军区后勤部部长。我们还专门写了一篇文章放在当地的志书里，他是从延安回来的老红军，就是红军长征路过的时候跟着去的。当时吴曙光正在田里插秧，起来将手洗干净，就跟着参加红军了。

从我家门口那儿的高速公路到回龙可能5分钟就到了，现在回龙到县城东皇就15分钟，因为我上次去记过时间，从我家旁边的隧道到东皇的收费站10分钟就到了。寨坝开发的那些小区卖到了5000—7000元一平方米，那地方就是用来避暑的。我在想寨坝和双龙的交通没有回龙好，它的服务设施也没有回龙好，回龙离县城近，生病后去县城很方便。我在想江习古高速公路开通了，回龙面向重庆搞康养，真的是个好地方。这个地方可以修房子，1000元一平方米就修建起来了，哪个开发商来开发，卖2000—

---

* 受访人：原习水县委领导，回龙区委领导，已退休。

① 当地地名。

3000 元一平方米，这样也会赚点钱，这些人来了以后要吃住，这样周边经济就发展起来了。这个地方周边环境比较好，可以先花点钱将回龙纪念馆搞一搞，像枫香苟坝会议会址那样弄一下，全国人都去旅游，周边发展得很快。这里政府可以投点钱将红色旅游搞起来，像这个地方一些战役的遗迹、二渡赤水的渡口，还有一个峡谷风光都可以开发出来，江习古高速公路下面的桥是一处很好的景观，还有“美酒河”景观。有一个老板在龟仙洞那儿投资了 20 亿元。临江那里也有一处景观，内容上还是很丰富的。像这样打造起来，交通便利，到赤水和仁怀都方便。旅游加上康养这样的模式回龙经济就发展起来了。我还想将这个与电视台对接，做一个专题片。

我在家不打牌，整天就想这些东西。

从狮坳到回龙，平着过去是穿山洞，今后搞一个电瓶车，沿途的风景非常的漂亮。有些想法是用钱买不到的，如果我家没在那里，我不会这对个地方这么了解；如果我没在那里当过地方领导，对当地不了解，也提不出来；还有就是当了领导没有出去看过这些地方也提不出来；不知道中央的政策，提出来也是不合格的。这个需要综合考虑的，不是通过这个赚钱，是通过这个来让政府推动当地发展，只要政府带头把平台搭建起来了，那些老板就会过来投资，地方才富裕得起来。

是个大项目。

是的。旅游是当前大事，仁怀到赤水的旅游线路开通了，高速、高铁通了，通过旅游将回龙的红色旅游这张名片打起来，在全国都能打响。有知名度后将吸引一帮人过来，接着再修房子发展康养，其他地方只能避暑，那个地方冬天也是很舒适的，大环境也很好，生病了几分钟就可以去县医院。

自然地貌不错，人文和红色文化是天成的。

是的，需要去挖掘出来，集中在一起放在项目里。

综合地方优势，考虑国家政策、当代社会人的需求。

还有对今后的发展，会影响到后面几代人，越往后越完善。比如海边的石头有故事会有人去拍照，所以还应该将它赋予文化的东西，这样就活了，有生命力了，有影响力了。这些是我去旅游考察后想出来的。赤水河大桥下面，整成一个景点，因为他是峡谷风光，站在上面看非常的壮观。我之前去过卢森堡大桥，那是一个小沟，还作为一个旅游景观，赤水河大峡谷从回龙往下就可以作为一个景点了，还有“美酒河”区域。

原来我考虑从两河口弄一个步梯上去，麻坪那边有战斗遗址，上面还可以看到桐梓河，也是非常好的。还有一个百丈泉，那地方很漂亮，从24道“之”字拐看过来很壮观，高远风光和峡谷风光看上去很漂亮。

美食也有，这边有酒、羊肉、牛肉、柚子等。这边的几个酒都是有名的，三个名牌酒厂的生产车间①，都在这个峡谷。解决了交通问题，从重庆那边过来买别墅的人很多。以前那个时候，回龙上下二郎滩，都要2个多小时，还是泥巴路。现在回龙到大桥几分钟就到了，走高速公路要不了10分钟。

只有习水这个地方才能打“习”字，其他地方还不能打，这个是品牌。我们去非洲那里，曼德拉②的头像就是一个景点，世界各地的人都去看。绩溪、婺源都是五星级景区。

回龙，“习”文化就是要搞这些。

---

① 茅台201车间；习酒车间；郎酒车间。

② 纳尔逊·罗利赫拉赫拉·曼德拉（Nelson Rolihlahla Mandela，1918年7月18日—2013年12月5日），出生于南非特兰斯凯，先后获南非大学文学士和威特沃特斯兰德大学律师资格。曾任非国大青年联盟全国书记、主席。于1994年至1999年间任南非总统，是首位黑人总统，被尊称为“南非国父”。（来源：百度百科）

56　一河四镇*

我们近期在做一些习水河流域的调查。

赤水河流域的调查搞得很多，习水河流域的做得少。有几支专业团队来过这里，他们看过后觉得习水河流域墓葬很丰富，其实我们只是看了部分，他们感觉很精美。有专家说还要带研究生下来，我带专家去农村发现他对啥子都感兴趣，连背篼、锄头都拍了不少的照片，一弄到个东西就要整半天，感叹多来点农村，少待点斋房好。当时我带了 20—30 人，分地面组和地下组，因为他们的关注点不一样，地面我们都是知道的，我主要想做地底下的调查，而且是弄汉代以前的，汉代以后的都不怎么关注。省考古所的一组，确实发现了很多成果，有个东西就是首次发现——捕鱼用的陶网坠，是在习水河的源头发现的。原来的研究说的是赤水河流域有，习水河流域没有，没有发现过，这个发现填补了习水河流域没有陶网坠的空白。那天下大雨，我让他们休息会，但是下大雨他们也去了。做田园考古之前我也没做过这方面的调查，他们的眼光和我的也不一样，他们知道土层上面有东西，通过洛阳铲敲打也能知道，我们就看不出来。我们的这次调查报告研讨会《人民日报》还做了专门报道，我打算将这次的报告文集集结成书。我也让《贵阳晚报》记者朋友帮忙，因为他对我们习水的历史文化感兴趣，有时候我们这里有什么

---

* 受访人：习水县文体旅游局领导干部，习酒镇人。

发现他第一时间就通过媒体发出去。

前不久召开了一个鳛国文化的研讨会?

鳛国历史文化研讨会是由市里的交旅投公司①来搞的，鳛国旅游需要文化。他们请了省社科院的人，也请了中国社科院的人，有关成果我在第八期研讨会上作了报告解释，后来有一些论文出版，将这些作为文化的支撑。出版由省社科院那边负责，我本身不是搞研究的，之前是搞宣传的。9 月份我们做调查，我问考古专家的朋友为什么考古专家没有参加这个会议，他说考古专家不太适合来，因为考古专家是做考古文物研究的，要用地下的东西说话，搞社科的不一样，可以通过文献和挖掘的东西进行研究，宣传理论上的东西，这就是区别，所以他没有来。交旅投有一家子公司在我们这里，项目落在我们这里，总共投资 80 多亿元打造鳛国文化园，我们在找鳛国的文化支撑，目前找到了东汉的文物。地下的东西，只能在习水河这条流域里找来做支撑，内容较少，目前停留在文献和碑文上。

鳛国存在的可能性或突破点在哪些地方?

第一，当时武王伐纣，南方有 8 个族，现在也有争论，有的说是茅习族，但从地图上看不是我们这里，这个站不住脚；有些人说是巴人；能够说得过去的是濮人，应该说是濮人的一支，按照社科院的推测可以这样说，最后社科院专家达成的共识是，鳛国存在的时候是在春秋时期，不是武王伐纣后封国，它是夜郎国旁边的一个小国，只能朝着这个时间段去深挖。由于我们的书上没有记载，当时记载的有 200 多个国，后来考证出来的有 57 个国，都没有鳛国的名称。在时间段上大家的共识鳛国是在 2500 年前。第二，如果能够发现这一阶段大规模的人类居住的遗址，也可以证明鳛国的存在。习水河流域目前还没有发现，春秋战国时候的都没有。土城是有的，土城目前是赤水河流域贵州段规模最大、年代没有断代的文物遗存最齐全的地方。发掘的成果还没有出来，考古成

① 遵义交旅投资（集团）有限公司。

果出来得慢。用土地下面的考古实物来说话，出成果需要 3—5 年，海龙屯遗址的成果目前都还没有出来。

这个工作已经从行政任务转变为您的兴趣了。

是的。

我原来做宣传工作，加强了对这方面的认识，有兴趣去了解，开始出来都是学习，基本上不发言，5 年过后不发言就不行了。这与我的工作经历有关。我是 1983 年进入部队，1989 年退伍，后来回到农村，有一个机会到回龙区公所，那时候还是临时工。当时我就抱着“星星之火，可以燎原”的想法，哪怕是做农活，只要给我笔我就能写。我是 1989 年 2 月份回来的，当时作为退伍军人被邀请参加庆祝中华人民共和国成立 40 周年座谈会，那时候孩子出生没多久。我当时做了发言，我说我们回龙要加大宣传力度，发展我们的经济，应该有自己的广播站等载体。那时候我在连队办过报纸，共产党也是做宣传起家。这个会开完后，他们就恢复广播站并且招广播员，然后就通知我去了，从临时工开始干，我就在《遵义日报》上常常写一些回龙的事情，后面参加遵义地区军地两用人才“学雷锋”比赛，我作为习水县退伍军人代表和习酒厂另外一位同事参加。当时武装部政工科的朋友写了一封信给习酒厂的谭智勇，说有一个退伍军人很优秀，想让我去见他。我是 1989 年 2 月底退伍的，10 月国庆后去了区公所，第二年的 7 月份我去见了谭智勇，他让我去习酒厂那里做法规秘书，那时候正好要开职工大会需要起草很多东西，但是一个月没做到我就走了，因为当时广播局要我去，当时他们留我，我还是到这里来了，当时还是临工。后来习酒成立了习酒集团，谭智勇碰到我问我愿不愿意回酒厂？那时候习酒已经有《习酒报》了，我都有点动摇了，我答应了他。这时候，中华人民共和国成立 40 多年来，广电系统第一次招聘干部，我就去报考，考上了，1996 年广电系统和文化系统合并，慢慢地我就过渡成了国家公务员。

当时遵义地区把我评为军地两用人才的先进代表，让我去发言，我发言的题目是《从战士到记者》。我在部队上当文书，后面到了报道组，报道组是我们团政治处宣传股里的机构，宣传股不是政治编制，但是每个部队喜欢写作的人都会安排进那里面，大概一个班，在省级报刊上刊登文章可以记功。后来又到师里面新闻会干，把全师的报道人集中起来搞，这两个事情对我的影响很大。

您抓住了机遇。

主要在军营里我什么都干过，当时部队领导还让我学医，那时当兵想学点技术，后来都没有做成就去打仗了，参加对越自卫反击战。回来之后没考上军校，那时候军校考的是高中知识，我没有上过高中，初中就辍学了，我班里有个战士常常拿着书看，我就让他去考，后面他考上了。1985 年军队撤编的时候有推荐士官去军校，安排的是四川的一个区，我的资历老没有去成，这个机遇没有抓到。后面军地两用人才培训，我去卫生院学医 5 天，后又参加烹调培训一个月，炒菜都会做了，后期又参加了新闻写作培训，之后我就走上这条路了。我去参加培训的时候 33 师被撤销，当时有一个写报道很厉害的人，叫雷天勇，他后面转了职业兵，现在在昆明环保局工作。他有一本报集，收集了各种报刊。后面我的文章也登上了《云南日报》，我当时还在培训，有点儿不敢相信。培训结束后调我去做专职报道员，那时候我们都是用手写稿件，我看到一个凤冈的战友，写字还可以，就让他抄，后面他也转职业兵了。我的津贴不高，有时候都是自己掏钱买报纸看，一边学习一边写稿，我的基础就是在部队里奠定的。

从农村出去，您怎么会有这种想法？

当时很现实，目的是想跳出“农”门。

您怎么有会这么好的心态？人显得这么年轻。

我们的心态，是经历了战火的。我是 1983 年 11 月 1 日从这里走的，到那里后，我们也知道了要作战的意向，过了年，春节 2 月中旬的时候，我们团都有人到前线去了，那时我们还没上去。我们团是英雄团，是廖锡龙的部队，他之前是我们 91 团的团长。

后来，我们进入一级战备状态，那时候敌人还没来。战前阅兵刚开始定在 6 月 11 日，上面说这次来了，结果还没来，然后阅兵时间一直往后推延，最后在 7 月 11 日的时候，又下达了一级战备令，12 号阅兵，动用了一个师，我们是昆明军区预备役部队，各个连队于 13 日凌晨就拉到前线去了。前线部队 14 军修整过后只有一个营的兵力。我们 31 师在 1979 年是打得很出名的英雄团队，虽然条件很艰苦。今年 7 月 13 日是我们出征越南 30 周年，我也返回了老部队参加聚会活动。

那时候，我们一起去的，有的牺牲，有的负伤，我感觉已经经历了这些，没有比生命更重要的东西了，不管是名与利，还是权力与地位。

当时上面提拔我去乡镇，我坚决不去，我没必要去做那些事，自己能够活着回来是非常幸运的，和我们一起去的很多战友就留在那里了。所以我们活下来的人心态很好，有些不是你的东西，是得不到的。

您选择做自己喜欢的事。

对，那时我喜欢这个东西，自小喜欢看书和看报，就感觉这个工作是很崇高的，感觉记者很了不起，我采取笨鸟先飞的办法，我可能慢一点，最终也会到达。我那时候决心干这个事情了，就想要干点名堂出来，我第一年就立了三等功，被评为优秀报道员、团嘉奖等，我是这么回来的。我回来后拿着这些证书和报集，当时招广播员不只我一个人去考，还有一个人，他父亲参加过抗美援朝，通知我们两个人去考，他是有关系的，我感觉到我没戏了，后来还是成了。

您觉得习酒应该如何用好习水的历史文化？

今年我们搞了一个研讨会，其中一个主题就是讲酒与地方历史文化的问题。习酒厂经历过几次波折，开始重视市场销售，后期对文化的重视和结合还不够好，特别是对物质文化这块，都去做酒去了，但是这几年要好很多了。我给他们说，错过的第一次机遇是非物质文化的申请，后面习酒也申报上去了，现在有了，之前申报国家级的非物质文化项目都不用花钱，现在花钱也不一定能申报上。另外是对文物的保护，习酒苑是可以做“文章”的，宋窖那边现在已经申报成功文物保护了。这次市里面在做酒文化遗产的调查，名叫黔北酒名录，我听说习酒要做习酒博物馆，习酒可以做黔北酒文化博物馆，“美酒河”的重要会议都是在我们这里召开的。现在他们也开始重视了，请到了顾久教授。现在习酒开始重视文化建设了。茅台提出了文化茅台，李保芳书记抓文化茅台的建设，习酒也要受其影响。

有大志向的企业，需要做这样的事情。

习酒也承担得起这段历史。陈熙晋①那首诗“尤物移人付酒杯，荔枝滩上瘴烟开。汉家枸酱知何物，赚得唐蒙鳛部来”就写到了鳛部，鳛部的核心点是在古蔺，习酒和它是一河之隔，更靠近鳛部的中心。这个可以追溯到汉武帝的时候，陈熙晋也有这么一首诗，这个是习酒非常优秀的历史资源。还有就是我们亘古不变的“习”字，“习”字一直在用，以前是用“鳛”字，发的文件都在用。习酒厂往赤水河大桥去的老路上，现在改建为自行车道，那条路上有一座习水县临江河水电站，上边写的还是那个“鳛”字。

以前我们的县城是在官店（今赤水县官渡镇），那些地方现在应该还有。

我认为习酒文化和习水历史是有联系的。还有从“申遗”上要将习酒的酿造工艺往上提升，我有一个想法，我们那个龟仙洞于2006年8月荣获“最大的天然溶洞白酒酿藏基地”吉尼斯世界纪录，这个工艺还比较特别。我参加县委高质量酒的讨论，我看上面写的是申报省级“非遗”，我说那个县级的都不是，酒必须有特别之处。我认为这两家在工艺上结合起来申报会比较好，否则习酒申报国家级“非遗”很难的。它的酿造也很特别，需要两年的时间才能完成一个生产轮次，出酒率也低，而且它也是得到国

① 陈熙晋（1791—1851），原名津，字析木，号西桥，义乌城区湖清门人。官至都匀府、宜昌府知府，人称“西桥太守”，有政声且学识渊博，著述宏富，堪称一代鸿儒。陈熙晋在贵州任职17年，先后任锦屏、永从诸县知县，仁怀同知，广顺州知州，都匀知府。有著作《黔中水道记》一书，其许多勇于为民请命的政见都存于该书中。道光二十二年（1842），陈熙晋年过半百，奉调离开贵州，官授湖北宜昌知府。调任后，龙里、仁怀百姓感恩戴德，建生祠，以示纪念。道光二十九年（1849），湖北发大水，灾民纷纷逃聚宜昌。陈熙晋全力抚绥，并报请以工代赈修葺城垣，巩固水防，使灾民免遭饥馑。道光三十年（1850），陈熙晋母丧，请求辞官归家，为母守孝。次年，终因多年积劳成疾，病逝家中，终年61岁。

家知识产权的。他们也曾叫我下去探讨过怎么做文化，我带着中科院的专家进去过很多次了。习酒能不能和他们结合，正好临江河往下就是赤水河，以前的人都是住在洞里的。

酒史，是后人完成的。

这就是追根溯源，这个想法我没有和习酒厂的领导说过，我们也讨论过习酒如何拿到国家级“非遗”项目，不管什么形式，比如建中国习酒城做支撑，能不能做一些探讨？我可以组织一些人过来做一次碰撞，要做，也可以做点文章。

“中国习酒城”概念的提出和演变是怎样一个过程？

土城这边的打造主要以“古”为主，还有长征红色文化。从县一级布局来讲，习酒镇怎么做呢？经开区①也就是酒的经开区，对县城的带动也不是很大，我们的经开区离县城远，对县城经济的推动也不大。当时请来的省里的专家也提到了这个，原来叫“十里酒城”听起来感觉太小，叫“贵州习酒城”听起来还是小了，后面才叫的“中国习酒城”，是这样来的。

中国习酒城”应该建成什么样？有什么规划？

我目前所知道的，它还不是一个建设项目，是一个概念性的东西。

“酒城”这个概念是一个延续，需要内容来支撑。

我之前看过一个方案说是要建设酒文化街，吸引开发商来建设，建习酒博物馆、在赤水河大桥上建玻璃栈道。这是当时一个遵义交通局的老领导提的建议，他是赤水河边淋滩人，因为听说要打造赤水河流域就有了这么一条建议。这封信就转到我这里来了，我组织人进行了考察，信中提到“美酒河”是在仁怀的地界上，建议在淋滩对面刻上“英雄河”的字样，我也觉得这个建议可以，毕竟四渡赤水有“三渡”都是在习水。我后来去考证淋滩对面的崖石，从阳雀岩观景台那里正好可以看到，我也给一个设计师说过想将“英雄河”三个字刻上，而且晚上过的时候也要能看清，最

---

① 习水经济开发区，在习酒镇。贵州省重要的白酒生产加工基地，特色酒文化体验区，与习酒镇产域一体化发展的省级经济开发区。

后我们将调查报告和设想报上去了，目前没有消息。我觉得习酒也可以做这个事情，“中国习酒城”应该有地标在那里。

民间传闻习酒镇和回龙镇是要合并的？

由习水经开区托管习酒镇和回龙镇，区、政好一体来做。这样对“中国习酒城”是有利的。在经开区转型架构里面有这个规划建设。我说搞一次习酒与“中国习酒城”的建设就可以囊括进去了，酒旅的融合、经开区的建设，还要与对面有所互动，不要像20世纪80年代那样阻止对面修过来。

因为当时交通条件差，大车过来路面会被压坏，养护费用高。地是习酒厂买的。

当然“百里酒城”也正在实现，现在也在往这个方向走，打造中国白酒优质产区。我们提出了“一河四镇”产区概念，习水占了习酒和土城两个镇。

这个概念清晰。

当时在讨论白酒高质量发展时，提到了建设贵州核心产区，我觉得这种提法落后。“一河四镇”习水占了2个，我们要建就建这个。原来叫“中国酱香赤水河谷”，当时是茅台和习酒之争。有一次仁怀市那边有人过来征求我的意见，我给他们说这种叫法有点打压习酒，这么大一条河不准习酒做酱香型白酒。我现在想将区域融合，准备将对面四川的郎酒也纳进来。

“中国酱香赤水河谷”是谁提出的呢？

当时是茅台市市长王茂才提出来的，他是习水人。不能只说茅台，那次他们过来开会我在会上提出这个问题，他们回去后一提炼“一河四镇”的说法就这样出来了。我当时讲，对外宣传上，不仅要提茅台，既然习酒是旗下产品，习酒也得提；从地域上讲，也不能只提茅台。

习酒和茅台本身就是很特殊的关系。不同的主体提文化概念属性也不一样，由习水提出“一河四镇”，什么都照顾到了。

照顾了关系，照顾了产业，也照顾了未来发展的潜力。习水居于“四镇”的中间，白酒的产量没有茅台大，但是习水也不差，每年全县有 15 万吨的量，现在找不到海拔 700 米以上产酱香型白酒的了，所以选择到我们习酒镇新寨来了。“一河四镇”还有一个沙滩乡准备改成“美酒河”镇，现在没有一种酒能支撑起这种提法，那地方也小。

这个提法也会面临其他地方的挑战。

“一河”是公认的，算过来就只有“四镇”，酱香型白酒除了这个区域就没有了。上游有茅台，习水有习酒和宋窖，对面有郎酒，4 种酒，习水有 2 种，自然成了中心。我不再去说我这里是核心中的核心。我觉得做些探讨交流是很好的，这样可以集聚大家的智慧。每个人的视角是不一样的，都能解决其中某一方面的问题。

您的工作对于这条河和黔酒产业意义深远。

我主要做一些服务性的工作，为大家搭建平台。

57　水到渠成[①]

我都已退休十多年了，人越老越怀旧。

我从事了三十年的水利工作，家门口的习酒的发展、交通、基础设施的日新月异，也是我唠叨的话题。由省水利厅托管的习水东风水库，修建于“文革”时期，主要由回龙、隆兴两个区承担建设，1992 年才撤区，并村建镇。设计灌溉两万多亩，历经几代人的艰辛。回龙干渠纵跨东皇、隆兴、回龙三区，29 个自然村，干渠长 33.8 公里，支渠 200 多公里。体制变更前后的农灌，是艰辛的工作，春耕春灌，伏旱供水，牵动一家老小。从分管农业的每一届副县长到村民组长，领导、配合水管部门工作，把修水库提到议事日程上来，作为头等大事来抓，曾先后任回龙区主要领导的肖登坤书记、肖世后书记、杨启钦书记、杨汉龙区长等，无不亲临大堰熬更守夜。区委主要领导都上去了，下边的领导还不鞍前马后的配合管水分水，生产队及用户就像办酒席，修老斋一样全身心参与。温饱虽然解决了，经济发展仍然缓慢。

而今干渠多年没通水了，看似报废成了古董。但是灌区的肥田沃土都获益于习酒的发展，作为习酒的绿色有机红粱生产基地，比种水稻、苞谷都强，稳定增加农民的收入，不但节约用水，而且减少了对东风水库的依赖，也解除了各级领导和老百姓对旱区种水稻，盼水、管水、用水的辛

---

① 受访人：习水县原回龙区水管站站长，习酒镇人。

劳，同时对习酒厂购进红粱，也降低了运输成本。

怎么看习酒的发展？

习酒厂的创始人之一——曾前德老师，因为是地邻，我们相互认识，他很精明能干。历经家庭、社会坎坷，创建习酒厂，了不起！记得我1968年到云南打工，当时叫搞副业，通过他的关系，搞了两瓶“红卫曲酒”。带到云南的酒，因我不小心，包装封闭弄出问题，在贵阳到云南的火车上漏了出来，满节车厢都有味道。很多人惊呼：哪来的酒香，好香啊！一晃都是四十多年前的事了。

那时的酒厂叫红卫酒厂，当时回龙区建在我们生产队后槽的红卫林场，由于酒厂发展壮大了，林场20世纪90年代场垮人散，一蹶不振变荒山。领导人真是关键的关键。1984年，我参加工作后，水利地质勘测工程需接待用习酒十件，由回龙区公所出具证明，我到酒厂找母泽华副厂长，排队等了三天才得到。好东西，什么时候都紧俏。

谈到领导是关键，尤其是企业的领导，决策和前瞻性不是一般人可拿捏的，在陈星国没任酒厂领导的1971年，因他的三堂妹子嫁给我家的三堂侄儿，他是送亲礼宾，前来（从周家道角头）我家。以前交通不便，送亲的都要住宿一晚，他住在我家，和我住一铺。我们是“同床异梦”，他梦想“百里酒城”，造福一方，我的梦想是找一个“饭碗”，养家糊口，都已实现和正在实现，就是不能同日而语，做梦的习酒厂长和追梦圆梦的习酒领导，都一脉相承地为打造“百里酒城”、君品习酒、习酒文化奋斗着。

我的孩子没进酒厂，但我弟兄三人这个大家，有后人进酒厂，我有事没事喝的习酒，多数是我侄儿、侄媳妇把他们酒厂的福利送给我。习酒好喝，两个人喝一瓶没问题。

记得在经济时代，习酒厂（包括郎酒厂）方圆二三十里路的农村人都到酒厂背过糟子喂猪。有一次，娃儿他妈没天亮就起身到酒厂背糟子，我早饭后想在吕家岗一带接她，哪知背的人多，你早，人家比你更早，一大早就开始拥挤排队，一时半刻得不到。我走走停停，一直到酒厂门口才接到她。可以说家门口的酒厂，以前、现在、将来，都直接或间接地造福地方百姓，我们生产队现在进酒厂的都有二十多个。从两件事可以看出习酒的发展对我们身边事的引领和推动：翻开任何一家人几十年来的红白事情人情簿子，可以发现经济发展的脉络。20 世纪 50 年代五角钱就可以，60 年代 1—3 元，七八十年代 2—5 元，90 年代 5—10 元，21 世纪头十年 10—50 元，最近几年多数在百元以上。我们 2003 年倡议捐资修通瓮坪至回龙公路的房前屋后中间段公路，逢赶场，方圆 500 米左右用高音喇叭鼓动宣传，附近居民的捐款包括亲朋好友的帮助，前后收到捐款 4000 多元。今年一场洪水，毁掉生产队一线回龙至瓮坪的公路，虽经村组织铲车抢险，大部分地方已无能为力，经生产队在网上发起募捐，个把星期看到我侄儿发回的信息，已经收到捐款 1 万多元。2003 年几十天募捐了 4000 多元，2019 年一个星期就募捐了 1 万多元，16 年前后，无论从哪个角度看，都进步了。仔细一看，在酒厂上班的员工、公职人员和商业从业者捐款是多数。

交通方面，我 1967 年到绥阳打工，当时称为搞副业，习水没通客车。天一亮，从家头与遵义的房亲一道起身。太阳落山才到茅台，第二天上遵义，晚上脚、小腿痛得睡都睡不得。瓮坪这一带 20 世纪 90 年代前是死角，这一带的农民，每年四五月背苕藤到回龙卖，卖的钱是一年的零花钱，因回龙周边或往上，海拔在 800 米以上，当时没有薄膜，无论集体还是个体户的红苕藤都是靠下大湾、新寨、岩寨的人提供，要多辛苦就有多辛苦。因为有习酒厂，后来的黄郎公路、茅习公路、大瓮公路都在新寨交汇，沧海桑田，现在都开发为白酒生产基地，前几天从两河口上来，简直找不到路回家了。

一谈到习酒，就有好多话要说，总怕挂一漏万。因为习酒，茅习公路、黄郎公路、二郎滩大桥，特别是江习古高速公路、赤水河红军大桥，在川黔两省的界河边、界河上，施展了交通的大手笔。30 年前，我为送朋友的儿子到毕节水电学校读书，从老家回龙出发，在古蔺宿一夜，天一亮坐客车经摩尼一带到毕节已经过了下午两点。现在赤水河大桥一桥飞架南北，两个小时就到毕节了，地球是个村并不夸张。

因为我喜欢喝酒，喝的大多数都是习酒，寄习酒一言，能否给一些已经富起来的习酒同人一个平台，让他们“立德、立言、留名”？像暨南大学，他们的校友、学友，发了财，回馈学校，以他个人的名义，出资扩大建设，在校园内命名建筑物，并树碑立传。

习酒同人完全可以在习酒厂的地盘上，打造一个文化高地，与习酒走到地老天荒。

58 怜贫向善*

家里人对您在这里（观音庙）支持不？

没有经过他们同意。大儿子都说我自己的身体，自己安排。

那您是每餐都吃素？

肉也在吃，只是现在不喜欢吃了，我是可以吃肉的，只是皈依了，初一和十五戒口，其余的没有要求。

我是二郎街上的，是嫁过来的。我姓张。我有一个哥哥，三个兄弟，只有最小的兄弟和我还在了。我爸爸死得早，丢下我们几个和我妈。我弟弟在今年5月份来看过我。我1955年成家，那时候20岁，开始在二郎滩背背篼求生存，那时候没有田地，打工只能靠体力。我一直背到了21世纪，老伴死得早，好像是2002年死的，记不清了，当时他生了病。开始的时候背粮，后面又做搬运，背粮背了20多年。当时我老伴摔伤了不能搬运，我就去替他搬运，养五个孩子。我们的孩子有三个上完了初中，两个上完了小学。老伴死了我才没有干背运的活儿了，刚开始是背粮去酒厂，在酒厂上酒①和下粮，后来背矿石，也有20多年，是在河边上船。背石头的时候，单程需要2个小时。丈夫死了10多年，我有三个儿子和两个女儿。最小的都已经成家了。老伴走的时候老大成家了，当时老大有20岁。

---

* 受访人：赤水河流域古蔺县二郎镇观音禅院居士，女。

① 从车间交酒到酒库。

这座寺庙是一直就有吗?

我来的时候才有的。老庙中华人民共和国成立后就拆了，老庙没有这么大。年纪最大的一个师父姓朱。现在的庙是后面重新修的，一个姓罗的师父资助修的。我现在没有事，有空过来帮下忙。今天主持师父去泸州开会学习了，叫我过来帮下忙。

这里的香火旺不旺?

还可以。平时一个月1000多元是有的，观音会的时候会多些。寺庙花费也是需要很多钱的，家具都是自己买的。现在这里有一个师父，两个居士。师父是从重庆过来的，还没有来几年，是去请过来的。对面贵州有个二郎庙，我也去烧香。

有人说中华人民共和国成立前那边很热闹。

中华人民共和国成立前我不是很清楚，我们是1955年才到街上来的。

我五年前就在这里，那时在修庙。当时一个月有1000多元的工资。现在我是过来帮忙的，不要工资，菜都是老邓厂长买的，有人帮忙送上来，当做好事了。我们存钱和取钱大家都是知道的。菩萨面前，要讲规矩。另一位居士也是本地人，是太平渡的。以前的师父来段时间就走了，这位师父可能要常驻。上一个师父死了后，就去请他过来的。这山上有几座坟都是庙里的和尚死后埋在那儿的。

每天的三餐正常吗?

正常吃的。有时候外面的人会过来吃饭，但需要提前打招呼。

每年最热闹的是三个观音会，那时候应该需要做很多饭菜吧?

观音会的时候，街上会有年轻人上来帮忙煮饭，要做好几盆饭，一盆大概7斤米。

平时烧香的人会与您聊一下吗?

他们一般烧完香就走了。来吃饭的我们一般做三个菜，两个汤。

一般信徒来了是烧几炷香?

三炷香。一炷三枝，观音菩萨前一炷，两边的菩萨各一炷。

您80多岁了，上这些石梯没有问题吗?

没事。

您以前下苦力，现在平时脚疼不疼呢？

有时候会疼，但不多。现在托菩萨的福，脚还不痛了。

您喝酒吗？

不喝酒。

在酒厂搬运的时候一袋粮有100斤，您能背得动吗？

是180斤。我和男的一样背，一样的工分，一样的钱。

没有办法。上坡的时候解下来一部分，背120斤，那时候我只有90斤重。我今年85岁（虚岁）了，现在没有什么念头了。我儿女都大了，孙子也很多，我现在也没有什么病。

对面的赤水河高速公路大桥就要通车了，对面的习酒厂越修越大，您去过吗？

习酒厂我没进去过。我坐不了车，晕车。我去过贵阳，去过一次。在贵阳待了几个月，照顾生病的兄弟。后来他走了，我就没有坐车了，那是我去过最远的地方。

我刚才烧香礼佛的时候，您为我念的是什么？

一些祝福语。老人长寿，个人工作顺心，孩子健康成长，学习进步。

59　死生契阔*

您今年是七十高寿，精神很好，感觉五六十岁似的。

你怎么知道我今年七十了？

我加了您的微信，在朋友圈看了一下知道的。上次我们在游泳的地方见过面，知道您喜欢游泳，您的气色一直都特别好，上次和这次见面都是差不多的。

变化不是很大。

听到别人跟我讲您的几件事情，都是特别有意思的事。您是从小就喜欢音乐吗（随身背有一个小型音响）？

应该是。有音乐以来就喜欢，从小就喜欢。

那您怎么不往这条路上走？

我没有这个资质（条件）嘛，只是喜欢，没这个资质。

您是喜欢听歌，还是唱歌，或者是演奏乐器？

乐器我就只会吹笛子，其他的不会，但是有一个问题，我十七八岁才开始学，造诣不高；还有就是那时候成家以后，没有几年就分家了，1975年分家后就开始养家糊口，接着我又去习水做手术，1976年做一次手术、1979年做一次手术，差不多是隔几年做一次。

当时您多少岁？

---

* 受访人：习酒镇黄金坪村人，参与20世纪80年代习酒基建工程。

1975年的时候26岁。

26岁正是壮年时期，怎么去做手术了？是个人身体问题，还是遗传？

这是个人身体原因吧，我的父母兄弟他们都没有。

那时候县医院有这个医疗条件吗？

第二次是在县医院做的，当时的肖医生就说我的肾有问题，我叫他帮忙查，但是他说查不到，他们那儿没有药（显影药）。最后花了两年的时间才买到这个东西，买到以后我直接去遵义，不在习水治疗了，在遵义检查后的结果是，右肾完全亏损，左肾完全正常。当时叫我交100元的住院费，那时候100元是很大的一笔钱。

那时候的工资是多少钱一天？

1元多一天，将近2元。我回来后到处借钱，到处去叫人还钱，才去把手术做了。您看我的朋友圈的话，那您应该能看到其中一条，讲的就是这个故事。我在朋友圈里讲述的就是这个事情，当年只剩半条命，那年刚好30岁，过了40年，我现在还在。在青年的时候，就经历人生中的大事，药物都是自己去买的，而且是人托人、事托事找人帮忙去买的，不是随便就能买到的。费了很多的周折才买到，买到后才去遵义医院做的手术。县医院我都没去，肖医生那边我也没回复他，直接去的遵义医学院，医生告诉我，右肾必须要做手术。因为当时也怕别人骗我，我要求切割以后看一下。当他们做完手术把肾端过来的时候，特别臭，都已经腐烂了。麻药过了以后就清醒了。应该是半麻，毕竟我做的是肾切除。40年前就切除了。手术还是很成功的。这个手术以后，随着改革开放，几年时间我就走上正轨。

大难不死，必有后福。

算是吧。

手术几年后才是正轨，以前不是吗？

以前是吃饭都有问题，哪里算正轨。

那时候社会差不多都是这样啊？

我是连续四年开三刀，那是什么概念。分家过后，只有三升米。

那时候房子是自己修建吗?

不是，我家的房子是大家一起修建的，但是没有完工。兄弟一起修的，然后开始分家，抽签决定各人分到哪间房，我抽到新房子，还没修完的新房子。

可想而知，分家后仅仅得到几升的米。大家都穷。分家以后又要养这个家庭，住的地方都没弄完呢。做手术还需要大量的钱，每次做手术的钱都是借的。

自从分家以后，没机会去种庄稼。当年父亲刚过世，分家的时候，我上有老，下有小。首先面临的问题就是如何生存。手术过后就改革开放了，我没有选择继续种庄稼。刚开始想发展种植业，后面又做养殖业，但是都没成功。种植、养殖都没成功。养了鸡，下了蛋，但是蛋都卖不出去。

当时大家都养了鸡，这不是必需品。

当时的消费水平有限，当地居民都没人买。

大家都种庄稼，您怎么就不安分?

当地人说我穷。

您想争这口气?

毛泽东说过“穷则思变”，也不是争气，就是觉得要搞这个，虽然种植和养殖都失败了。

接下来事情怎么发展的?

习酒厂扩大规模，向大地发展，从我们大坡这地方过。当时大坡要修三个生产房，实际是两个生产段，其中一个让我们生产队修。给生产队出钱，就可承包这段工程。当时我和另外一个人竞争，那人把价格定到 50 元，我直接出到 150 元，最后他就放手了。

按竞价，谁的价格高，谁搞这个工程。

嗯，最后赚了 100 多块钱。

那您前后搞了多久完成这项工作?

一个多月。

那您一个多月赚100元钱，那算是笔大钱了。

那时候算是吧。

这件事情做得顺利吗？

一帆风顺是不可能的，我出价高了，我们生产队的很多人都不相信。最后我是转包给别人，然后自己赚了一点儿。

好不容易拿到工程，一般都是自己做，您却转包给别人，这个是自己想出来的？

嗯，没有人指点。有不信邪的会接手。

接手那个人没亏吧？

肯定没有亏啊。工程总共有多大，具体我记不清楚了。那时候大地的工程开始了，我打泥沙卖给习酒公司，做了几个月，快到过年了，做了一些基槽，然后就没有事情做了。四川郎酒厂大干，我就跟我的亲戚去烧石灰，年关过后又跟亲戚去四川搞工程。这些都是1986年的事情。那一年还是赚到3000多元钱，那时候3000多元钱在农村是一笔很不小的钱。接着做石方、土方工程，1988年干完了就没有事情做，这两年我就赚了2万多块钱，然后开始修房子。在老家重新建了钢筋混凝土房子，房子修完都还有几千元钱。当时我已经当上了生产队的队长，有一些钱在我手里面管着，有一些人说我用集体的钱修房子。我冒火了，就用剩下的几千元钱买了一台机器，然后就没有人说了，大家最后算了一下，我没有用生产队的钱，整个生产队的两万九千多元钱，少了一分，都是责任重大的事情。

您买了一台什么机器？

柴油打米机。妻小在家就经营打米机，挣不到多少钱，但是挣个买盐巴、买油的钱还是没有问题的。1988年修房子以前，我还买了一台石粉机，平时我就下乡打石粉。1988年修房子，1989年儿子结婚，进入习酒厂。1992年习酒厂又扩大规模，我又开始搞基建工程，做到1993年下半年，我赚了笔钱。那时候他们都进厂，我就没进厂。我那时赚的钱，有些人10年都赚不到。1992年习酒厂扩建，我做土石方生意，算是打了一个翻身仗。

哈哈，那一手以后，我就退隐了，那时候觉得挣的钱足够了。1993 年下半年工程结束，我自己都觉得钱足够了，只要自己不乱整，就足够。那时候我叫老伴和我一起耍，但是她不，我就说：我叫您耍，您自己不耍；我耍的时候，您就不要说我哈。1993 年酒厂业绩滑坡，我买了一辆平板货车给儿子经营，一年都不到，就亏了两万多元，买车亏钱，开车也亏钱。后面把车卖了，开始经商，还是走出来了。

1992 年，在酒厂工人工资最高的是 4 块钱一天。

您的钱挣够了，出名也早，这种感觉是不是特别好？

我是 1993 年以后就一直在耍了。

怎么耍？

不干活，偶尔打一下小牌。

近 30 年时间您干了些什么？或者去哪些地方耍过？

主要就是旅游。现在的话就喜欢旅游，如果你迟几天来的话，我可能就去东北了，去漠河。

约好人没？

本（村）队有一个，不知道他到底会不会去，有次去河南，我自己一个人都游了 20 多天。

那您主要坐什么交通工具？

普速列车、高铁，这些都能看到风景，除了飞机，但是去三亚、香港、澳门都是坐飞机，如果是我自己一个人出行就坐硬座。我出行是为了看风景，而且我不缺时间，我就想要看风景。

当初挣完钱之后，您可以选择自己喜欢的生活，那您有没有想过学音乐？

反正开始挣钱之后就没想过了，上半生苦了一些，下半辈子我要耍回来。

那您这几十年，耍够没？

耍够了。

那您还有什么想要的没，或者还有什么遗憾？

没有遗憾了。假如明天我就死了，也是没有遗憾的，因为每一天我都过好了。

我看您微信的昵称好像是“天天好心情”。

嗯。

听别人讲，您前两天准备去学摩托车？

现在骑不了，那是几年前的事情。

那时候也是60多岁啊，怎么突然有这个想法？之前那么长时间怎么没有想？

以前轿车没有进入千家万户，现在进入了，没有驾照不方便，有车方便自己，想干嘛都方便，但是现在放弃了。

会驾驶，确实方便很多。

但是老伴反对我驾驶，不管什么车子都反对。几年前就反对我开车。

那您最近在70岁生日之前就立了遗嘱，您是怎么想的？

儿子说是“绑架”他。我这是让外人不能说闲话，如果不按照这种方式，别人会说他们不孝。

您立遗嘱之前，你们讨论过没？

这件事情，几年前我就有这个思路了，但是没有跟他们讲过。内容是这样的：

> 自古道：人死如泥，也就是说：人死之后就什么也不知道了，给死者做道场、做斋都是没有实际意义的。但受传统的影响，一旦哪家老人去世不请先生做法事或做斋，别人就会说他的后人不孝或说他后人不愿为老人花钱等说法。但根据我这一生所经过的事来看，这种做法纯属迷信，没有科学依据。故在今日当众亲友之面立遗嘱如下：(1) 吾百年之后，不得请先生做法事。只需一音箱播放些轻音乐或歌曲即可，且声音不宜过大，晚十二点之前即停播，以免扰民。(2) 亲朋及地邻该玩牌或麻将的各取所爱，尽兴而玩就是。(3) 停丧不得超过三日即需安葬。(4) 以上各条，望我子孙遵照施

行，否则即为不孝。

立遗嘱人：×××

公元二〇一九年七月初七日

附记：

本人主张厚养薄葬方式为好。因为生前过得好自己知道，死后葬礼再隆重死者也不知道了。

七十周岁有感

人生七十古来稀，如今已觉不为奇；
当年戏吾半条命，四十年后还继续。
劈波斩浪平常事，负重百年没问题；
四世同堂天伦乐，神州遍地留足迹。
气绝咽喉万事空，迷信传统害无穷；
道场作他五七日，锣鼓音响震长空。
地邻忙得团团转，儿孙累得显愁容；
又耗资财又费力，身心俱疲似病龙。

“绑架”这个事情怎么说？

儿子的意思是，觉得不该让他们按照我的指令来做——遗嘱最后一句的意思是“儿孙不按照我的话做，就是不孝顺”。另外，我也邀请了我们的生产队长、本家的两位贤达，共三个人参加我的寿宴，共同来做个见证。但是他们平时都跟我没有一点联系，而且我叫他们不能带一点礼物来。

立遗嘱，需要把自己的一生想清楚，也要把自己的死想清楚。

我把自己的一生想得很清楚，对于生死，顺其自然，只要过好每一天就可以。

您这句话容易说，但是不容易做，很多人提到死这个事情，就是害怕的。

几年前，我看到有一个脸上红光满面的人，但是突然有一天生病走了。我就觉得要好好享受人生，去看看中国的各个省市，在自己能动之前，享受生活，必须乐观。

您在年轻的时候就乐观。

不知道忧愁为何物。

您怎么做到的？

有忧愁就想办法解决，解决不了就算了，尽力了。

听说您去遵义做手术的时候，钱被偷了？

嗯。但是我没忧愁，回来的钱都是借的，忧愁没用。

您去旅游，带老伴吗？

她没福气，她坐车晕车，而且也不愿意出去。我说过，谁能劝她出去，我奖励 1 万元。

您为什么会有这种精神？

至少对于问题、对于困难，我很能看得开。

对我们晚辈，有什么对我们讲的？

哈哈，忧愁没用。有困难、有问题就去解决，通过方法去解决，不能解决的就放下。脚踏实地，把当下的事情做好，不好高骛远。

那您在赤水河二郎滩头游泳，每天都会去吗？

嗯。每天至少 3 圈。

水流急吗？

不急。基本上都还可以，每年都不一样。

60　习有千秋*

您怎么看习酒的企业文化？

根据自身的了解，习酒确实做了企业文化方面的建设，但是显得不大气。从载体各个方面来讲，没有赤水河流域文化那种感觉，相对于古鳛国、古鳛部，就显得不那么大气。

怎么理解大气？

根据自身的经历，自己的亲身体会，习酒的企业文化可以从赤水河谷的各个方面来考虑，包括酒文化与文明。把文化放到赤水河领域，以及历史长河的各个时代中。与当地的群众结合在一起，以及酒礼、酒器等。习酒现在的企业文化的缺点是只谈自己的企业文化，不去结合外面的文化，就显得比较狭隘，失去大气。小气的企业文化就是自娱自乐，自己说，自己看。大气的企业文化，就是放大放远，找到自己的根。

企业文化在空间上、时间上、人群上都要有结合？

要取得各个方面的认同，要把习酒与习水紧密结合，体现大局，体现责任担当。需要出版一些好书，关于习酒的书。举办一些有影响力的固定的文化活动。我个人还没有看到一本书是系统的介绍习酒公司的发展过程的。当然有一些，但是没有那么全面。习酒有一些东西，但是没有那么霸气，没有能让人一看到就撞击心灵的，觉得是不可思议的东西。

---

* 受访人：习水县地方文史研究专家。

自身的文化挖掘是指？

习酒镇的位置位于古鳛水、古鳛国等地，所以才把这里产的酒叫习酒，这都有一定的联系。习姓作为一个研究的方向，我们也做过一些研究，也出过一本书。他们习姓后人承认习姓在贵州有过一支，在贵州这边是最早的一支，他们也是承认的。习水有条河是习水河，习姓是从古鳛国迁出的。历史资料记载，习姓总共有 3 支，但是我们研究的成果认为，只有 2 支，承认习姓的发源地在这里。《习仲勋传》有此记录。明代有族谱，清代有族谱。我们这边的这一支是大家都认可的，习姓后人都认可我们这边有古鳛国，历史资料也能找到。习姓后人在做研究的时候，发函到我们这边，那是 2013、2014 年的时候，征求我们的意见。我们把资料传了过去——正式出版物，我们还没收到他们的回复，但是我们的观点是得到承认的。据我们所知，习姓的起源有二，一是河南邓州，二是少习，少习原是一个地名，在析县（今河南省西峡县，古有白羽城）东之武关。古诸侯国鳛国覆灭后，鳛国人以国为氏，称为习氏。古代鳛国在现在的陕西省丹凤县武关附近少习山一带，但是没有资料证明陕西有古鳛国，习氏后人尊习响为习姓的始祖。

如果陕西那边存在古鳛国，当时陕西省委和专家，联合了 8 个省区的档案馆及中央档案馆、解放军档案馆的 10 来个单位的专家学者出的《习仲勋传》，如果有国，书中内容不会这样写（习姓出自古鳛国），本人是审了稿的，非常严谨，不可能这样定。由陕西牵头的著书都不敢这样写，这不是简单的传记文学，可以当信史来使用。少习，要么就是复姓少习，要么就是单姓少，那个地方并没有发现古鳛国。我们推测，当时外族侵入我们这里，古鳛部有一支不愿意臣服，迁出去后，缅怀故国，可能是迁到少习山。“少”是“年少”的意思，要么是面积小的意思。另一支源自汉代时候的“息”姓，源于国名，出自西汉时期大臣息夫躬，属于以避难改姓为氏。但是为了躲避追杀，后来才改成“习”。大家普遍承认最早的一支在这里，我们占有的资料比较多。云南也有一支——纳西族，他们自认为族源就是茅习部落的后人。这说明，可能有一部分人是从这边沿赤水河而上，分支过去的。民族的划分是后来的区分方式，只有百把年的历史，以前都是称什么人。至今还有很多人没有认定民族，比如赤水河边的叙永等地的一些人，还有未识别的“羿子”等。

文化要有源头。

习姓的祠堂族谱，都写“源自鳛国　望出襄阳”。很多地方没有我们这个资料，习姓不能往前推。只有我们这里，从茅习部落、鳛国、鳛部，到今天的习水县，这个名称一直没有变，其他地方的名称都变去变来。包括近一点的“遵义”，远一点的“北京”，名称都变了若干个。我们这个地方，一直没有变。因鳛鱼而得鳛水，因鳛水而得鳛人、鳛国、習姓、鳛部，一直传承过来。一个地方，以一个“习”字传承下来。

“习文化”是我们这个地方的精神财富，这个地方的文化瑰宝。

61　习酒大桥*

我想建议一事，就是把即将开通的“赤水河特大桥”命名为“习酒特大桥”①。

主要的原因：一是全国目前有特色特点的特大桥梁，都是以地域命名，作为亚洲横跨第一高桥，主体大部分在习酒镇境内，以“习酒”命名不是跨镇硬为之。二是赤水河因为四渡赤水、茅台，其名之盛，远盖习酒，自然之物锦上添花无益。而习酒作为贵州酱香型白酒的“榜眼”，与其他酱香型白酒的竞争，需要用桥的影响力扩大酒的知名度。三是赤水河在贵州境内有几十公里，从“自私”的角度来说，赤水河是云贵川多个县市的，不是习水的，但习酒是习水的。四是习水县提出要“两全一强”，命名为“习酒特大桥”，可以体现县委县政府对习水白酒的支持，对习酒发展的关心。五是习酒公司自己“踮起脚”想做这个事，江习古高速公路不管是现在还是今后的商业开发运营，习酒都想出钱，也能拿钱，这于习水、于习酒、于江习古公司都是有利的，几全其美的事。

---

* 受访人：时任习水县某乡镇领导，习酒镇人。

① 习酒公司西北侧将建成亚洲山区“第一跨”的江习古高速公路赤水河特大桥，桥下将拟建赤水河玻璃廊道，以供观光旅游。工业旅游是伴随着人们对旅游资源理解的拓展而产生的一种旅游新概念和产品新形式。工业旅游在发达国家由来已久，特别是一些大企业，利用自己的品牌效益吸引游客，同时也使自己的产品家喻户晓。在我国，有越来越多的现代化企业开始注重工业旅游。近年来，我国著名工业企业如青岛海尔、上海宝钢、广东美的、佛山海天等相继向游人开放，许多项目获得市场的高度重视。

领导出面，“登高声自远”。

不当之处，敬请批评！

是不是用“习酒大桥”命名就好。只需用一“大”字，无须“特大”二字。

“特”字要否，如果领导要做此事，一定会征求习酒公司意见，到时习酒公司提出来就可以。

习酒镇建了赤水河上最大的桥，叫“赤水河大桥”。我以为赤水河上不缺少一座“赤水河大桥”，但是世界需要一座“习酒大桥”。

大桥命名有程序，有许多工作需要做。

值得。之前的“虎门二桥”，现在改成了“南沙大桥”。

62　志高路远*

夏天贵阳温度为31—32摄氏度，重庆38—39摄氏度，习水的温度大致就是二者加起来除以2。

习水夏天是个乘凉的好地方。

习水有几个地方夏天适宜避暑，以前的仙源镇，因为雾大，茅草棚屋子里都是湿的，夏季只有27—28摄氏度，早晚板凳上都是湿的，现在气候变化，没有以前雾气大。习水搞休闲旅游比较好。

重庆是个“火炉子”。

很多重庆人在仙源那个地方买了房，假期就带着老人和孩子过去避暑。在这些地方旅游，吃住便宜，现在交通也方便了。

您是习水县中华人民共和国成立以来，交通事业最早的参与者。

政府修第一条公路我就是参与者，第一条公路是从赤水县到遵义市（经习水）。

后期的道路，您也参与了建设？

习水当时106个乡，后来并为80多个乡。把乡与乡之间的道路修通后，我才退休的。

当时我的想法是，在退休之前将习水交通问题解决了。我退休的时候，修了近3000公里，设计、测量、修建，我基本上都参与了。我参加工

---

* 受访人：习水县交通道桥工程师，习水县交通发展参与者和见证人。

作时，分配我到人民委员会，现在称为县政府，1955 年是在建设科，当时建设科包括工业、水利等；1955 年下半年分为交通、水利等各个科，建设各管各的。当时在交通部门，技术人员想走都调不走，因为技术力量少。当时我有一个想法，既然我在做习水交通工作，我就要做一个“名堂”①出来。第一条我就想到，习水人民还过着肩挑背驮的生活，交通条件差。那时候只有县里面的医疗条件好一点，如果生了病，到县城看病，要走几天几夜。孩子要读书，那时候都是走路上学，如果遇到涨水，过不了河，也上不了学，有的还被河水冲走了。有的妇女怀孕，难产，准备送医院，遇到涨水，过不了河，就死在岸边。全县 24 个渡口，没有一个渡口没有出过事故。习水县内我亲自参与设计的桥都有 30 多座，在我退休时，基本上都建成了。乡村公路有一部分通了，还有一部分没有通，这几年好了，政府对交通的投资大，从高速公路到乡村公路等，贵州投入了 300 多亿元解决乡村公路的问题。原来我们修路，民工是作为义务劳动出工的，生产队记工分，国家出材料费，没有炸药就用火药，现在修路都使用机械。以前修一条路要几万人，从这里修到仁怀，当时全县调集了 1 万多人，县级领导带队去修。从马临到二郎大桥那段修得最快，只用 27 天就修通了。

这条路什么时候修的？

1966 年，正好是“文化大革命”开始的时候，那些从北京回来的人就开始闹了，很多人因为修路被降职，如果不是耽搁了，回龙那边会提前通车，永安也是这样。当时从这里修到二郎乡政府只花了 11 万元，现在修的乡村公路，1 公里要投入 40 万—100 万元。

政府投入的力度不一样。

那时候连伙食都是工人自己负责，乡镇杀猪，做菜送过来吃，但是民众参与的积极性高，因为想解决困难问题。现在交通好，农村打 120 电话，只要十几分钟救护车就可以到，县医院也可以解决一般难题。以前有大病都往重庆、遵义送。扶贫第一要解决的是交通，还有水电、通信，都应该

① 名堂：有多种意思，如花样、道理、成绩、内容、结果等；出自《官场现形记》，西南常用方言。

放在前面解决。

您参加工作的愿望是实现乡乡通公路，今天习水交通的现状超出您的想象了吗？

超出了，现在修路国家投入很大。

您以前回家去温水，要花多长时间？

原来要 1 个多小时，现在 20 多分钟。

这个也是您没想到的？

想到了，但没有想到我们这辈人能看到它实现。国家发展带动交通发展，交通发展能促进国家发展，相辅相成的。

现在赤水河大桥马上通车，您去看过吗？

去看过，去年去的时候塔架还没有完成。

听您讲道路设计和桥梁设计有区别，当时您路和桥都在修吗？

我是道桥工程师。

那现在还有像您这样两个专业都懂的人吗？

有，如修港珠澳大桥的负责人，是南京交通大学毕业的，由于想到小时候过桥难，读书的时候选的是交通大学的道桥系。

交通不便面临的困难，也是您小时候感受到的吗？

我小时候赶场，早上过了桥，到了中午，因为水位上涨就过不去了，要么等水位下降，要么就靠大人背着过河。

习水修路是您的亲身经历，有什么感慨？

习水是山区，修路很苦，1958 年的时候修路晚上不休息，晚饭吃完了接着干活，干到 11 点，上午 6 点就要起床。从 3 月 8 日开始一直做到 8 月 17 日，有时候坐下来就睡着了，爬不起来了。不但民工辛苦，我们管理人员也辛苦。

习酒的发展，您一直见证。

当时曾前德①还在习酒厂，那时候酒厂一年只产几千斤酒，要给酒取

① 习酒事业奠基人之一，习酒公司前总工程师。

个名字，当时他提出来以“黄金液”命名，后面需要将“红卫”两个字弄进来，有保护国家之意，才取名“红卫酒”，后来改叫“红卫大曲”，以后才取名习水大曲、习水特曲等。

当时您参加了会议？

参加了，那时候参会的都是技术人员，我和曾前德都是县里的技术骨干，参与会议的都是科委部门的。

工程业务和习酒有往来吗？

我们交通部门是得到习酒厂支持的，那时候专门有一个仓库存放几十件酒，需要时分送给设计院的领导等。

习水到习酒的道路经历过几次变更，最先是从岩寨绕。

最先是从县城到岩寨乡，再到的酒厂。

修习酒至临江这一条路您在吗？

我当时是副指挥长，主管技术总工，前后修了 3 年，没有机械，都是手工操作，加上资金跟不上，省里只拨付 300 多万元，最后花了 400 多万元，后期找到四川郎酒厂，还得到 50 万元支持。

修习酒到回龙 20 多公里路的时候，20 多天就修完了，我只去过 2 次，路就修好了，加上有工分，群众的积极性很高。

您怎么看这个事情，交通变化和人的变化？

确实变化大，现在的人想的是怎么把钱拿到手，但工作干得少。原来一周都是休息一天，现在休息两天都不够，我们那时候参加工作只有 15 块钱一个月。

现在县城的变化也很大。

我来的时候，县政府已经搬到街上去了。我们在县政府旁边的泥巴房里办公，一个办公室加上科长有 3—5 个人，遇到有工作要下乡，一个人在办公室就要揽一个大摊子，有一段时间，我在办公室通宵，每天晚上用电话向省里汇报。打电话，要在前一天将电话拨通等着，要不然来不及，当时只有一个总机，当天不成，就要等到第二天。自己的工作没有完成，有时候要干通宵，晚上点着煤油灯办公。

您的工作，很多人羡慕。

当时还是受人尊重的。每月有固定的收入。当时有机会做副县长，我拒绝了。我的工资不比县领导少，我想的是，我当一个工程师，将我的愿望实现，把全县的路修好就行了。当时也有很多人尊敬我，见到我都是用“穆（姓）工”的尊称。

对家里人，特别是下一代未来的发展，有怎样的期待？

学医、做教师等有益的事情，行政工作是有人干的，我希望他们能为社会做点事情。

志向高，路才远。

结语：什么样的一座桥

赤水河上，习酒厂旁，新的大桥横空出世，一代人的盛事，需要有人记载。原本是简单访谈，想在报纸上以短文的形式连载，因故未成，便结集成书。

桥，改变空间，也改变时间，其所带来的意义，由人承接。空间在于高阔，时间在于远长。若高为远，若远为高，其间必定需要信仰。意义之所在，若有价值，它也必当是一种能坚持的信仰。但是，信仰不能是一种束之高阁的学问，它必须是一种行为，必须在实践当中，意义才会彰显。

习酒人欢迎大桥建设者的到来，而习酒自身的意义，在诸多大桥见证者的记忆中存在。建设者们到来，建造大桥，结识习酒。习酒通过大桥，走向远方。在远方，习酒和习酒的故事，又带着更多的世人来到大桥。尽管商业活动的目的，首先是盈利，但其终极价值，始终在于改变人们的生活，从交通到消费，从理念谋划到项目实施，从产品组织到市场销售，从生活场景到消费话题，万物连接，人人都在开始，一切都不是尽头，事业如桥。

“人的伟大，在于它是一座桥而不是一个目的；人的可爱，在于它是一个过程与一种衰落。”尼采说的那座桥，是说人是作为一种桥梁存在，一边是野兽，一边是超人。人的成长本身就是不断超越自我的过程，追寻强意志力、追求“超人”的过程。每个人的经历不同，感受不同，但无论是大桥的建设者，还是习酒的酿造者，始终连接着过去与未来，连接着精神与物质世界，连接着辛酸苦辣与欢愉快乐，人生如桥。

赤水河大桥和习酒的历史如何被创造，其记忆如何散落在民间、驻藏于空间、深嵌于时间，它们彼此之间又是如何联系？记录这些内容，理清这些事，桥便成了酒，酒便成了桥，最终都在连接世间的情与爱、生活和美好，大桥的建设者、习酒的酿造者在这一端，读者和消费者在另一端，著书如桥。

桥、习酒、河流、家人、生活，从哪里来和到哪里去，始终是访谈的重点。语气、态度是情绪的表达，它是意义的重要部分，书中尽量保持对话原貌，这是此书的特点。但这些文字，细究起来，可能又是书面表达中的病句和赘述，尽管访谈者在现场与受访者交流通畅无阻，但是可能会影响到读者对内容的理解。两者之间的权衡，文字内容的调整和取舍，正是考验作者的见识所在。失当之处，敬请读者批评指正。

再次感谢四川路桥集团（江习古公司)、茅台集团（习酒公司）的领导和同事们的帮助！感谢各位被访谈者！感谢整理录音的习酒企业文化部同事卿阳，他是最先全面接触到受访者和访谈者声音的人，并一字一字地在键盘上敲打了最基本的内容，在此对他致以最诚挚的谢意！衷心感谢习酒公司领导，特别是具体指导工作的涂华彬总经理、陈宗强主席、企业文化部吕良典部长的支持与鼓励，为此书方向上的把握与笔调上的着力给予帮助。同时，也要感谢中央民族大学出版社辛苦工作的编辑、审校老师，让书稿之中的文字变得更加准确，易于理解。

衷心祝愿四川路桥集团（江习古公司）和茅台集团（习酒公司）的百年企业愿景得以美好实现！

百年之后，桥在，酒在，群山在，河水依旧长流。

附 录

四川路桥简介①

四川路桥建设集团股份有限公司为国有控股上市公司，于2003年3月在上海证券交易所挂牌交易（简称“四川路桥”，股票代码600039），是四川省交通系统首家A股上市企业，母公司为四川省铁路产业投资集团有限责任公司。

公司主要从事高速公路等交通基础设施的设计、投资、建设和运营，以及清洁能源、矿藏资源、新型城镇化、物流贸易、金融证券等多元产业开发。下辖18个全资、控股子公司，员工9000余人。核心子公司四川公路桥梁建设集团有限公司是一家具备公路工程施工总承包特级资质和公路行业甲级设计资质的工程类企业，业务遍布国内绝大多数省份，以及非洲、中东、东南亚、欧洲等多个海外国家和地区，工程建设科技水平处于国内外领先地位，规模、业绩、综合实力位居省级路桥建设企业之首。

公司突出“大土木、大海外、双引擎、多支撑”转型发展路径，在巩固施工主业的同时大力推进产融结合、主辅互动。推进交通基础设施设计、投资、建设、运营一体化，累计控股、参股成自泸、蓉城二绕、成德绵等BOT高速公路14条，合计里程1200多公里。积极发展清洁能源项

① 四川路桥建设集团官网。

目，建成四川巴河、巴郎河流域水电项目，参股世界第一高坝、总装机200万千瓦的大渡河双江口水电项目，远期权益装机规模500万千瓦以上。积极介入新材料领域，投资锂电池正极材料项目，成立新锂想公司，新能源产业迈出重要步伐。大力拓展矿产资源项目，成功收购厄立特里亚阿斯马拉铜多金属矿，有序推进克尔克贝特金矿项目，重组四川南江矿业集团，矿产资源开发前景良好。同时在商贸物流、城市基础设施PPP项目、金融、医药、证券等领域不断实现新突破。

公司高度重视践行国有上市公司社会责任，关注政府、投资者、社会公众、环境等利益相关方诉求，在抗震救灾、抗洪抢险、捐资助学、社会扶贫等方面履职尽责，曾荣获2012年度上市公司金牛奖，2015年最佳管理团队上市公司，2016年荣登“中国上市公司100强”，获得“亚洲名优品牌奖”“中国（行业）十大领军品牌”，连续8年入围《财富》杂志中国500强。

“十四五”时期，公司将秉承“产业报国、发展交通、造福人民”的发展理念，弘扬“攻坚克难、甘于奉献、勇于胜利”的新时代路桥精神，致力于构建综合实力雄厚、经济运行高效、国际竞争力突出、品牌影响宽广的现代化综合性跨国型企业集团。

习酒公司简介[①]

贵州茅台酒厂（集团）习酒有限责任公司（以下简称“习酒公司”），其前身为创建于明清时期的殷、罗二姓白酒作坊，1952 年通过收购组建为国有企业，1998 年并入茅台集团，属茅台集团全资子公司，是中国名优白酒企业。厂区地处黔北高原赤水河中游、红军长征“四渡赤水”的二郎滩渡口，依山傍水，绵延十里，有“十里酒城”之称。

企业占地面积近 4000 亩，拥有员工近 6000 人，其中，国家级评酒委员 9 人，贵州省评酒委员 32 人，中国白酒大师、中国白酒工艺大师、中国首席白酒品酒师、黔酒大师、贵州酿酒大师各 1 名，各类专业技术人才 1000 余人。公司具有 3 万吨的优质基酒年生产、包装能力和 9 万吨的基酒贮存能力。

习酒公司始终秉承中国传统白酒的技艺精华，实施质量、技术领先战略，坚守纯粮固态发酵工艺，恪守“贮足老酒，不卖新酒”的质量铁律，坚持在继承中创新、在创新中发展、在发展中提升，是国内最早能同时生产酱香、浓香两种香型白酒的企业。

公司主要产品有酱香型窖藏系列、金钻系列，浓香型习水系列等。主

① 贵州茅台酒厂（集团）习酒有限责任公司官网。

导品牌“习酒”先后被评为省优、部优、国优，1988年荣获“国家质量奖”称号，2011年荣获“贵州十大名酒”之首称号，2014年被认定为“国家地理标志保护产品”等。2019年，习酒荣获素有中国“质量奥斯卡”之美誉的全国质量奖。习酒在“华樽杯”第十一届中国酒类品牌价值评议中以486.29亿元位列中国白酒第9名，贵州省白酒第2名。

近年来，习酒公司在央视《新闻联播》前报时，邀请著名影视演员、中国电影家协会主席陈道明代言，在机场、高铁、高速、门户网站、航空媒体等组合投放习酒形象宣传片，连续四年在全国各地举办“我是品酒师·醉爱酱香酒”大型品鉴活动等，有效提升了习酒公司的品牌知名度和美誉度。习酒已由区域强势品牌成长为全国知名品牌，正向全国强势品牌迈进。

在未来3—5年，习酒公司将投资80余亿元建设制酒生产区、制曲生产区、包装物流园区、基酒贮存区、科研中心、商务体验中心、运营中心、习酒文化城等项目。届时，习酒公司将实现产能翻一番，规模大一倍，办公环境得到大改善，企业形象得到大提升。崭新的习酒城将会成为中国赤水河谷“白酒文化+工业旅游”充分融合的又一重点品牌。

在贵州省委、省政府振兴白酒产业发展战略指引下，习酒公司认真落实茅台集团发展战略规划，坚守“发展、生态、安全、质量”四条底线，践行“崇道、务本、敬商、爱人”的核心价值观，坚持中高端发展战略，着力在市场营销、品牌塑造、深化改革、优化结构、增强动力等方面取得突破性进展，积极推动习酒向大型现代化企业转型发展，努力打造企业强、员工富、生态美、文化好的习酒新未来。

道行天下[①]

1950 年，为帮助西藏地区发展，巩固民族团结，强化西南边防，西南军政委员会和西南军区组织成立了中国人民解放军第十八军后方司令部康藏工程处，调配 10 万军民修筑川藏公路（1956 年前称康藏公路），四川公路桥梁建设集团有限公司（简称四川路桥）的前身由此诞生。20 世纪 60 年代初，曾经的川藏筑路大军被陆续划归四川省交通厅，逐渐演变为四川省公路局、9 个公路工程处及 1 个局直属工程队；到 20 世纪 70 年代末又精简为 3 个工程处，分别是川交一处、二处、三处。在此期间，这支筑路大军按照四川省交通厅“渡口桥梁化，桥梁永久化”的公路建设规划目标，承担以“保粮、保钢”为重点的公路、桥梁新建和改建任务。随后，又投入“大三线”建设，转战西南边疆，建设了一批重点国防交通工程，为四川现代交通基础设施建设打下了坚实的基础。

党的十一届三中全会后，我国进入改革开放新时期。20 世纪 80 年代初，三大工程处开展企业化整改。1985 年，随着改革的深入，行政指令性任务减少，川交一处更名为“四川省桥梁工程公司”，开始以企业自主经营方式参与市场投标、承包工程。1993 年，根据国家“事改企”的要求，

---

① 四川路桥建设集团官网。

以 3 个工程处和四川省交通厅援外办公室为主，成立了“四川公路桥梁工程总公司”及其直属的桥梁工程公司、二公司和三公司。

71 年过去，昔日英雄大多故去，唯有这蜿蜒在高山峡谷中的川藏公路，见证着神州巨变。作为英雄“后裔”的四川路桥，秉承“发展交通，造福人民”的宗旨，在 71 年的发展历程中，共修建公路 3 万公里左右、大桥 3000 多座，多次创造了“全国第一”“世界第一”。特别是 1998 年，正式组建“四川公路桥梁建设集团有限公司”之后，四川路桥的发展逐步进入快车道，为国家交通运输事业的发展作出了突出贡献。1998 年是四川路桥发展史上的重要节点。这一年，国有企业改革进一步深化，政企分开迈出重大步伐。为适应市场经济发展的需要，四川公路桥梁工程总公司及四川省交通厅划拨的相关单位组建为“四川公路桥梁建设集团有限公司”。次年，集团公司作为主发起人剥离部分资产成立了四川路桥建设股份有限公司，并于 2003 年在上海证券交易所成功上市，是四川交通系统首家 A 股上市公司。2009 年，四川公路桥梁建设集团有限公司、四川路桥建设股份有限公司和川铁集团（原四川地方铁路局）组建成立了四川省铁路产业投资建设集团有限责任公司，强强联合推进综合交通运输体系建设；2010 年，四川路桥产值便突破 200 亿元；2012 年，经实施重大资产重组，四川公路桥梁建设集团有限公司和四川路桥建设股份有限公司实现整体上市，增长势头更趋强劲。经过多次重大机构改革整合，历经市场洗礼，四川路桥迅速崛起。在四川路桥集团董事长熊国斌看来，四川路桥从一家基础性施工企业发展为涵盖生产建设、资本运营的综合性现代企业，关键在于积极落实国家政策，同时敢为人先，抓住了重要战略机遇期。

如今的四川路桥，拥有 28 家全资和控股分、子公司，员工 1 万多人，资产规模近 800 亿元。先后 9 次跻身“中国企业 500 强”，连续 6 年入围《财富》中国 500 强，是四川省具备公路工程施工总承包特级资质和公路行业甲级设计资质的企业之一，是西部地区最大的路桥施工企业，也是全国省级路桥施工企业的排头兵。主业领域方面，四川路桥坚持发展高速公路路面关键技术、深水大跨径桥梁、特长隧道施工技术为代表的核心竞争力，重点跟进影响力大、科技含量高、经营效益好的项目。与此同时，通过发挥设计引领作用，发展勘察设计和设计施工总承包业务，开拓铁路、水电、市政及房建领域，实现了“大土木”领域的多点开花。2009年，四川路桥进军铁路建设市场，先后承建了成绵乐高铁、西成客专、成贵铁路、成昆扩能改造、川南城际铁路等铁路工程，市场份额累计突破100亿元。为此，四川路桥以技术进步为发展纲领，持之以恒推动科技创新、不断提高施工工艺水平，在创新的道路上一次次攻克难关、占领制高点，取得骄人成绩。

在桥梁建设领域，四川路桥更是有着骄人的业绩：在长江上就先后完成了33座大跨径桥梁的修建，成为国内在长江上建桥最多的施工企业。1979年建成的跨径150米马鸣溪金沙江大桥，是当时国内跨径最大的混凝土箱型拱桥，首推缆索吊装技术；1989年建成主跨200米的涪陵乌江大桥，是国内首座采用无平衡重转体施工的拱桥；1990年建成跨径115米的旺苍东河大桥，是我国第一座钢管混凝土拱桥；1997年建成主跨420米的万县长江大桥，建时为世界最大跨径的钢筋砼拱桥，并保持这一世界纪录长达20年之久。再如2009年建成通车的浙江舟山西堠门跨海大桥为主跨1650米的悬索跨海特大桥，跨度居同类型桥梁中国第一、世界第二，在国内首次采用直升机牵引先导索过海技术，攻克了强台风区海上施工等世界级技术难题，整个工程融入了多项现代桥梁建设先进技术，荣获“古斯塔夫·林德撒尔”国际桥梁大奖。对于这件“作品”，时任交通运输部总工程师凤懋润评价道：“这是一个新工艺，在国内是一个很大的科技创新，意义非常重大，为今后在长江中下游等航运繁忙的黄金水道架设大桥积累了先进经验。”

公路施工方面，四川路桥通过现代化拌和、摊铺设备和先进电子设备的运用，不断提高路面平整度和整体质量；针对高速公路逐步向山区发展的趋势，四川路桥大力发展路基深挖高填技术，解决高路堤沉降难题，使公司在山区高速公路施工方面保持技术优势，如成都绕城高速公路东段工程，路面平整度均方差为0.51毫米，工程质量综合评分高达95.1分，为四川已建高速公路的最高评分，荣获了中国建筑工程“鲁班奖”。陕西榆林至靖边高速公路路面工程 M-3 合同段全长 31 公里，2003 年 8 月建成通车，这是我国在沙漠地区建设的第一条高速公路，获得中国建筑工程“鲁班奖”。四川路桥已成为推动我国公路施工技术迈向世界一流水平的为数不多的重要力量之一。

改革开放后，四川路桥积极开展对外合作项目，1979 年开展对外承包以来，先后承担几十个海外工程。1993 年，四川路桥获对外经济贸易部授予的对外经营权。熊国斌介绍，历经 50 多年的不懈努力，四川路桥的海外工程业务版图涵盖“一带一路”沿线多个国家，以优质的工程连接了深厚的中外友谊，多次获得“外经贸合作一等奖”，是中国最重要的对外工程承包商之一。党的十八大以来，四川路桥积极抢抓国际化发展的战略机遇，紧跟国家经济外交战略和资源战略，优化海外业务布局，拓展海外业务领域，加强海外合作联营，着力构建“大海外”的市场战略格局。坦桑尼亚曼辛公路、也门萨那—塔兹公路、也门金吉巴尔大桥、也门莫夫拉格—莫哈公路、迪拜市政道路工程、索马里贝莱特温—布劳公路、也门洛岱尔—莫卡拉斯公路、挪威哈罗格兰德大桥……一个个经典工程让四川路桥赢得广泛赞誉。尤其值得一提的是挪威哈罗格兰德跨海大桥，该桥是我国建筑企业首次在欧洲发达国家承建大跨径现代桥梁，有力地推动中国建造走向世界。2017 年，四川路桥又以挪威哈罗格兰德大桥为依托，在全球多国承包商的激烈竞标中，中标挪威贝特斯塔德桑德大桥项目，中标金额约为 3481 万美元（折合人民币约 2.37 亿元），这为四川路桥在欧洲发达国家市场立足，进一步夯实了基础。随着“一带一路”建设的持续深入推进，具有广泛影响力的“国际产能合作”共赢模式已经形成，四川路桥“走出去”面临更好的发展形势。2016 年，我国先后与 30 个国家签署了推进“一带一路”和国际产能合作的合作文件，为四川路桥深度参与相关国家交通、能源、通信等基础设施建设开辟了广阔的发展空间。与此同时，我国近年推动设立的双多边合作基金，都为四川路桥参与相关地区基础设施项目创造了有利条件，如 2016 年 11 月，资金总规模达 100 亿欧元的中国

—中东欧基金正式成立，为四川路桥拓展中东欧乃至西欧基础设施市场提供了有力支撑。

除了在路桥建设方面颇有建树外，四川路桥在抢险救灾及灾后重建方面也贡献了自己的力量。

2008 年 5 月 12 日，汶川特大地震发生后，四川路桥迅速组织人力物力开赴抢险救灾一线，从都江堰到汶川、从绵竹到北川，四川路桥人在三千里战线上展开了道路抢通攻坚战。四川路桥下属 7 个专业化公司，近 4000 名抢险队员，100 多台大型设备在崇山峻岭之间全面投入抢险救灾。在岌岌可危的绝壁下，在万马奔腾的江水上，在如雨倾斜的飞石中，四川路桥人开动机器，推开巨石，劈开山体，使生命之路不断向前延伸。

经过 3 个多月的艰苦奋战，曾被认为“至少 3 年才能修复”的都汶公路全线通车。从 2008 年 5 月底到 9 月初，100 多个日日夜夜，几千名四川路桥抢险突击队员在都汶公路这条生命线上攻坚克难，从老虎嘴、麻柳湾、彻底关，到草坡、桃关、汶川，在无数个充满塌方、泥石流和飞石的艰险路段，全体抢险队员经历了无数次的生死考验，最终科学、安全、快速地打通了这条最重要的灾区生命线！

在灾后重建工作中，四川路桥利用专业优势，积极在灾区实施基础设施建设，先后参与修建映秀至卧龙、映秀至汶川、汶川至马尔康、雅安至康定等高速公路、国省干线及重要经济干线项目；新建内威荣、自隆、巴南广、宜叙等多条高速公路。同时，利用四川省铁投集团融资平台的优势，控股、参股成德绵、成自泸、成都二绕、绵西等 15 条川内高速公路。2009 年 12 月，四川路桥承建的映秀百花大桥改线重建通车，为震中映秀恢复重建打通了交通要道；2012 年 5 月，四川路桥投资的灾后重建的第一个高速公路建设项目——成德绵高速公路通车，为灾区经济建设带来巨大活力，帮助数十万受灾群众恢复生产和生活。目前，四川路桥正积极加快推进绵茂公路、绵九高速公路、绵西高速公路、雅康高速公路等灾区道路的建设。

2013 年 4 月 20 日，雅安芦山发生 7.0 级大地震，四川路桥人又一次冲锋在前，第一时间抢通保通了 210 省道等多条灾区生命线。公司青年职工张磊，在抢通至夹金山海拔 3500 米的公路弯道时，突遇山体坍塌，他所驾驶的装载机被飞石击中，坠下 300 多米深的山崖，不幸牺牲。他的英雄事迹受到了四川省委、省政府的肯定，被追授为烈士，永远被灾区人民和同事铭记。展现了“铁军”的风采，危急时刻总见赤诚担当。

事实证明，在每个危难关头，四川路桥都能不负重托，挺身而出、不畏艰险、不惜代价挽救人民群众的生命和财产，无愧“交通铁军”和“全国抗震救灾英雄集体”的光荣称号。

在全力参与抗震救灾的同时，四川路桥积极响应国家脱贫攻坚部署，近年来先后参与南江县桥坝村、石滩乡铺垭庙村、广元朝天区大自然村、简阳烧火坪村、营山县城南镇等地的扶贫工作，投入 4.2 亿元用于基础设施扶贫、产业扶贫、村民安置点建设等。四川路桥发挥交通建设的优势，重点推进藏区、彝区、乌蒙山区、秦巴山区等深度贫困地区交通扶贫建设：“川藏第一桥”——雅康高速公路兴康特大桥 2018 年通车后将极大促进藏区经济发展；金阳、布拖溜索改桥项目的完成和峨汉高速公路的建设，将为彝区脱贫打开交通之门；“川黔最美大桥”——江习古高速公路赤水河特大桥通车后，将成为乌蒙革命老区的致富路；山岭隧道——巴陕高速公路米仓山隧道通车后，秦巴山区人民将走上“康庄大道”。

新时代承载大梦想，新时代开启大事业，新时代呼唤大担当。如今的四川路桥，已经成长为我国交通建设行业的一支中坚力量，新一代路桥人以习近平新时代中国特色社会主义思想为引领，开拓创新、抢抓机遇、主动作为、加倍实干，在交通强国建设新征程中奋力奏响高质量发展的时代最强音。

君品习酒[①]

——习酒加入茅台20周年成果报告

1998年10月26日，按照贵州省委、省政府“由茅台集团兼并习酒总公司”的决定，“中国贵州茅台酒厂（集团）习酒有限责任公司”正式挂牌成立，习酒加入茅台集团大家庭，开启了新的发展征程。20年来，在各级党委、政府及有关部门、社会各界的关心支持下，在集团公司党委、董事会、经营班子的正确领导下，习酒公司充分依托茅台集团的品牌、资金、市场、人才、管理等方面的优势，全体习酒员工团结一致、拼搏进取，习酒逐渐摆脱困境、涅槃重生，生产、经营、管理全面开创新局面：

——经济指标大幅增长。累计实现销售量22.03万吨，销售额250.99亿元，利润32.70亿元，上缴税金68.83亿元。1998年到2018年，销售量增长约12倍；销售额增长约61倍；利润增长约169倍；上缴税金增长约238倍；企业总资产从4.63亿元增长到59.7亿元，增长约12倍。

——提质增产成效卓著。基酒产量、质量大幅提升，2018年酱香高粱出酒率70.02%，优质品率63.81%，浓香出酒率38.50%，优质品率

① 贵州茅台酒厂（集团）习酒有限责任公司提供资料。

61.89%；年产曲从0.08万吨增长到2.67万吨；成品酒年包装量从0.19万吨增长到2.90万吨。

——市场营销持续向好。市场布局与市场建设扎实推进，贵州市场总量进一步增大，渠道渗透力进一步增强，省外市场实现200%以上的同期增速，销售占比超过50%；营销网络遍布全国，经销商实现量质齐升，数量超过1600家；大单品战略有效落地，窖藏习酒和金质习酒今年将分别实现销售30亿元、18亿元，成为全国酱香型白酒的一线大单品和中端酱香型白酒知名品牌。

——责任担当愈发彰显。职工收入越发可观，预计2018年职工人均年收入将达到10万元，相比1998年增长约17倍；按时、足额为职工缴纳五险一金累计5.93亿元；积极带动地方及周边就业数万人；连续13年累计出资近1亿元帮助全国2万余名贫困学生圆梦大学；坚持工业反哺、抗震救灾、扶危济困、对口帮扶等；守牢安全、生态底线，未发生过重特大安全、环保事故。

——人才实力显著增强。职工队伍不断壮大，现有职工5000余人，其中全日制本科及以上学历671人；干部队伍持续优化，从70余人发展到180人，平均年龄40.56岁，本科及以上学历占68.89%；技术人才梯队式增加，培养出中国白酒大师、中国白酒工艺大师、黔酒大师、贵州酿酒大师等“酒界”精英，拥有国家白酒评酒委员9名，省级白酒评酒委员32名，高级职称6人，各级专业技术人才近1000人。

走过的20年，是习酒历经曲折、积极探索、经受考验、艰苦创业的20年；是习酒顽强拼搏、勇于实践、自强不息、大获丰收的20年；是习酒励精图治、奋发向上、开拓进取、走向未来的20年。而这7300个日日夜夜，凝聚着各级党委、政府的关心指导，凝聚着有关部门的关怀帮助，凝聚着社会各界的关注呵护，凝聚着茅台集团的坚强领导，凝聚着合作伙伴的鼎力支持，凝聚着全体员工的团结拼搏。在此，向各位领导、来宾和全体习酒员工致以最崇高的敬意！对大家在习酒公司发展中给予的帮助与厚爱、付出的艰辛与努力表示最诚挚的感谢！

20 年来，我们围绕做强、做优、做大习酒，主要做了以下工作。

一、坚持党的领导，以大党建引领大发展

在集团公司党委的坚强领导下，习酒公司党委强化党建引领，不断加强党的建设，充分发挥领导核心和政治核心作用。始终抓实思想政治建设，坚定不移开展理论学习，近年来按要求深入开展了“三讲”教育活动、先进性教育活动、学习实践科学发展观活动、“创先争优”活动、党的群众路线教育实践活动、“三严三实”专题教育、“两学一做”学习教育等一系列专题教育活动，坚决执行党中央、省委、省国资委党委、集团公司党委各项决策部署，确保政治上、思想上、行动上与上级组织同心、同向、同行。结合时代要求，在《公司章程》中增加“党的领导”章节，写入党组织的职责权限、机构设置、运行机制、基础保障等，明确党组织在公司法人治理结构中的地位，把党委会作为生产经营重大决策的前置程序，实现党的领导与公司治理有机融合。坚持全面从严管党、治党，深入推进公司党风廉政建设工作，努力营造风清气正的发展环境。着力夯实党建基础，不断强化基层组织建设，努力使每一名党员都能成为一面旗帜。坚持党建带工建、团建，群团组织充分发挥桥梁纽带作用，凝聚起推动发展的强大合力。

二、坚持品牌塑造，构建全国化市场营销网络

习酒公司始终把“市场建设”和“品牌塑造”作为企业的两大重点工作，促进市场占有率和品牌影响力与日俱增。

新企业成立伊始，以“无贵州不稳、无省外不大”的市场布局战略和“浓酱并举、全面发展”的品牌战略，集中资源夯实省内根据地，着力培育毗邻贵州的重庆、云南、四川、湖南、广西五个省外市场，同步在全国范围内实施全面招商，扩大营销网络。至 2010 年，五星习酒风靡全省，酱香习酒强势回归，金质习酒好评如潮，贵州市场销售占比达 80% 以上，环五省市场在贵州市场影响带动下呈现较好发展势头，习酒经销商数量近

800 家，习酒发展成为省内强势品牌。

从 2010 年底开始，习酒审时度势，顺应市场经济的高速发展，顺应消费升级和消费者需求的变化，对营销战略作出新的规划和部署，以“建设习酒从区域强势品牌向全国知名品牌转变”为指导，重点实施“抓牢两翼、逐鹿华东、精耕省内、提升省外”的市场战略，实施以习酒·窖藏 1988 为核心的中高端酱香品牌、以金质习酒为核心的大众酱香品牌的战略，目前省外市场销售占比已超过 50%，窖藏、金质两大单品占比超 80%，经销商数量翻了一番。20 年来，习酒品牌价值从三四十位阵营进入全国前十行列，营销网络遍布全国，成为全国知名品牌。

三、坚持深化改革，推进企业管理迈向现代化

在新企业成立时，百废待兴，我们以企业管理为突破口，从现场管理着手，制定了一整套定置、设备、卫生、安全文明等管理细则，着力提升公司基础管理水平。随着企业的发展，逐步推行精细化管理，从 5S 管理起步，提升到 7S 管理。自 2012 年开始导入卓越绩效管理体系，管理水平不断迈上新台阶。特别是我们始终加强财务、审计工作，生产严格执行“以销定产”，投入严格执行“以收定支”，加强成本控制力度，开源与节流并重，实现了聚财有方、用财有度，确保公司运营稳健致远，资本实现保值增值。

强化民主管理，构建阳光透明的工作机制。自 1999 年 4 月召开第一届第一次职工代表大会和工会代表大会起，我们每年按期召开职代会和工代会，保障职工的参与权、决策权；重视合理化建议征集与运用评估，畅通职工建言献策渠道；坚持厂务公开，保障职工的知情权和监督权，践行全心全意依靠工人阶级方针。

与时俱进，持续推进信息化建设。2006 年开始，公司逐渐将信息化应用覆盖到营销、生产、管理等各个环节，建成门户网站、全渠道电商、协同办公、营销管理、人力资源、会员大数据管理、二维码防伪溯源、厂区智能监控等系统，并按照国家网安三级保护标准建设，保障数据安全；开

发的软件共注册 9 项软件著作权、6 项实用新型专利，其中个别系统在行业内处于领先水平。

四、坚持文化建设，厚积薄发释放君品张力

文化体系逐渐完善。在茅台文化的引领下，习酒以中华优秀传统文化中的“自强不息、厚德载物”为内核，将悠久的酿酒历史、深厚的红色文化和企业发展过程中积淀的质量文化、营销文化、安全文化、生态文化、责任文化等企业基因融为一体。新企业成立之初，提出“无情不商、诚信为本”的君子之守；企业快速发展之时，不忘初心、兼容并蓄，深化拓展出“崇道、务本、敬商、爱人”的君子之道。经过反复论证和提炼，习酒逐渐形成了一套层次分明、内涵丰富的君品文化体系，走出了一条独具特色的文化扬企道路。

文化传播魅力彰显。制定员工行为规范、企业文化手册，制作企业 Logo、厂歌、宣传片，建立习酒元素视觉识别系统，组建习酒文联，编辑习酒公司志，以文化艺术节、君品文化讲堂、道德模范评选及巡讲、书香习酒、封坛品鉴、祭孔仪式等为活动载体，通过央视、机场、高铁、高速、门户网站、航空媒体等媒介，习酒身影随处可见，习酒声音广为传播，习酒知名度、美誉度、影响力空前提高。员工自身修养不断提升、文化自信不断厚植，习酒在行业内、社会中的“酒中君子”形象持续树牢，践行君品、弘扬君品成为员工、合作伙伴、消费者情感认同和行为习惯的集中表达。君品文化落地生根、深入人心，为企业持久发展提供不竭动力，与企业经济繁荣发展交相辉映。

五、坚持底线思维，保障企业持续健康发展

以质量底线保障永续发展。始终坚持“质量第一”价值导向和“视质量为生命，以质量求发展”理念，确立了“以诚取信、以质取胜、锐意创新、追求卓越”的质量方针，狠抓质量管理“五个”环节，恪守“四服从”质量观，构建起“大质量”体系，确保出厂产品 100% 合格。建立

“首席质量官”制度，实行质量“一票否决制”，不断加强采购质量、过程质量、产品质量、服务质量“四个维度”的质量管控力度，严格坚守，不打折扣、不搞变通、不降标准，以过硬的产品质量保障企业发展。

以安全底线确保稳定发展。始终坚持安全工作方针和安全生产“四不放过”的原则，树立“安全就是生命、安全就是效益、安全就是稳定”理念，强化“一岗双责”，将安全工作纳入绩效管理，实行“定岗、定人、定区域、定责任”的安全生产责任制，进一步完善安全管理制度和应急预案建设，狠抓基础管理、安全隐患排查和培训教育，推动公司安全设施设备换代升级，成功创建国家安全生产标准化二级企业。

以生态底线推动绿色发展。2014 年，公司通过清洁生产审核，清洁生产水平达到三级以上标准；自 2015 年起，持续开展“保护赤水河 · 习酒在行动”全员义务植树活动，1. 8 万余人次参与，累计植树 2 万余株，新增绿化面积 400 余亩；累计投入近 3000 万元用于厂区绿化美化，投入近 1. 2 亿元进行“三废”治理，全面达标排放；修建污水处理厂，实行冷却水循环利用等。在产品生产过程中，严格遵循清洁生产理念，着力节能减排，深入开展“四个一”工程，构建起企业强、生态美的绿色发展新格局。

六、坚持依法治企，促进企业规范有序运营

制度建设不断完善。持续充实和完善管理制度体系，确保各项经营管理工作合法规范运行，经过不断建立和修订，公司现行有效规章制度一百多个，并建立起安全标准体系、质量管理体系、环境管理体系、职业健康安全管理体系、能源管理体系、知识产权管理体系等完备制度体系，实现各项工作有规可守、有章可循。

知识产权管理成效显著。公司先后在 1—45 全类别商品申请“习”字注册商标，在白酒类商品申请注册相应联合性商标，在国外和境外多地将“习”字、习酒 Logo 图形商标申请了注册保护。目前，公司拥有中国驰名商标 1 件、贵州省著名商标 13 件、外观设计专利 143 件、发明专利 5 件、

实用新型专利2件、版权登记证书8件。

依法维权能力持续提升。先后设立法规部、知识产权保护部、法律事务部，聘请企业法律顾问，提高法律队伍专业水平，维护公司和职工合法权益。增设打假办，成立打假队伍，与工商等行政部门联合，与知识产权代理机构合作，积极维护习酒知识产权。合同管理持续制度化、程序化，始终秉承“高效守信”精神。不断强化法制宣传教育，从“三五”普法到“七五”普法，营造知法、懂法、守法、用法的法治氛围。

七、坚持科技创新，提高技术成果运用水平

研发实力不断彰显。公司在自主研发的前提下，积极与四川大学、江南大学、贵州大学、国家食品监督检验中心、中科院成都生化所、茅台技术中心等科研机构开展技术交流，保持长期稳定的合作关系，公司先后承担省级重大专项等科研课题10余项，获得技术创新项目资金扶持852万元，取得发明实用新型专利10余项，累计取得省部级以上重大科技奖7项，市级以上12项，科技研发团队获得科技进步奖6次，研发成果获得贵州省优秀新产品、贵州省科技成果奖、贵州省名牌产品等，为建设创新型企业提供了技术支撑。

对外影响持续增强。公司科技人员在全国中文核心期刊《酿酒科技》《中国酿造》等专业刊物上发表科技论文近百篇，论文的数量和质量实现“双提升”，逐渐缩小了与优秀白酒企业学术水平的差距，公司对外发声越发强劲有力。公司成功运用“架式无稻草制曲工艺”“仿生机械制曲”等，在行业内的影响力不断提高。

八、坚持科学谋划，抓好技改扩能项目建设

生产能力稳步提升。在20年中经过几次技改建设，新建制曲厂房及附属房4栋，安装仿生制曲设备4台，制曲产能增加1.8万吨；新建制酒车间23栋，制酒产能增加1.15万吨；新建罐库、坛库22栋，基酒库容增加6.5万吨；安装自动包装流水线11条，包装能力增加2.71万吨。

配套建设持续优化。新征土地756.6亩，新建扩建厂区道路7.8千米，新建房屋106栋，建筑面积27万平方米，累计投资近10亿元；新建职工宿舍6栋，公司职工住房达到28栋，共提供给1300多名员工入住。

九、坚持责任担当，在反哺社会上持续作为

发挥企业优势带动区域经济发展。切实加大对周边产业的反哺力度，以工业带动农业和第三产业发展，促进群众增收；不断提供就业岗位，优先招录本地户籍适龄青年和退伍军人；足额缴纳税款，努力为地方增加财税收入，不遗余力地做好地方经济建设的坚强后盾，始终如一履行着企业公民的社会责任。

积极开展扶贫帮困。一直以来坚持帮助贫困村，在国家实施精准扶贫后，与帮扶的道真县文家坝村和习水县永胜村紧紧地连在一起，派驻驻村第一书记，捐款捐物，改善基础设施，因地制宜帮扶产业等，用真心出真力帮助脱贫摘帽，还引导下设支部对周边贫困群众进行帮扶，举全公司之力助力全省“大扶贫”战略。

竭力参与公益事业。在2008年汶川大地震期间，捐赠100万元帮助灾区人民重建家园；在2010年西南大旱时，捐赠200万元帮助受灾群众渡过难关；今年捐资400万元参与赤水河源头云南省镇雄县生态扶贫；为困难学生和特殊学生送去不计其数的学习用品及生活物资；坚持开展“习酒·我的大学”公益助学活动，受助学生遍布国内百余所知名高校，越来越多的受助学子已成长成才，正为社会贡献着他们的智慧和力量。

回顾加入茅台的20年，习酒发展成绩斐然，各项荣誉不胜枚举。公司党委获贵州省先进基层党组织、贵州省五好基层党组织、全省脱贫攻坚先进党组织等荣誉；公司获全国五一劳动奖状、全国食品工业科技进步优秀企业、全国和谐劳动关系优秀企业、全国模范职工之家、全国优秀社会责任企业、全国质量管理小组活动优秀企业、全国职工职业道德建设先进单位、全国守合同重信用企业、全国实施卓越绩效模式先进企业、全国厂务公开民主管理先进单位、中国标准创新贡献奖、中国酒文化百强企业、中

国健康白酒典范品牌十强企业、绿色企业管理奖、贵州省首届省长质量奖提名奖、贵州省履行社会责任五星级企业、贵州省知识产权优势培育企业、全省职工文体活动先进单位、贵州大数据+工业深度融合试点示范企业等荣誉。

习酒·窖藏 1988、金质习酒等 15 个产品被评为贵州省名牌产品，习酒被评为贵州十大名酒，习酒·窖藏陈年酒获中国白酒国家评委感官质量奖。2018 年，习酒获华樽杯中国白酒品牌价值十强品牌。公司《浓香型习水大曲酿造技艺》成功通过“第一批遵义市市级非物质文化遗产生产性保护示范基地”评审；公司科研项目《应用生物技术提高浓香型习酒优质品率的研究》荣获“第二届中国食品工业协会科学技术奖一等奖”；《贵州酱香型白酒固态发酵群体微生物结构及功能的研究》《浓香型与酱香型习酒香气物质研究》分别荣获“中国酒业协会科学技术进步奖”一等奖、三等奖等。

这些成绩的取得，是始终坚持党的领导的结果。习酒忠实践行党中央的重大决策部署，始终听党的话、跟党走，坚决贯彻执行党的路线方针政策和各级党委的决策部署，在党的领导下一步步成长壮大。

这些成果的实现，是牢牢坚守四条底线的结果。我们牢牢把握发展这一第一要务，切实把控安全这一根本保障，像保护眼睛一样保护生态环境，像珍惜生命一样珍视产品质量，脚踏实地抓好“发展、安全、生态、质量”方面的各项工作。

这些荣誉的获得，是坚定依靠全体员工的结果。几代习酒人把企业融入骨子里，始终与企业同呼吸共命运，意志坚定、纯朴务实，无论面对顺境还是逆境都保持积极向上的精神面貌，全体员工知难而进、奋力拼搏、久久为功。

这些荣耀的铸就，是坚决遵守君子之道的结果。习酒始终尊崇为商之道，尊重合作伙伴，践行敬商文化，得到广大合作伙伴的大力支持，彼此相互信任、相互扶持，持续实现互利共赢、共同发展。

在总结成绩和经验的同时，我们也清醒地看到存在的问题和不足：习酒经济总量在集团占比较小，发展的质量和效益有待提高，补短板、促增长的任务仍然艰巨；基础设施建设较为滞后，产能亟待进一步扩大，整个厂区环境和条件亟须提升；市场建设依然任重道远，省外市场发展不平衡不充分，营销转型力度需进一步加大。在今后的发展过程中，我们必须正视这些不足，知难而进，迎难而上，采取有效措施，切实把问题解决好。

砥砺前行二十载，跨越腾飞新时代。站在新的历史起点，习酒将不忘初心、感恩奋进，力争三年后实现年销售百亿，坚定朝着中国白酒前七的目标迈进，竭力打造全国强势品牌，早日实现企业强、员工富、生态美、文化好的习酒新未来。围绕实现上述目标，我们将持续努力：

一是毫不动摇坚持党的领导。牢记习酒姓“党”，坚持以习近平新时代中国特色社会主义思想为指导，充分发挥党组织的领导核心和政治核心作用，全体习酒员工对党绝对忠诚，真正做到心中有党、为党工作，确保习酒始终沿着正确的方向继续前行。

二是始终坚持质量第一战略。严守“四服从”质量观，以工匠精神抓好纯粮固态发酵，确保习酒质量稳定提升，强化消费者心中“习酒是好酒”的观念。

三是牢牢抓住市场和品牌的牛鼻子。下大力气做好省外重点市场，持续提高省外市场占比；坚持中高端品牌战略和大单品路线，聚焦窖藏系列，不断增强品牌美誉度。

四是认真坚守安全和生态底线。强化红线意识和底线思维，全员全过程抓安全防风险，确保企业安全稳定；以负责任的态度抓好环保工作，践行绿色发展理念，保护好母亲河和周边生态环境。

五是加快建设美丽厂区。未来五年，我们将建设一个新习酒，实现产能翻一番和规模大一倍：新增酱香制酒产能 2 万吨，实现 4 万吨产能；新增制曲产能 5.4 万吨，实现 8 万吨产能；新增酒库存储 14.5 万吨，达到 20 万吨库容；新建现代化包装物流园区，新增包装产能 10 万吨，实现 13 万吨的包装能力；配套建设运营中心、商务体验中心、习酒文化城、档案馆、君品公园、停车楼、科研中心等，充分展示习酒公司新形象、新魅力。

六是着力提升员工幸福指数。进一步把员工利益实现好、维护好、发展好，让员工充分共享企业发展成果，在完成各项经济指标的情况下，确保工资收入实现增长，不断提升员工获得感、幸福感。

七是深入推进文化建设。坚持文化强企，深化企业文化建设，使员工文化素养与企业发展相匹配，增强员工文化自信、品牌自信、质量自信；不断丰富“君品文化圈”，逐渐强化习酒在消费者心中“酒中君子”的认知，进一步扩大习酒文化影响力。

八是不断提高现代企业管理水平。坚持改革创新，紧跟时代脉搏，建立与品牌相称、与发展相宜的现代企业管理体系，切实提升内部管理水平，争创全国质量奖。

九是全力担当社会责任。大企业有大担当，进一步提高对地方经济的贡献率和就业带动力，为习水县发展白酒上下游产业提供全力支持；全力履行社会责任，认真开展捐资助学、扶贫帮困等，助力脱贫攻坚和全面小康。

志行万里者，不中道而辍足。让我们在习近平新时代中国特色社会主义思想的指引下，在省、市、县党委政府和省国资委的正确领导下，在集团公司党委、董事会、经营班子的坚强领导下，锐意进取，埋头苦干，推动习酒不断做强、做优、做大、做久，为实现百亿销售目标、早日进入中国白酒一线阵营而努力奋斗！

图书在版编目（CIP）数据

习酒有桥：赤水河大桥的在场、记忆与对话 / 王临川著 . —北京：中央民族大学出版社，2021.5（2023. 10 重印）

（君品文化系列）

ISBN 978-7-5660-1929-5

Ⅰ. ①习…　Ⅱ. ①王…　Ⅲ. ①访问记—作品集—中国—当代　Ⅳ. ①I253

中国版本图书馆 CIP 数据核字（2021）第 022567 号

习酒有桥：赤水河大桥的在场、记忆与对话

著　　者　王临川
责任编辑　舒　松
封面设计　舒刚卫
图片摄影　王临川
出版发行　中央民族大学出版社
　　　　　北京市海淀区中关村南大街 27 号　　邮编：100081
　　　　　电话：（010）68472815（发行部）　传真：（010）68933757（发行部）
　　　　　　　　（010）68932218（总编室）　　　　（010）68932447（办公室）
经 销 者　全国各地新华书店
印 刷 厂　北京鑫宇图源印刷科技有限公司
开　　本　787×1092　1/16　印张：19.25　彩插：14
字　　数　280 千字
版　　次　2021 年 5 月第 1 版　2023 年 10 月第 2 次印刷
书　　号　ISBN 978-7-5660-1929-5
定　　价　68.00 元